現代女性作家読本 ⑮

角田光代

MITSUYO KAKUTA

現代女性作家読本刊行会　編

鼎書房

はじめに

本現代女性作家読本シリーズは、二〇〇一年に中国で刊行された『中日女作家新作大系』（中国文聯出版）全二〇巻の日本方陣に収められた十人の作家を対象とした第一期全十巻を受けて、小社刊行の『現代女性作家研究事典』に収められた作家を中心に、随時、要望の多い作家を取り上げて、とりあえずは第二期十巻として、刊行していこうとするものです。

しかし、二十一世紀を迎えてから既に十年が経過し、文学の質も文学をめぐる状況も大きく変化しました。それを受けて、第一期とはやや内容を変え、対象を純文学に限ることをなくし、幅広いスタンスで編集していこうと思っております。また、第一期においては、『中日女作家新作大系』日本方陣の日本側編集委員を務められた五人の先生方に編者になっていただき、そこに付された解説を総論として再録するかたちのスタイルをとりましたが、今期からは、ことさら編者を立てることも総論を置くこともせずに、各論を対等に数多く並べることにいたし、また、より若手の研究者にも沢山参加して貰うことで、柔軟な発想で、新しい状況に対応していけたらと考えています。

既刊第一期の十巻同様、多くの読者が得られることで、文学研究、あるいは文学そのものの存続のための一助となれることを祈っております。

現代女性作家読本刊行会

目次

目　次

角田光代

『幸福な遊戯』──《遊び》の終焉への視点──

遠藤郁子

『幸福な遊戯』（福武書店、91・9）は、表題作『幸福な遊戯』（「海燕」90・11）のほか、『無愁天使』（「海燕」91・9）、『銭湯』（書き下ろし）の三作を収録する。男女三人の同居生活を描く『幸福な遊戯』は、一九九〇年の第九回「海燕」新人文学賞を受賞し、角田光代のデビュー作となった。ここでは、収録された三作について、人生においてく遊戯〉つまり《遊び》がどのような力を発揮し得るかという視点から考えてみたい。

人生を《遊び》と関係づけることは、一見すると刹那的、享楽主義的な人生観のようだが、決してそうではない。《遊び》を〈覚醒水準を最適状態に向けて高めようとする欲求によって動機づけられている行動〉（M・J・エリス『人間はなぜ遊ぶか』黎明書房、00・5）と定義すると、人生において主体的に覚醒を志向していく姿勢を肯定的に捉えることができる。『梁塵秘抄』の昔から〈遊びをせんとや生まれけむ　戯れせんとや生まれけん　遊ぶ子どもの声きけば　わが身さへこそゆるがるれ〉と、老若に関わらず《遊び》に惹きつけられる人間の普遍的な心性が語られてきた。また、J・ホイジンガは《遊び》を人の本質的機能として定義し、《ホモ・サピエンス》に並べて《ホモ・ルーデンス（遊ぶ人）》という呼称を作り出した。ホイジンガは現代における《遊び》の精神の欠落を指摘し、その必要性を訴えたが、この三作に登場する女性たちは、こうした考え方と重ねるならば、硬直化した現代に対して《遊び》による主体的覚醒を武器に揺さぶりをかける存在となり得る。

ただし一方で、非常に特徴的なことは、これら三作において描かれるのが《遊び》の終焉の光景であるということだ。『幸福な遊戯』のサトコにとっての《遊び》は男二人と女一人で始めた共同生活と考えられるが、共同生活のバランスが崩れ、同居人たちが順に家を去ろうとするラストは《遊び》の終りを端的に表現している。つづく『無愁天使』の〈私〉にとっての《遊び》は、父と妹と派手に買い物をして〈果てしなく長い乱痴気騒ぎ〉を続けることと言える。しかし、父はやがて一人で旅行に出てしまい、妹もボーイフレンドの家に入り浸るようになり、〈私〉だけが〈騒ぎの余韻を残したまま放置され始めた〉家に一人取り残される。〈私〉の場合は家族に去られても買い物は続けられるが、そのために必要な金銭が底をついてしまったことにより《遊び》の継続に黄色信号が灯る。さらに、『銭湯』の八重子の場合は、学生時代の演劇活動が一種の《遊び》と言える。しかし、〈小さな食品会社に内定が決まってしまうと、あんなに執着していたはずだった芝居も劇団も、握り潰せる程度の点になっていた〉とされている。このように並べて見ると、サトコは《遊び》仲間、〈私〉は《遊び》道具、八重子は《遊び》の動機と、彼女たちはそれぞれの《遊び》の中で欠くことのできないものを失ったと言える。彼女たちの《遊び》は、それらを失ったことによって必然的に終焉へと向かわざるを得ない。

ホイジンガは《遊び》の特性の一つとして〈時間的限定性〉（『ホモ・ルーデンス』河出書房新社、74・1）を挙げた。《遊び》には必ず終りがやって来るのだ。しかし、本人にとって切実な《遊び》であればあるほど、その終りを受け入れるのは難しい。彼女たちは《遊び》の終焉を意識しながらも、《遊び》の中に孤独に篭城しようとし、そのために暴走していく。例えば、『幸福な遊戯』のサトコは、彼らの同居に反対して直談判にきた同居人の恋人に対して、まったく悪びれることなく逆に新たな共同生活を提案して呆れられる。『無愁天使』の〈私〉は、買い物に必要な金を手に入れるためには体を売ることも厭わない。『銭湯』の八重子は、母に対して、就職せずに芝居を続けているように装い、〈やりたいように生きる〉架空のヤエコを自分の中に作り出して演じ続ける。彼女たちのこうした暴走の先には一体何があるのだろうか。

『幸福な遊戯』では、サトコは《遊び》が終る予感の中で、以前に三人で見たテレビのドキュメンタリーを思い出す。番組の中では、大阪のあいりん地区に集まった労働者風の男たちが朝から酒を飲みながら〈ここは天国だ。けれど寂しい〉と答えていた。〈家庭を出て自分の中の家を壊し、そしてまたファミリーを作〉った彼らに、サトコ自身も、サトコの《遊び》も重ねられる。《遊び》を無理に延命したところで、寂しい浮浪が待っているだけということだろう。しかし、サトコ自身が納得するまでは、《遊び》に執着しつづけるしかないのだ。

『無愁天使』のタイトルは、〈無愁天子〉と呼ばれた中国の北斉の後主・高緯から取られている。作中では〈哀情の入りこむ隙もないほどに、昼に遊び夜に遊び、ついに遊びはエスカレートして生身の人間を切り裂き観察し――彼のようにね、時間も罪も己の死も存在しない場所へ〉と、独特な意味づけがなされている。〈無愁天子〉の話を聞いた〈私〉は〈でもその人にも終りは来たのね。そのときその人、どう思ったかしら〉と、その〈終り〉に思いを馳せる。高緯は国政の乱れを顧みず享楽生活に溺れ続け、その結果、国は滅亡し、最期は一族もろともに処刑された。一方、〈私〉が《遊び》続けたところで〈私〉を裁く人はいない。にもかかわらず、〈私〉は〈死んでいくと想定しながら眠りに就〉くことに安らぎを見出し、死へと釣り込まれていく。《遊び》の出口を見失った〈私〉が自分の立っている場所も見失いながら走り続け、耳の奥に秒針の音を聞く作品のラストは、〈無愁天子〉のように〈終り〉を迎えるまでは、〈終り〉に向かって走り続けるしかない仕方なさを暗示する。

『銭湯』にも《遊び》の終焉を認める難しさが描かれるが、《遊び》を手放す可能性が示唆される点で前の二作とは異なっている。〈たとえ可能性が溢れかえっていたとしても、私が選ぶのはいつも一番退屈でありきたりな一つ。私は必ずそれを正確に選り抜き柔順に選び出す〉と八重子自身が自分に失望しているように、彼女は自分の前にまっすぐに延びる〈一筋の道〉から逃れることができない。その〈一筋の道〉の先には、自分の人生を〈こんなもん〉と諦める母の姿があり、〈わたしなんか、つまらない人生だ〉という上司の妙子の姿があり、銭湯で見かける女性たちの姿がある。彼女たちと同じ道を歩むことに希望を抱けず閉塞感を抱える八重子は、自由に生きる架空のヤエコを創り出すことで、その道に絡め取られることを拒否して戦おうとした過去の自分の幻影を留めようとする。就職しても風呂なしの部屋に住み、銭湯に通い続けるのもそのためだ。しかし、それが過去への執着に過ぎないと気づくラストで、逆に、その閉塞感はやっと解消の兆しを見せるのだ。

こう考えると、この三作に登場する女性たちは三人とも、人生を《遊び》切るにはあまりに不器用だが、そうして放浪に疲れ果てながら満足いくまで拘って篭城しきったその先に、人生は〈こんなもん〉と諦めるのではなく、自分なりに納得した上で《遊び》を手放す道が開けていくという希望を見出せる。

限定された時間の中で楽しめるだけ楽しんだら《遊び》は終わる。しかし、一つの《遊び》が終ってしまっても、また次の《遊び》へと移行していくことは可能だろう。逆に、そうした自由な流動性を否定してしまったら、それはもはや《遊び》ではないのではないか。『幸福な遊戯』の同居人のハルオが写真という新たな《遊び》を見つけ、『無愁天使』の妹がボーイフレンドを見つけたように、人生を《遊び》切るためには、彼女たちもまた新しい《遊び》を見つけるべきだろう。〈何ができるかって、何でもできるのよ。自分が何をして遊べば楽しめるかさえわかればね〉とサトコ自身が言っていたように、もはや楽しめなくなった《遊び》の終焉を彼女たちが認めてそれ手放すなら、また新たな《遊び》へと踏み出すことも可能なはずだ。そうした自由な流動性の中に身を置いてこそ、《遊び》続けることを選ぶ意味も生じてくる。

（東洋英和女学院大学非常勤講師）

「ピンク・バス」の不思議——夫馬基彦

この作品は男の読者にはわかりにくいものである。少なくとも私にはそうだった。理由はたぶん、この作が若い妊娠女性のつわり期間における、体調および精神状態不正常下での日常を素材としているからだと思える。

妊娠初期の女性がふだんとはだいぶ違った状態に陥るということは、男もしばしば耳にするからある程度は分っているつもりでいても、体の組成が根本から異なる男にとっては実感としてどうしても分らぬところがある。つまり、この作は主人公サエコが妊娠に気付いたところから始まり、だんだんつわり症状と思しき気分の不快、吐き気、体のだるさ等が昂進していくにつれ、精神状態も微妙に揺らいでいく過程そのものを描いている。

おまけにこのサエコはもともとかなり変った性癖・体質の女性で、子供時代以来の記憶を勝手に修正したりできることになっている。たとえば小学校時代はかなり優等生的な子だったらしいのに、中学に入ったとたん不良になろうと決めてそうふるまったが、大学へ入ると今度は折からお嬢さまブーム時代だったのであっさりその路線に乗り換え、その後もエセインテリになったり、男にだらしない淫乱女になったり、時代錯誤なヒッピー崩れを装ったりしてきたらしい。そうして大学はだらだらと三年も留年した挙句、かつて一年上級だったタクジとなんとなく結婚し、そのまま主婦（?）になり、そのまま妊娠したところらしい。「らしい、らしい」と続けてしまうのはわざとというより、話を読んでいくと語り手であるサエコの雰囲気が明確な輪郭というものをほとんど感じさせない形で進行していくので、彼女が語ったことが地の文として書かれていても、果たして客観的事実か否か定かでない気がしてきてしまうためである。

その曖昧模糊としたつわり状態のアパート暮しの中へ、ある日、闖入者が現れる。

タクジの姉の実夏子で、全く初対面だ。姉がいるということはタクジの母親から聞いたことがあるが、ふらっと出て行ったきり何の連絡もなくなる、この二年はまったく音沙汰もない、と深刻げに告げられただけで、タクジ自身からは何の説明もなかったのである。

その実夏子は、なぜ、どんな事情で、突然現れたか、当人からもタクジからも何の説明もない。いわば新婚家庭への、それもつわりで苦しい半病人的状態のところへの闖入者だから、サエコは困惑するが、タクジの姉だしタクジは当然のような顔をしているので、まあ三日もすれば出ていくのだろうとなんとなく受け入れる。

だが、実夏子は出ていかない。

そのためサエコのいらいらや体調不可は増大する。で、サエコはそれとなく実夏子に自分の状態を話し、彼女が察してくれるよう期待する。が、実夏子は妙な女性で、サエコが妊娠していると聞くと、「気持ち悪い。妊娠なんてすごく気味が悪い」と言ったりする。おまけに実夏子は昼間は寝ていて、夜は起きタクジとひそひそと顔を突き合わせサエコには決して聞えない話をしていたりする。歳はもう三十過ぎだというし、しかし職業も何もなさそうだし、「極端な人見知り」で、ある日サエコが買い物から帰ると、奥の部屋に「実夏子の一角」が出来ており、そこには衣類のほか十八体ものぬいぐるみが並べられていたりする。実夏子は深夜一人でひそひそ食事をしたり、サエコが吐き気がするたばこを吸ったりする。いつまでいるのかと聞くと、「ピンクのバスが迎えに来るまで」と訳の分らぬ答えをする。それが何かはサエコにも分らないし、読者にも分らない。実夏子はもちろん作者も何も説明しない。

サエコの体調や気分はますます悪化し、食事を食べられなくなったりする。ちょっとしたことが妄想（と当人は自覚していないかもしれない）に結び付いていくような気がする。せめて昔の友達に会えばと学生時代のトモコに会いに出かけてみるが、事態は変らない。どころか、トモコの話から学生時代につきあった「レゲ郎」のことが想い出されるようになる。

レゲ郎は大学三年次にどういうわけかクラスの授業に現れるようになった浮浪者ふうの男で、興味を持ったサエコがあとをつけると、公園に野宿するホームレスだった。サエコはそのままこのレゲ郎と行動を共にし、十ヶ月近くも一緒にホームレス暮らしをする。そしてある日、同じ毛布に潜り込んできた浅黒い外国人ふうの男に抱かれる。生理が止まり、「妊娠」という言葉が衝撃的に浮ぶ。それがきっかけで突然「酔い」が覚める。レゲ郎は「何か」を持っているわけではなく、ただ単純に何もしない人だと気づいたのだ。サエコは自分の部屋に戻る。

こういうふうにいつのまにかストーリーの一部を要約的に書いてしまったのは、読者である私がこの作を評する上で、これらのことが完全によく理解できないからである。先述したようにこれらのことも作品中で地の文として、あるいはちゃんとサエコやタクジの会話や行動として描かれているから、少なくとも小説中の事実として受け取って構わないと思うのだが、私には本当にそうかと思ってしまうところが残るのである。

つまり、新婚の、つわり状態の狭いアパートに、本当にこのようにして会ったこともない姉が現れ長期滞在するものかどうか、ごく普通なと思える大学の女子学生が、こんなふうにホームレスと十ヶ月も暮らすものかどうか、ひょっとしたらこれらのこともつわりの悪化したサエコの妄想なのではないか、といった疑念が生じてくるのである。

こうなると、作者のこの作品の書き方自体が中々意味深なふうにも思えてくる。作者は冒頭からつわりの微妙な体調から書き出し、主人公は子供のころから自分の記憶を自在に修正・作り直したりできる性癖である設定にし、大学は三年も留年するなどいい加減な性格であり、闖入する姉もどうも精神に問題がありそうな強度の引きこもりの正体不明な人物、ということにしている。しかも、先の外国人ホームレスによる「妊娠」話はその後どこにも出てこないのである。妊娠が事実だったかどうか、あるいはその後堕胎でもしたのかといったことは一切出てこない。

とすれば、これらのお話は全部うそで、すべてつわり状態の女性の妄想ととれなくもない気がしてくる。

これがつわりの実態を実感できない男の読者たる私の、それこそ妄想であるか否かは、これを読んだ他の読者の意見を待つが、作品自体に戻ると、このあと話はこうなる。

産科病院へ検診に行ったサエコは、帰途、公園でピンクのバスを見かける。それはアイスクリーム屋か一風変わった無農薬野菜屋の車かと思えもしたが、車体には何の広告も書かれていないし、近寄るとピンク自体が手塗りみたいに見える。慌てて帰宅し、実夏子に「ピンクのバスが来てます」と告げようとするが、彼女はいない。夜になって帰ったタクジからサエコは「（君は）おかしい」と言われる。翌日になってサエコは実夏子にバスのことを話すと彼女は「知っている」と答える。そうして実夏子は実際、その日何時頃かも定かならぬ時間にピンク・バスに乗っている。サエコも乗り込んでいくと、実夏子は「一緒に行く？」と聞く。サエコは「どこへ行くんですか」と聞いたが声はかすれ、実夏子の返事はない。サエコはバスを降り、ピンク・バスは走り去っていく。

バスがどういうものか、行く先はどこかなど一切は不明のままである。

不思議なバスであり、男の私には不思議な話だった。

（作家、日大芸術学部教授）

「学校の青空」——学校の空は青いか——

佐野正俊

角田光代の「学校の青空」は、一九九五年に河出書房新社から刊行された短編集であり、一九九九年に河出文庫の一冊となった。同作品は「パーマネント・ピクニック」（「文藝」一九九四年夏季号）、「放課後のフランケンシュタイン」（「文藝」一九九四年文藝賞特別号）、「学校ごっこ」（「文藝」一九九五年春季号）、「夏の出口」（書下ろし）の四編によって編まれている。一九九〇年、「幸福な遊戯」で第九回海燕新人文学賞を受賞して文壇に登場し、現在に至るまで意欲的に作品を発表し続けている角田にとって、「学校の青空」は最初期の作品集の一つと位置づけることができるだろう。

「学校の青空」に収められた四編の小説は、いずれも学校が主な舞台として設えられており、「私」という一人称の女の子（初めの二編は中学生、残りの二編は小学生と高校生）によって物語られる。それにしても「学校の青空」とは、なんともシニカルなタイトルである。四編の小説に描かれた学校は、曇空どころか、激しい雨風に曝されているからである。

これらの小説が発表された一九九四〜五年と言えば、後にバブル経済崩壊後の「失われた十年」と称された時期にあたり、日本の社会にある種の倦怠感が漂った時代であった。出口の見えない不況によって、企業が正規雇用者の採用を控えたことから、就職氷河期と呼ばれる状況が生まれた。デフレによって低価格で良質な商品やサービスを提供する企業が増えていった時代でもある。小売業ではユニクロが登場し、百円ショップが一気に増加したのもこの時期である。

このような曇り空の時代の世相が、四編の作品に色濃く影を落としている、ということだけを述べたいのではない。近代国民国家の誕生以来、この国がどのような状態にあろうと、強力な訓練装置として機能し続ける学校というシステムの強大さ、その刷り込みの方法の巧妙さについて述べたいのである。そのプログラムは、表だった教育の過程、つまり教室に掲示されている時間割に現れているのは当然であるが、問題はいわゆる隠れたカリキュラム（hidden curriculum）と呼ばれる磁力の強さである。

例えばチャイムは、子どもたちに時間の厳守を要求する。仕事を効率的に進めるためには、人は時間を合わせて行動することが求められるのである。授業はひたすら静粛に拝聴するというがまんが要求される。この圧倒的な強制は、自らの行動の意味を問うことのない大人社会に入る準備と解釈できる。学校では、コミュニケーションには、話し手と聞き手の役割があることを「ＲＰＧ」（「学校ごっこ」）で学び、整列や出席簿の順、体育の授業で男女の性差を学ぶ。さらに「わかる人はいますか？」「できる人はいますか？」というような教師の問いによって、人には学力差や体力差があることが教えられ、クラスという集団には自分の位置というものがあるのことが暗黙の内に伝えられる。年齢によって学年に分けられることで、人は年をとるのだということが教えられる。つまり、ある年齢に達すれば自らの進路を決定し、学校を卒業しなければならない（「パーマネント・ピクニック」、「夏の出口」）のである。

「パーマネント・ピクニック」は、共通の友人であった「ハルオ」の自殺に触発された「私」と「友則」の計画的な自殺行がストーリーの軸である。「いつもと変わらず繰り返される日常は、しなやかに軽く柔らかく、私からは遠かった」と語る「私」は、同居している認知症の祖母の徘徊先である「あの世とか天国ととても近い場所」への憧れを抱いている。死んでしまった「ハルオ」も、その「場所」にいると信じたからである。二人は「ハルオ」の自殺の理由を「もうやりたいことが一つもなかった」からだと解釈し、お互いと重ね合わせる。「私」も「なんにもしたいことがな」かったのであった。自殺に合意した二人は「子供のように抱き合い」、「私」は「友則」に対して、「ポストが赤いと言えば、私たちはまったく同じ赤を思い浮かべる」という精神的な結びつきを感じる。一方で、やんちゃでちゃらんぽらん、そしてある種のイノセンスを感じさせる「友則」は、「私」に対してしっかりと女を感じていたりもするのである。このように性格の全く異なる二人が、人生の「同じ穴ぼこにはまってしまった」ことにおいて、シンクロしていく過程が本作品の読みどころであろう。二人が自殺へと至る道のりは、あたかも心中を決意した若い二人の道行きを彷彿とさせ、花道の七三あたりで行きつ戻りつしながら、最終的な結末に向かっていく。作品末尾で「私」の「右目から」流れた「涙」と、作品名である「パーマネント・ピクニック」（永続的なピクニック）＝「ああ終わっちゃったって思わなくてもいい遠足」との関係をどう読み解くかが、本作品の読みのポイントとなろう。

「放課後のフランケンシュタイン」で描かれるのは、女子中学校における陰湿ないじめである。「自分の中に電熱器のような装置があること」を、いじめの対象の「カンダ」によって知らされた「私」。「私」は「カンダ」をいじめぬき、彼女が学校を去った後に、その代替として「カナコ」を得る。「私」は「こわごわと私を見上げるその表情の中」に「一瞬カンダを見た」のである。小説は「私」の「カナコ」への執拗ないじめを物語を横糸にし、「カンダ」を転校にまで追い詰めたことで、「十五日間」に及ぶ「集団無視」を「私」が受けるエピソードなどを縦糸にして進行していく。いじめの理由を一切明らかにしない「私」の闇の深さが、物語のラストに至るまで通奏低音として響いていて印象深い。しかし、この作品では、いじめの被害者である「カナコ」の存在がむしろ際立つ。クラスを恐怖に陥れながらも、逆にクラスを活性化させる不審者の噂を膨らませていったのは「カナコ」だからだ。刹那刹那で豹変しながら、離合集散を繰り返すクラスメイトの「熱源」となっているのは「カナコ」なのである。物語の終末近くで、「また無視されることが怖いの？　私があなたのことを守ってあげるから、大丈夫よ。安心して私のことを考えていろいろしてくれていいのよ」という「カナコ」の言で、両者の立ち位置が一八〇度転換する場面がクライマックスである。いじめる「私」にとって、いじめの対象である「カナコ」、そしてなによりも自分自身も最後まで「意味不明」、理解不可能な他者であったのだ。

「学校ごっこ」は、放課後にクラスの「役割」を「ジャンケン」で決め、そのキャラクターをロールプレイする「ごっこ」を続けているうちに、「ごっこ」と「現実の教室」との境界線が混濁していくプロセスをスリリングに描いた佳作である。作中で「みどり先生」を、「永遠にジャンケンに勝ち続け、先生役をやる権利を持った大きなクラスメイトなのかもしれない」と語る「私」の語りに、この作品の批評性の中心がある。

「夏の出口」は「パーマネント・ピクニック」と同心円上にある作品である。高校三年生の段階で、それまでの学校生活と強制的に決別させられることとなる女子高校生たちの不安と焦燥が描かれる。「遠足」は唐突に「終わっちゃった」（「友則」）のである。「出口」の向こうの空は、学校の空ははたして青いだろうか？

「学校の青空」を読み返しながら、本作品が発表された九〇年代の中盤、よく知られた月刊の総合教育雑誌が「楽しくなければ学校じゃない」という呆れた特集を組んだことを思い出した。正確なことにおいて無比なプリンターである、この国の学校に、徹底的に絶望した後に学校の空を改めて見上げてみたい。

（拓殖大学准教授）

『まどろむ夜のＵＦＯ』――「幻想」と「現実」の狭間で――仁科路易子

角田光代が彩河杏名義で、集英社コバルト文庫で何冊か少女小説を書いていたことは、よく知られているわりにあまり問題にされない事実だが、執筆時期の近い、一九九〇年代前半の著作については、もう少し注意を払っても良いのではないだろうか。一時代を築いたエンタテイメントの作家であり、文芸評論家でもあった中島梓＝栗本薫が、いささか辛口な文芸時評『夢見る頃を過ぎても』（95）の中でこの作品を激賞したことも、それと無関係ではない。一九九六年に単行本扱いで野間文芸新人賞をとった表題作以下、三編の短編を収録した文庫版の解説で、斎藤美奈子は三編が、「それ以降の作品にくらべると抽象性が高いため、ちょっと高踏的に見え」ると評したが、むしろその抽象性は、少女小説や、それと類縁性のある少女マンガからきたものではないだろうか。角田より三年早くデビューした吉本ばななが、その初期には少女マンガの影響を色濃く見せていたように、それは必ずしも文学としての欠点を意味しない。むしろ中島梓にはすんなりと受け入れられ、他の評者にも「新しい感性」と見られるような、純文学にあっては目新しい表現技法の一つであった。

それでは「それまでの純文学」と、「少女小説」との違いはなんなのか。私はそれを「キャラクター」の有無であると考える。「登場人物」ではなく、「キャラクター」、あるいは略して「キャラ」と呼ばれるそれは、ある「特徴」や「性質」をデフォルメされ、それに付随する「役割」をこなすだけの擬人的な存在であり、言ってみれば「記号」である。少女小説は八〇年代半ばから、少女マンガ家や、それに近いイラストレーターの挿絵をつけることが一般的になり、登場人物の「キャラ化」に拍車をかけた。「キャラクター」は、その役割に応じてそれらしい容姿に描かれ、（たとえば優等生は繊細そうな容姿に眼鏡、不良学生はリーゼント等）読者は挿絵を通してその「キャラ」を把握し、好悪の情を抱く。

とは言っても、『まどろむ夜のＵＦＯ』は、「純文学」であり、「少女小説」ではない。したがって、その登場人物が、「キャラクター」的だ、と言いたいだけではない。ただ、作品世界の中で、一部の登場人物が、語り手である「私」にとって、「キャラ」的な捉えられ方をされているのは事実であり、そのような世界の捉え方——現実感の希薄さ——を、角田は少女小説の経験から学んだのではないかと、推測できるのだ。

この作品の中で、一番、記号的な役割を担わされているのは、主人公である「私＝ナナコ」の大学の同級生である「サダカ」である。徹頭徹尾、「私」に「サダカくん」と呼ばれ続ける彼は、その呼び名が、名字であるのか名前であるのかもはっきりしない存在であり、イメージとして「ブティックの棚におさまった、一枚の高級シャツ」と表現されるだけで、容姿等の描写は一切ない。彼は、弟「タカシ」が、夏休みに上京してからというもの、だんだん非日常に傾く「私」を反復的な日常に繋ぎ止める働きをしているようにみえる。

五日たつとサダカくんとの約束がやってきて、私たちは午前中に待ち合わせてお茶を飲み、映画を見、食事をした。（中略）五日後も十日後も、街頭で、レストランで、お互いの部屋で、私たちはまたそのシナリオをおさらいするように言葉を交わすのだろうと思うと、私はとても安心する。

サダカと「私」が「大学の同級生」であり、「五日ごと」の逢瀬を続けながらも男女の関係を持っていないことは後に記述されるが、考えてみればこれは奇妙なことである。サダカと「私」は、その馴れ初めは書かれないものの、「私」が大学に入ってからのたかだか数年の付き合いであるはずであり、彼が「五日ごと」にきちんと会おうとすることにも、互いの部屋を行き来しながら関係を結ばないことにも、「私」には、何らかの感慨なり葛藤なりあってしかるべきである。弟のタカシに対してもサダカと付き合っていると、「安心する」と語っているように、「私」がサダカに期待しているのは、その律儀な反復の安定感という「役割」だけなのだが、それは果たして、タカシの侵入さえなければ、「五日後も十日後も」続く、と錯覚されるほど長期的で安定した関係だったろうか。「そうではない」と断定できる根拠はどこにもないが、「そうである」と決定する根拠もまたありえない。にもかかわらずそう思わせてしまうのは、ひとえに「私」が、そう信じているからであり、そう信じたいからに他ならない。

斎藤美奈子は同じ文庫解説で、「語り手が思いのほか寡黙」であり、「自分のことは必要以上に語らない。自らの心情だの生い立ちだのを、読者にむかってとうとうと述べたりはしない」ことを「角田作品の大きな美質」だとしたが、その「クールな語り口」は、つまるところ、「クールな物の見方、捉え方」に由来している。タカシが電車で知り合ったと紹介し、「私」の日常を乱していく働きをする恭一という登場人物も、「いやに派手な格好」「身にまとっている極彩色のシャツや首に食い込みそうなアクセサリー」「『ちゃーす』という軽々しい挨拶」という極めて記号的な、役割的な描き方しかされていない。タカシが部屋で作る料理やジャムや桃等の食品に対する執拗な描写と、それは対照的である。世界は「私」というフィルターを通して語られ、それは五日ごとに会うボーイフレンドや、ベッドを共にする男性よりも、食品の味や匂いに強く焦点があてられたものなのだ。結秀実はそうした傾向を「気分」が主体となっているとして、志賀直哉の「私小説」と比較したが、「私」の男友達に対する眼差しのクールさは、時として志賀をも凌駕する冷たさを持ちながら、少女小説的な「読者と等身大のヒロイン」の心情中心に流れていくストーリーテリングに隠されて、あまり意識されていない。
「私」はタカシと恭一が居る公園の段ボール箱の家を拠点としたヒッピー的な共同体に近付いていく過程で、それを否定するサダカに反発し、サダカの秩序だって整頓された部屋を滅茶苦茶に乱して出ていくが、それっきり、彼からの連絡が途絶えることで、見捨てられたような格好になる。しかし、彼女はサダカに言葉でぶつかろうとはしないし、自分から連絡を取ろうともしない。同じようにラストで、タカシに誘われて、廃ビルの屋上を占拠してキャンプファイヤーをするグループに歓待され、誘われながら、そこに身を置くことも選択しない。ラストは「私」が、眠る彼らをおいて、一人でビルを出て行く描写で終わる。

幻想も現実も選ばない語り手は、斎藤美奈子が言うように「宙ぶらりん」な存在ではあるが、そうした彼女の姿が透明感を持って美しくイメージされるのは、日常と現実、秩序を代表するサダカと、現実の中にUFOや生まれる前の記憶、存在しないかもしれないアイドルの彼女との交歓等の幻想を混ぜようとするタカシや恭一が、「私」の世界の中で綺麗に二つに分裂し、互いを脅かさないからである。それは大杉重男が指摘するように「バブル時代」の「基本的な裕福さ、ゆとりを前提にした上での相対的な差異」ではあるが、そのくっきりとした対立と、その中でどちらも選ばない「私」は、青春期の「何者でもない私」のよるべなさや所在なさ、それと引き替えの自由さを描き出すことに成功している。

「安易な希望を信じない」という角田はその後も、ひたすら「安易な希望」や幻想を打ち砕き、なんの具体的な欲望も希望もない主人公をただ書き表し続けることで袋小路に陥り、中間小説への転換を遂げることになるが、『まどろむ夜のUFO』は、主人公が若く未熟であることで、ギリギリ希望を残す青春小説として成立している。角田前期の代表作とされるゆえんであろう。

（関東国際高校非常勤講師）

青いインクの小説──『ぼくはきみのおにいさん』──大國眞希

「ぼくはきみのおにいさん」は、河出書房新社創業一一〇周年を記念して企画されたシリーズ「ものがたりうむ」の第一期の一冊として一九九六年十月に刊行された。コンセプトは、「二十一世紀に大人となる君たちへ。新世紀にはばたく皆さんに贈る新しいお話の世界」で、児童、少女・少年向け作品が並ぶ。「大人も子どもも共有できる世界を描いたすぐれた作品」に与えられる第十三回坪田譲治文学賞を受賞した。当時の選考委員は、五木寛之、砂田弘、高井有一、竹西寛子、西本鶏介。受賞のことばで作者が「私はやはり、この小さな作品が私にとって書くことの根っこであると思う」と書く本作は、作家となった角田光代が、「書くこと」の原点（「私」は如何にして「書く」少女となりし乎）を描いた作品である。

視点人物「私」は、小学校六年生の女の子アユコ。怪奇・幽霊譚や超常現象などの不思議な話を集めた本を読むのが大好きな、内気な女の子だ。学校や塾では、友達と「笑ったりもさわいだりもできないし、ずっと静かにすわって」「いつだって黒板とノートしか見ていない」し、いろんなことを禁止する母親は、超常現象みたいな話を気味わるがって、聞いてもくれない。父親の話すことばは、「私」には「TVの中でマイクを向けられた大人が見えない子供に向かってものを言うのとおんなじようなこと」のように聞こえる。このように「私」は、特別な問題があるわけではないけれど、閉塞的な、ぼんやりとしたグレイとでも言うべき、のっぺりした日常生活を送っている。

そのような「私」の前に「ぼくはきみのおにいさん」と名乗る、見知らぬ少年トオルが現れる。「私」は、自分には全く記憶にないが、幼少期の自分には兄がいたのではないかと考えたり、その兄は死んでしまっていてトオルは死んだ兄の幽霊ではないかとの仮説を立てたりして超常現象の本を読むのと同じような感覚で、その出会いを楽しむ。トオルも「私」と同じように、怪奇・幽霊譚や超常現象の話が好きらしく、二人はそのような話を夢中で提供しあう。二人が話をする駐車場、「車の一台もとまっていないグレイの空間は、摩訶不思議な船の甲板になったり、真っ暗な宇宙空間になったり、UFOの内部になったり、明り一つもない田舎のあぜ道になったりした」ように、「私」には感じられる。

「私」は「自分が自分じゃないみたい」と思い、「トオルといっしょに育っていたら、私はもっと、はきはきした明るい女の子になっていたかも知れない」と夢想する。それはパラレルワールドにいる自分のようだ。遺伝子的・生物学的には自分なのだけれど、環境や選択が異なり、異なる自分になっている自分。その夢想には黄色がつきまとう。トオルが自身をアユコの兄だと名乗り、二人で心霊・怪奇譚などを「話しまくく」る駐車場からは、道と並行（パラレル）に走る黄色い電車が走っているのが見える。その電車は「ぼくはきみのおにいさん」とトオルが告げた際に、その存在が強調される。そして、二人で「ほんとうのおうち」を探しに行こうとゲームセンターでトオルに提案されたとき、「私」は黄色い自動車を運転している。更には、「いいよ」と「私」が大声で承諾の返事をした途端、「自分自身が」「目の前の黄色い車になった気」さえするのだ。この黄色は、トオルが自分の本当の兄だと思ったときに、「私」の頭の中をよぎった「見たことのない光景」のなかで、「今までにだしたことのないほどの大声で笑っている」「私」の明るさを象徴しているのかも知れない。しかし、「私」の物語は、実はパラレルワールドがあったとか、「私」の中に別の人格があるとか、そういう物語へとは展開しない。トオルは幽霊でも兄でもないとの事実が明るみになるその時、「黄色いライトは駐車場を照らす」が、以前、トオルと二人で怪奇譚を話しあったときとは違い、「私」にはその場が別空間になったように感じられはしない。そこにはグレイの駐車場が広がるばかりだ。その代わりに、その場には「ぶすりとした顔」で、塾で同じクラスだった同級生のトオルがいて、「私」に「青いインクのボールペン」を「押しつけ」る。

「私」は変わらぬ、閉塞した日常にいる。〈ここ〉から別の世界へ行くことはできない。それでも、トオルの出現によって変化が生じる。この変化には、トオルだけでなく、会社を「ずる休み」する「放浪癖」のある父親が一役買う。そのせいか、父親はトオルと照応するように描写されている。トオルが初めてアユコの前に姿を見せたとき、「おとうさんのライターみたい」として、わざわざその比喩に「おとうさん」が引きあいに出される。トオルは「ぼくはきみのおにいさん」だと、マンガ雑誌を片手に「サンドイッチのかすをあごにつけてしゃべりだす」のに対して、父親は「クラスメイトの男の子みたいに見えた」とされ、「マンガ雑誌を持って、ほほにケチャップがうっすら残っている」姿で、「私」とトオルの前に登場する。父親は父親とは名乗らず、「私」も〈ここ〉にいる「おとうさん」は、「おとうさんにとんでもなくよく似た、本物のルポライターじゃないかと」思う。そして、「私」とトオルは計画を変更して、その父親の車に乗って「ほんとうのおうち」を探すことになる。トオルと出会う前には「私」は「アユコが生まれるまえ」「結婚するまえ」で始まる、父親が各国を旅行した話を、「あんまり好きじゃなかった」ために聞き流していた。しかし、「ほんとうのおうち」へ向かう車内では、「ものすごくおもしろく」「身をのりだして」聞く。その時もやはり、車が「砂漠を通りすぎ果てしなく広い牧場をすぎ、雪の降りつもった山々をすぎ水の澄んだ川べりをすぎ、おいしいものを売る屋台がびっしり並ぶ街角をすぎた」(かのように感じられる)。

このような経験を経て、「私」は、息が詰まりそうな日常〈ここ〉にありながらも、閉塞を脱して、「書くこと」のできる空間を獲得し、プレゼントされた青色のインクのボールペンを握りしめて、友だちや両親に手紙を「書くこと」を決意する。いつも使用していたであろう、鉛色の鉛筆とは異なる青色のインクであることが、閉塞した日常から抜けだしたことを示唆するのではないか。そして、本作は、小学校六年生の「私」が「書くこと」を獲得する物語となる。

最後に、母親について触れておきたい。「私」の物語では、彼女は、現実主義的で、禁止事項を発令して、「私」を抑圧する側に置かれる。そして、「ねじつきの人形」とまで言われるが、母親自身はそう呼ばれていることを自覚しており、「私」と父親に蚊帳の外に置かれていることにも気づき、傷ついている。現実的な母親と理解力のある父親という二項対立的な物語の役割を担いながらも、その図式(物語を動かすための装置)からはみ出す部分を、読みとることも不可能ではない。池上冬樹氏は、二〇一二年五月六日「日経新聞」の書評欄で「紙の月」を取り上げ、「日常生活を静かな地雷原として捉え直し」、「罪をおかさないで生きることが、あたかも僥倖であるかのように思えてしまう」と評しているが、本作の母親には、後に「犯罪を積極的に扱うようになった」角田作品に登場する、犯罪に走る母/妻の萌芽を感じることができる。「私」が確実に「青いインク」を手に入れて「書く」決意をすること、そして、母親に人間的な深みがあることも、子ども向けの空想物語でなく、「大人も共有できる世界」との評価につながったのであろう。

(川口短期大学教授)

『カップリング・ノー・チューニング』

――ノー・チューニングな記憶と花火――

――錦　咲やか

チューニングされていない雑駁なラジオをとりとめもなく聴いているような、無為なひととき。ひたすらだらだらと過ごした時間は、後から実はそれ自体が得難いものであったと気づいたりする。特に、若い青春期の時間においては、かなり高確率でこれと思い当たるのではないだろうか。そしてその無為な感覚を忠実に写し取っているテクストも、なかなか得難いものである。たとえば緩慢なディスクジョッキーの語りのようにだらだらと進むテクストの語りの途中で、何か意義のある事柄を表出させてしまえば、物語としてそこには何らかの志向性が見出されてしまうからだ。しかしこのテクストは、その無為な時間を「得難いものであった」と意義づけをする行為を相対化して回避し、寸前で物語を終わらせ、文字通り道の真ん中にいる若者を描くことで、結果としてとりとめのない青春に代表される感覚をかなり誠実に編むことに成功している。

『カップリング・ノー・チューニング』は一九九七年に河出書房新社より刊行され、後の二〇〇六年に『ぼくとネモ号と彼女たち』と改題されて河出文庫に収められた。改められたタイトルをかの田辺聖子「ジョゼと虎と魚たち」と強引に重ねるとすれば、ジョゼの夢見るような憧憬の対象は虎、自らを例えているのは行き場のないたゆたう魚であることから、全く毛色の違う小説同士ではあれど、オマージュのようにもうすうす思われてくる。この小説は〈ぼく〉が憧れのシビックを手に入れ、〈海の中に自分だけの国をつくろうとした船長にあやかって〉ネモ号と名付けるところに端を発する。次々と乗っては降りていく女性たちとの、お互いラジオのディスクジョッキーを聞いているかのような一方通行の会話。つたないコミュニケーションを試みるぼくだが、どの女性との組み合わせも〈ノー・チューニング〉な状態だ。チューンナップされていない中古の車による、調和を欠いた旅。

最初に乗せたのは高校の同級生だった春香である。ぼくはシビックを見せびらかしたくて友達周りをするが、予想外に冷たい反応であしらわれたことから、高校時代自分を好いていた春香の家に思いつきで行ってしまう。そこでひとしきりねだられ、春香を乗せてドライブすることになる。しかし春香は〈見せかけの私じゃなくて、本当のわたしを知ってるんだと思ってた〉と、ぼくに対する思い入れから高校時代の記憶をとうとうと語る。ぼくは一切その語りに興味を持てず、適当に受け流しながら自分を彩っている物ものを記号的に確かめる行為に没頭している。U・Sエアフォースのトレーナー、カシオGショック、シルバーのスカル・リング、501の赤耳、足元は灰／赤のナイキ・バーストI。車の後部座席に並べたのは、二年で買い集めたスニーカー、エア・マックス95、AJⅪ、黄色いパテントレザーのワンスター、エア・フマラ。ジョン・スペやペイヴメント、スマッシング・パンプキンズのテープ。兄からくすねてきたニルヴァーナやストーンズやクイーンのレコード。春香を駅に追いやり、次にいきなり乗せることとなるトモコもまた、オアシスやウィーザーが好きで足元はかなりはきこんだブラウンのナイキ・レザー・コルテッツの〈すごくいい感じの女〉と見え、様々な記号に彩られている。

ぼくはトモコとの不協和音が続く気まずい車内で、記憶がたどれるかぎり昔から、あれこれ思い出そうとしてみるが、幼少期の記憶は自分でも驚くほどあいまいである。しかしふと自分がはまっていた〈もの〉を思い出してみる――ラジコンカー、人生ゲーム、ポラロイドカメラ、ローラーブレード。すると順序立てて記憶が掘り起こされてくる。そのものにまつわる顛末やその時の気分を細部にわたって克明に思い出すことができるのだ。

物を介在させない限り、チューニングできない記憶。ぼくはものに付随した存在としてしか立ち現れない自分をここで知る。トモコは一緒にいた男からの逃亡をつかのまぼくの車で試みるが、アディダス・マスターをはき、ハーレー・ダビッドソン・ヘリテイジ・ソフテイルに乗ったその彼が追いかけてきたことに結局は依存しており、彼女の暗い過去を丸ごと肯定してくれたという記憶／ものと共に去っていく。

ぼくが最後に出会ったのは、大阪と大きく書いた紙を掲げたヒッチハイクの女だった。彼女はつかみどころがなく、何を聞かれても淡々と話すだけで、〈こちらが何をしゃべっても、興味を持たないかわり決して否定せずにやわらかく吸収していくような〉雰囲気がある。結果ぼくは、言葉を続ければ続けるほど体が軽くなり、ランナーズ・ハイのような感覚を味わう。どこまでも言葉を吐き出し続けたくなる。月並みな過去に思いを馳せ、ぼくはその時、なぜ春香が語る過去にあんなにもいらいらさせられたのかを悟る。〈そのちっぽけな記憶の山をふくらませて掘り起こして、勝手に意味までつけ加えて、手痛く傷ついたりとんでもない影響を及ぼされたふりをしている。ふりをしていることにも気づかずに、そのちっぽけな過去に取り囲まれてその中で呼吸しようとしている〉ぼくたちについて。そしてまたトモコに対しても、〈トモコのかつて欠けていた過去があの男を選んだとしたなら〉トモコはいつまでたってもそこから動けないのだと気づく。ここからは過去の物語的な意義づけを自己言及的に相対化させるテクストの操作が行われていく。

最後に乗せた女は素足にすりきれたビーチサンダルをはいており、ぼくはぎょっとする。その後女はノーブランドの、どうでもいいようなデザインの古びたスニーカーにはき替える。彼女を含め、知らない町で周りの風景をぼんやり眺めたとき、ぼくは〈自分を見下ろし、バーストＩと首の伸びきったトレーナーと赤耳ジーンズを確かめる。見知らぬものに囲まれて、自分が身につけたそれらだけが妙に重たく思えた〉。女がビーチサンダルを捨てて立ち去った時、彼女が自らに属する〈もの〉を簡単に投げ捨てて走ることができ、その一瞬あとには、自分が何を持っていたのかも忘れることができるだろうとぼくは感じる。それはぼくが彼女に、車の後部座席に並んでいるスニーカーの言い訳をしたくなったこと――〈これは全部、意味なく買い集めたわけじゃなくて、それぞれがそれぞれ思い出深い品であって、今ここになくてはならないものなんだと、女に説明したくなった〉ことと呼応している。ものに意味づけをした記憶に拠って表出している自分から、ぼくは初めて旅立とうとする。ぼくは女にならい、自分のはいていたバーストIを脱いでゴミ箱に押し込み、素足になる。

素足になってぼくは、ふと電話ボックスを目指し、〈だれでもいい、だれかに、ぼくは今ここにいるのだと、どこかはわからないけれどとにかくずっと遠くにいるのだと〉言いたくなって、頭に浮かんだ電話番号にかける。どうやらそれは間違ったところにかかり、たどたどしい〈見知らぬガキ〉の声が聞こえてくる。受話器の向こう、女の子の今いる場所が浮かぶ。〈橙の白熱灯、湯気をあげている炊飯器、つけっ放しのテレビ、床に散らばったおもちゃ。彼女に今必要なものはすべてそろっているその場所。〉〈もしどこかに行きたくなったら、行き先なんてわからなくても、何一つ目的がなくても、とりあえずどこかに行きたくなったら、となりに乗せてあげるよ、とぼくは言いそうになる。〉必要なものがすべてそろっている物語から、とりあえずチューニングされていないどこかに向かう旅路は、ものに属してチューニングされていた過去の存在を捨て去ることから始まる。闇の中まっすぐ伸びる道路を見ても〈ここにいてもなんの用もない。この先に行ったってやっぱりぼくにはなんの用もない。〉〈それでもなぜか、暗闇で覆われたこの道の先をどこまでも走ってみたくなる。〉女が自分の旅を「ばかみたいなのよ」と笑った時の、花火のような声。花火のように瞬く笑いだけが、新しい暗闇をかすかに照らし出す。

（日本近代文学研究）

『草の巣』——ここではないどこかへ——

上坪裕介

金や銀、鮮やかな原色で彩られた木馬が音楽に合わせて回り続ける。子供たちは自分のお気に入りの木馬にまたがり、心地よい揺れと巡っていく光景に心を躍らせる。メリーゴーラウンドが大抵どこの遊園地にもあることを考えれば、その普遍的な人気は明らかだ。まるで木馬がこのままどこか遠くへと連れて行ってくれるような錯覚さえ覚えるかもしれない。しかし音楽が終われば、自分がどこへも行けなかったことに気づく。胸に残る高揚感をくすぶらせながら、同じ場所をぐるぐると回っていただけだという事実を思い知る。子供たちは一体どこへ行きたかったというのか。幼い頃の記憶を辿ってみても明瞭な答えに行き着くことはないが、おそらくは具体的な目的地などなかったはずだ。ただ漠然とどこかへ行ける気がしていた。そしてひとたび木馬たちの華やかな装飾を剥げば、そこには金属の骨組みが上下左右に動くだけの寒々とした光景がひろがっている。本書に収められている「草の巣」・「夜かかる虹」の二篇は筋立ての特徴こそまったく異なるものの、どちらの主人公も共にこの「ここではないどこかへ」という想いを本質的に抱えている。メリーゴーラウンドの木馬に乗った子供が結局はどこへも行けなかったのと同様に、「どこか」を探しながらも同じ場所をぐるぐると回り続けているように見える。

「夜かかる虹」は幼少期に端を発する姉妹間のわだかまりを描いた作品だが、姉妹はそれぞれに自己の帰属する関係性の輪に違和を感じつづけて育ち、現在もなお居場所を探し求めている。主人公のフキコは子供時分に妹が産れたことによって家族の中心としての暖かく居心地のいい場所を失った。大人になったいま、恋人の修平との関係の中に居場所を見出しているが、妹の出現によって再び奪われるのではないかという危機感を抱きはじめる。妹の奔放な行動に翻弄され、疑心暗鬼になってついには修羅場を演じるが、フキコが本当に守りたかったのは恋人の修平ではなかった。〈帰ってくる修平、家を出る修平、風呂場で鼻歌を歌う修平、仕事の話をする修平、見慣れたそれらの光景を繰り返していくと、いつか部屋の中にいるその男には顔がなかった〉という一文にそれは暗示される。彼女が守りたかったのは恋人＝修平ではなく、家族という安息の地を共に築いてくれるはずの不特定の誰か＝修平という一方的なエゴによる思い込みに他ならない。一見どこにでもありがちな姉妹間の確執を描いているが、むしろ主題は〈自分の場所〉を求めて堂々巡りを繰り返す姉妹の存在の寄る辺なさにある。

一方、「夜かかる虹」がどちらかといえば身近に起こりうる筋立てであるのに対して、「草の巣」はまことに奇妙な話である。主人公〈私〉が働く飲み屋に時折顔を見せる中年男・村田に誘われ、男が作っているという〈家〉を見に行く。山中にある〈家〉は、わずかな平地に草を踏み倒して四角を作り、その中に雨曝しになったTVやビデオデッキ、足の一本ないちゃぶ台など粗大ごみとしか思えない物を並べただけの空間で、男は空き家やごみ捨て場から物を運んでくれれば、それでじきに〈家〉ができると言う。〈私〉はこの〈家〉を一目見て〈意味不明の恐怖〉・〈幼い日、底の見えない井戸をのぞいたときの気分〉を覚えるが、その後も文房具の営業をしながら家具を集めて回る男の車に乗りつづけ、仕事も同棲相手のことも放り出して何日も旅館やホテルを転々とする。

ロードノベル風のこの小説は、三木卓が指摘するように（「創作合評」『群像』97・7）一種の恋愛小説とも読めるが、他方で、ある種の異界往来譚とも考えられる。運転席に座る男は徹底して無口で、〈意志とか力とか、そんな光のいっさい宿らない目〉をし、〈空白の表情〉を浮かべた〈会ったことのない種類の人間〉であり、何を考えているのかまったくわからない。男の〈家〉へと続く山道の入口には地蔵が佇み、〈暗闇の中不自然に白く浮びあがって〉いる。地蔵は古来より峠や村はずれなどの境界に置かれ、異界への入口と考えられてきた。山道を先導する男の背中は、次第に村田でも見知らぬ男でもない〈もっと違うもの〉に見えはじめ、〈私〉は〈いったい何に連れられてどこに行こうとしているのかわからなく〉なり、犯罪的な恐怖とは異なる〈もっと意味のないどろどろした恐怖〉にとらわれる。ひとたび〈家〉へ行って山を下りた後は、旅館の風呂で出会う老婆も、ラブホテルの係りの老婆も〈私〉に地蔵や石を連想させ、立ち寄った神社に並ぶ六体の地蔵は笑いかけてくる。窓の外を流れる町も、空の色もことごとく灰色で、道路の看板の町名を見ても現実味のない地名に思える。特別楽しいことがあるわけでもなく、その気になりさえすれば普段の生活にいつでも戻ることができるにもかかわらず、〈私〉は車を降りない。得体の知れないものに惹きつけられるように、はっきりとした目的もなく男についていく。

そもそも〈私〉は、子供の頃から自分が〈いるはずの場所以外の、どこでもない場所〉への憧憬を抱えていた。男の車に乗ったのも幼少時に誘拐されかけた時の記憶が背中を押したからだ。あの時あのまま車に乗っていたらどうなっていただろうかと考える彼女の根底には、「ここではないどこかへ」という想いが流れている。その憧憬は、彼女の家庭環境に起因している。〈私〉は引っ越しの多い家庭に育ち、必要最低限のものに囲まれて暮らしていた。引っ越しのたびにさらに厳選した必要なものだけを持って移動していくということを繰り返し、ついにはどんな場所でどんな家に住もうと〈どこも私にとって同じ〉としか感じなくなる。彼女にとっては〈その場所に、いなければならない理由は何一つ〉ない。「夜かかる虹」のフキコと同様に、帰属する場所のない、いわば存在の無根拠さともいえる浮遊感を日常的に抱えて生きる〈私〉は、心のどこかで存在理由を強く根拠づけてくれるような〈自分の場所〉を求め続けていたのだろう。最低限の必要なものだけで構成される世界に生きる彼女にとって、最も必要のないものは自分自身だったのかもしれない。

「草の巣」が異界往来譚であるとすれば、その異界は全てが不必要なもので構成された世界にちがいない。事実、男の〈家〉は〈私〉には単なる粗大ごみ置き場としか思えない。家とは実用的な必要最低限のもので構成されているはずだと信じる〈私〉にとって、〈家〉もそれを家だと言う男も異質な存在以外の何者でもなかったはずだ。求めていた「どこか」へ来たのだと感じて高揚したとしても無理はない。彼女は男の平凡な日常生活を垣間見ることを極端に嫌うが、それは〈家〉の異界性が〈私〉の作りだした幻想である可能性を示唆する。〈私〉は車に同乗した榎本という男に、誰かから逃げているのではないかと指摘されるが、彼女が逃げているのはこれまで暮していた日常生活の場にちがいない。もっといえば「ここではないどこか」へ来たという幻想が引き裂かれることを恐れているのだろう。しかし現実は徐々に追いついてくる。彼女の目にはごみ置き場としか映らなかった場所が本物の家に見えはじめ、意味のないものの集合であったはずの空間は〈実用品とそうでないもの、必要なものと無駄なもの〉で構成されていることを知る。それは彼女がごみと断じて価値を見出せなかったものに対して存在価値を見出しはじめた結果だ。さらには〈私〉がこれまで必要なものだけで構成されていると信じていた日常的な世界も、実は〈実用品とそうでないもの〉の混合から成り立っていたことに思い至り、自分がそうした一見無駄な細部によって形成されてきたことに気づく。だがそれは同時に、異界がもはやその異界性を喪失し、日常的な世界となんら変わらないものになったことを意味する。〈私〉が異界を脱し普段の生活に戻ったのかそれとも異界にとどまったのかは謎のままだが、異界性が崩壊したことによって、少なくとも「どこか」を希求した〈私〉は結局どこへも行くことができなかったことになる。それはさながらあっちの木馬こっちの木馬と試しながら、音楽の鳴り止まないメリーゴーラウンドにひとり乗り続ける子供のようだ。

（日本大学芸術学部助手）

『みどりの月』――異形の女神への憧れ――

中上　紀

角田光代著『みどりの月』を初めて読んだ時の、どこか懐かしい人との距離感、空気感、そして充満する東南アジアの暑気と混とんの余韻を、文庫版を再読し、思い出した。いや、大切な手紙を開封するようにページを開いていった時の高揚に、いまだ浸っていると言えるのかもしれない。

十数年前、まだ駆け出しの作家だった頃、何度か角田光代氏とお酒を飲む仲間に混ぜていただいたりしたことがある。当時氏はすでに経歴十年のベテランであり、たくさんの著書を有していた。それから、膨大な旅の経験も、持っていらっしゃった。もちろん宴の席では様々な旅が話題に上り、またそういう会はことさら盛り上がり、物書きになるきっかけが「旅」であった私にとってなおのこと嬉しい時間となった。その繋がりで、とある書店で合同トークを行う光栄にも浴した。当然のように、ほとんど旅話であった。

だからかもしれないが、角田氏の小説を読んでいると、奇妙な現象が起こる。両足が次第に地を離れ、どこかの空へと宙を蹴っているような感覚とでも、言えば良いのだろうか。活字に導かれるままに、旅の風に身をゆだねてしまうのは、角田光代の小説の多くが、停滞から前進へ、果てに漂泊へ、という、一人の人間による放浪の旅へのプロセスとその後の暗喩であるからか。あるいは、彼女の世界で呼吸する登場人物たちがたいがい、心に異質なモノを抱えているためしれない。もっとも、仮にそれらが傷であるなら、大きな傷ではなくむしろかすり傷と言ったところだろう。しかし放っておくと確実に化膿し、やがてじんわりと痛みはじめる、そんな可能性を持った、嫌な傷だ。繊細に編み込まれている、誰の過去にも、誰の日常にもありそうな鈍い痛み。作家角田光代の中に力強く根を張り、場面を変え、語り手を変えて紡がれる旅、自由、そして傷が、ここでも独特の世界を作る。

表題作「みどりの月」の主人公南が抱える痛みは、ぼんやりとしてしまう、子供の頃からの癖である。気を抜くと、目の前の輪郭がぼやけ、いま自分がしていることの意味がわからなくなる。あらかじめ社会により他人により用意された型に、人はやすやすと入ることが出来るように見えるのに、彼女には苦痛でたまらない。彼女は日記という道具を使って、無理やり自分を人生と言う軌道に乗せようとする。日記に、少しだけ未来のことが描くことで、安心する。日記の通りにならなければ、その都度どこかで帳尻を合わせ、軌道修正する。南のこういった行為については、冒頭からすでに詳しく描かれているが、のっけから共感するものがあった。南が私自身であるはずもないのに、閉鎖的な日本の教育、社会システムのなかで喘ぐ、世間知らず、あるいは世界を知らない部分に共通点を見出し、新婚の妻の座を、自分が収まるべき場所だと錯覚する語り手が、成長過程のどこかで枝分かれした、もう一人の自分のように思えてならなかった。

角田さんが描く人物たちは皆、一様に個性的で、ありえないような性格を持ち、行動に至るのに関わらず、同時に読者自身のある部分と共鳴する細胞のようなものも持ち合わせているが、南の恋人キタザワ、キタザワの怪しげな同居人マリコとサトシもしかりである。すべてにおいてだらしがなく、クスリに溺れ、風呂にも入らないマリコは、明らかに常軌を逸した人物であるが、併せ持つ裏表のなさ、あっけらかんとした、好きなものを好き、嫌いなものを嫌いと言い切る素直な性質を、羨ましく思う読者もいるだろう。

〈こんな混んだ電車に毎日乗ってるの？　いやにならない？（中略）これじゃ拷問よ、けったくそ悪いわね〉

マリコの時に攻撃的にもなる激しさは、母親による過度な期待の反動だとも言える。訪ねてきた母親を避け、家に帰らないと言った行動でマリコはせめてもの抵抗を試みるが、母親が帰ると、その思いを他人である南にぶつける。

〈あの人と話していると私頭がおかしくなりそうなの。（中略）私があの人の知ってる女じゃないって気づいたらあの人、私を殺すかもしれないって思うときあるの。人に許されないってこんなにも恐ろしいことかと思う〉

対してキタザワは、非常に現代的な男である。本作が発表されたおよそ十五年前に、「草食系」男子などという言葉は存在していなかった。にもかかわらず、キタザワの生き方の受け身振りはどうだろう。散らかった部屋も気にしない無頓着さの流れのような感覚で、いくらもはや夫婦生活もなく、あまつさえ男を連れ込んでいる状態であるとはいえ、れっきとした婚姻中の妻がいる家に、南を同居させる。南が真実を知っても、さほどの動揺は見せない。どうやら、キタザワが抱えるモノと、マリコとの関係は別のところにあるようだ。マリコについて追及する南に、キタザワはまったく異なる問題を提示する。

〈道歩いてるだろ、植えこみのところに人の顔が埋まってるんだよ。えっと思ってよく見ると何もない。メニュウ運んでてテーブルの下に顔があるんだよ。かがんでよく見ると何もない〉

嘘とも本当ともつかないこうした話をすることで自らが精神的に追い詰められていると強調し、キタザワは仕事を辞めるが、仕事が問題だったのではない。キタザワにとっての問題は、自分に嘘をつきながら人が敷いたレールの上を歩くことであった。頭の中に常にこだまし続ける〈これでよいのか〉という問いが、顔となって現れたのかもしれなかった。

〈嘘みたいなんだよ、全部さ。結婚したり家買ったり、あそこで働いてたり、何もかも嘘みたいなんだよな。（中略）おうちもあるし仕事もあるし子供もいるし特に何も問題なし、ああ幸せでよかったねえって、そういうこと、おれできると思うんだけどさ、いままでだってそういうことやって来たわけだし。でも全部、なんかの真似してるっていうか、はいここまでよって言われるの待って嘘演じてるようなさ〉

この人生が〈嘘〉ならば、「本当」はどこにあるのだろう。病んだ心に、社会に、キタザワは、仕事を辞めることで、抵抗しようとする。ある種、逃げのように見える行為であるが、ここに投入されるのは、リセットという言葉である。

リセットは、マリコの恋人サトシが夢中になっているテレビゲームの用語として出てくる。おそらく、本編登場人物で一番潔く、そしてメッセンジャー的な存在感を有しているのは、一見おとなしく影響力のなさそうなキャラで登場する、サトシではなかろうか。アジアへ出稼ぎに行くマリコに着いて行くため、あれほど固執していたゲーム機をサトシは、〈ほしくなったらまた買うから〉とあっさり捨てる。

〈いのちってだから……このサルのスペアってことだよ。今動いているやつが死んでもあと五匹使えるってこと。（中略）リセットボタンを押してもう一度始めれば、セーブしてあるところからやりなおせる〉

そうなのだ。一からやりなおすのではない。なぜなら、今まで築き上げてきたものは、無駄ではないからだ。忘れるのは、受け入れがたい過去だけであり、あとは、新しい方向に向かうための糧となる。それがサトシのリセットであり、この物語の本質、あるいは我々が理想とする「ほんとうの自由」かもしれないと思う。

汚れ役だが実は一番純粋なのかもしれないマリコが寄り添った幾つも年下の男がゲーム機を捨てて「いま」の「受け入れがたい」自分を葬った。もちろん、〈欲しくなったらまた買う〉つまり「戻りたくなったら戻る」という条件付きで。何度でも再生可能な若さを有するということの、自由さ。締め切ったマンションの一室から海を越え未知の世界へ飛び立つという、ミクロからマクロへの転換も驚異的である。加えて、彼が見据えているのは、必ずしもマリコとの未来ではないだろう。サトシにとって、マリコはきっかけ、別の場所に運んでくれる箱舟に過ぎないと言ったほうが正しいかもしれない。南が、その箱舟に自分も乗りたいと思うのは自然である。

もう一つの作品「かかとの下の空」に登場する〈女〉は、どうやら出稼ぎに行ったマリコのその後の姿であると言えるが、二作品のストーリーにも、この「マリコ・女」を介した共通点がある。表題作で、南は掃除をすることによってマリコとサトシを意識から追い出し、あたかもキタザワと二人きりの新婚生活を営んでいるかのように思い込もうとする。「かかとの空の下」では、主人公と恋人のキヨハルが、どこにでも必ず現れ付きまとってくる〈女〉をまくために、いろいろな場所へ移動する。つまり両作品ともに、「マリコ・女」を排除するために行動を起こす主人公の姿が描かれているのである。

だが、主人公たちは、「マリコ・女」から容易には逃れられない。なぜなら、離れた途端、憐憫かはたまた寂しさか、何ともいえない感情に見舞われ、それがずっと続く。「マリコ・女」の存在がもたらす何かに、ある種精神的に依存していた自分に気づく。

〈両手を振って桟橋を渡っていた女がなぜここにいるのかという疑問より先に、自分が本当にこの女の姿を捜していたことに気付いた。路地裏にしゃがみこむ女のうしろ姿を見て私はなぜか笑いだしたかった〉

思うに、「マリコ・女」は、主人公のもう一つの姿である。主人公たちが、「マリコ・女」から目が離せなかったのは、憧れのような気持ちを抱いていたからだ。幼いころから、ぼんやりと地に足がつかない自分に苦しんだ南は、未来日記に〈枠〉を自ら書きそこに至れるよう努力し、整えられた家での幸せな新婚生活が、自分が入るべき最高の〈枠〉だと思ってきた故に、マリコのような生き方は目から鱗、嫌悪すると同時に羨ましいと思ったのだし、仕事も住む場所も捨てて旅に出たが、キヨハルというある種の〈枠〉を捨てきれず、南の島で停滞した日常を再現していた「かかとのしたの空」の〈私〉は、常に浮遊しているような〈女〉から目が離せなかった。「マリコ・女」は、巫女、いや女神的な要素すら有している。アジアのシャーマニズム、あるいは仮面劇などの、儀式的な催しの際、必ずと言っていいほど現れる異形の者にも似ている。あたかも、誰しもが多かれ少なかれ心に抱いている「痛み」の象徴であるかのごとく。

エンディングにて、両作品の主人公は、「マリコ・女」に、歩み寄るが、噛み癖のため短い爪をした憧れの異形の女神もまた、主人公たち同様、我々から枝分かれした分身なのかもしれないと思った。

（作　家）

リロード・ノベルとしての児童文学——『キッドナップ・ツアー』を読むということ——

蕭伊芬

〈夏休みの第一日目、私はユウカイされた〉。

いきなりどきっとさせられる「告白」から、ストーリーは始まる。ユウカイされたのは小学校五年生のハルで、ユウカイしたのはハルの実の父親であった。実の娘をユウカイするなんて、「世間一般の」感性と規準から少しずれている、ゆえにだらしなく、どこかふざけているように見えるこの父親は、角田光代の作品における演出者の定番スペックだ。このような浮遊性は、具体的な描写だけでなく、彼女/彼らの生活形態からもみてとれる。デビュー作『幸福な遊戯』のルーム・シェアリングから、種類豊富ではあるが、一様に生活感のない部屋や、ほぼ実態不明の仕事内容は、彼女/彼らと周りの繋がりの希薄さと、存在そのもののあやふやさをよりいっそう浮き彫りにしている。『キッドナップ・ツアー』の語り手であり主人公でもあるハルの〈おとうさん〉もまさにそのような、カクタテキキャラクターの一人だ。なにかあると騒いでしまうのに、いるのかいないのか娘にすら分らないような人間だ。そんな人となりの夫だから、これまたカクタテキキャラクターの代表格の一つといえる、神経質なまでに世間の目を気にする、しっかりとした（夫にとっての母親のような）妻にいつも怒られている。その両親のやりとりを見て育ったハルはというと、〈怒られているおとうさんはさすがにかわいそうだから、私だけでもつきあってあげることに決めた〉（傍点は引用者）。ここに、子どもが登場する文学作品に対するステレオタイプのイメージがみえてくる人もいるだろう。成長しないダメな大人（「永遠の少年」）と、それに対して、もの分かりのいい、しっかりした子ども（「小さな母親」）、というパターンのそれだ。しかしながら、本作がそれだけの作品であれば、二つも児童文学賞をとってはいなかっただろう。

角田の作品にはいくつかの特徴があるが、疑似／血縁家族への高度な関心はその一つだとあげられよう（「血縁家族」というのは、「ユリイカ」の特集で千野帽子が本作についてふれた際に用いられた造語である。〈疑似家族に対置する概念。近代的ないわゆる家族〉）。『キッドナップ・ツアー』が特殊なのは、極めて希薄な関係にいるとはいえ、その血縁たち、すなわち父親と娘が「家族」に改めて擬態し、そして分離していく過程の記録だからだ。そのため、この作品を親子が和解する単なるいい話だと思ってかかれば、面喰らってしまう。実際、母と子のそれとはまた異なる、父と娘の微妙な距離感は、（本作では多くの場合、父親の不確かさに起因するが）具体性をもって描かれている。互いに溶けあうように同一化してしまう母子とは違い、あまりにも異質な存在としての相手に対して、どう距離をとったらいいのか分からずに、あたふたしてしまうふたりの姿は作中に散在している。

共通の話題がない、かといって、沈黙を心地よく思えるほどの親しみも抱いてない父親に対して、ハルはこう切りだす。

「おとうさん、しつこいよ。ユウカイごっごは、もうあきたよ」

できるかぎり冷たい声をだした。しつこいのはおやじの証拠だよ、とも言ってやろうかと思ったが、そこまで言えるほどまだなじんでいなかった。

「ごっごじゃない」

おとうさんは私の目を見てそう言った。いすの上で数センチあとずさってしまうほど、真剣な表情だっ

た。しかたない、つきあってやるか、と心の中で思った。（傍点は引用者）

ふざけるしか能がないと思っていた父親が、あまり嬉しくないシチュエーションで真剣さを見せたのだ。ハルはなおも家に帰った後のことをあれこれ考えるが、彼女が日常＝おとうさんを憐れむ位置にいる（と思えた）自分を想起しようとすればするほど、すでにおとうさんのペースに巻きこまれ、おかあさんに規定（象徴）されるような日常から、どんどんズレていくことの証拠にほかならない。ハルの苛立ちはここでは影をひそめ、（自分によって）忘れ去られそうになっているもの（である母親の手料理という過去の象徴）にしがみついている父親の姿に親近感を感じたのではなかろうか。だからこそ、それまでの憐れみや面倒くささからのあしらいではなく、父親に対して、はじめて傷つけるのをためらった、慈しみのような感情が芽生えたように思われる。

不可解な、もしくは解りきったつもりでいる生き物であるおとうさん＝異性の大人＝他者への接近の一歩にハルは踏みだす。父親は「ツアー」が進むにつれ、次々と発見される側面からなる立体的な人間として、ハルの心に刻まれる。相手を受け入れ（られ）ることによって、自分と周りの〈〈夜の海〉や星がきらめく〈夜空〉で感じたような）奇跡的な繋がりはさらに広がるように、ハルは思うようになる。それはたとえば、薄汚れた姿になっているのに、恥ずかしがらずに〈知らない男の子に話しかけ〉られたハルが感じたような気持ちよさだ。〈言葉を交わすのってなんて気持ちがいいんだろう、まるでスーパーマーケットで好きなだけ買い物をするみたい〉な全能感と爽快さ。大人向けの作品の中で、値段に潔癖的なまでに厳しく目を光らせる角田ならではの描写だ。しかしながら、いくら近づいたとしても、人と人はやはりそれぞれ独立した個体だ。薄い〈皮一枚〉が身体を、見えない思いや立場が心を、生きている限り隔てつづける。それでも家族のように、通常なら選べようのない者同士は最初からもつれ合いからまった糸の中で、お互いをがんじがらめで動けない状態にせずにいられる距離を模索していくしかない。だからこそ、ハルにはこの旅が必要だったのだし（そして旅には終わりがある）、父親も最後の最後に、このようなことをいったのだ。

「お、おれはろくでもない大人だよ」

……

「だけどおれがろくでもない大人になったのはだれのせいでもない、だれのせいとも思わない。だ、だから、あんたがろくでもない大人になったとしても、それはあんたのせいだ。おれやおかあさんのせいじゃない。そ、そんな考えかたは、お、お、おれはきらいだ」

もし『キッドナップ・ツアー』をやり直しの旅、つまりロード・ノベルならぬリロード・ノベルだとすることが可能ならば、それは過去の一切を上書きしてしまう、なんていう乱暴なやり方によってではないだろう。なぜなら、一人で家から出てユウカイされたハルは、「ツアー」を通じて父親と心を通わせたようににおわせつつも、また一人で家路を辿ることとなる。「大人」でも、「子ども」でも、どうにもならないことに出会う。しかしながら、あきれはて、嫌がりながらも、それらすべてを慈しまずにはいられない瞬間が訪れることもある。その諦念にも似た新しいはじまりの予感にこそ、読み手は勇気づけられるのではなかろうか。ちょうど、袋小路に追い込まれた孤独な兵士が、思わぬ援助によって弾丸をリロード＝再充填できるように。見えない敵が消えたわけではない。弾薬などの小包を投下したヘリも味方かどうかさえ分からない（誤投下の可能性もあるし、なにより、もう、ここにはいない）。不安も恐れも、怒りもまた煽りたてられることがあるだろう。それでも、ひらりと現われては消えたヘリのような新たな出会いを信じて、読者はハルと共に角を曲がって歩きだすことができよう。

（白百合女子大学大学院生）

『東京ゲストハウス』——倉田容子

——疎外論、あるいは旅を語ることの困難をめぐる物語——

オリエンタリズムやナイーブなロマン主義、あるいは自動化された隠喩に回収することなく旅の感動を語ることは、いかにして可能か。角田光代『東京ゲストハウス』（「文藝」99・秋）は、帰国したバックパッカーたちの〈気持ち悪いコミューンごっこ〉を主なモティーフとしつつ、この困難な問いをめぐって展開する。

『東京ゲストハウス』は、アジア放浪から半年ぶりに帰国した〈ぼく〉ことアキオが帰る場所を失うところからはじまる。〈マリコとつないでくれるというのはつまり、帰ってきた、ということだった〉という、そのマリコは、既に別の男と暮らしており、行き場を失ったアキオはカトマンズで知り合った暮林さんの家に転がり込む。

ああ帰ってきたと思える場所がどこにもない。だとしたらそれは、帰る、ではなくて、いく、の続きだ。いく、進み続ける、というのはたしかに魅力的だけれど、それが魅力的なのは帰るところがあるからじゃないの、と続けて思うのだった。

〈移動にあきた旅行者が少しばかり長く滞在する、溜まり場的な宿〉に似たその安宿に集うのは、アキオ同様、東京で〈いく、の続き〉をしているバックパッカーたちだ。フリーターのヤマネ、〈何もせず朝から夜更けまで居間でごろごろ〉するフトシとカナ、言動がチグハグなミカコ、〈説教まじりの旅話〉を披露して疎まれる〈王様〉。バックパッカーが一つの土地や宿に長期逗留することを《沈没》と言うが、出身地や経歴などバックグラウンドは語られないまま、彼らは帰国してなお《沈没》し続けるバックパッカーとしてのみ物語に存在する。《沈没》しながらも、アキオはバックパッカーらしさを演じてしまうことを極度に警戒している。フトシとカナの第一印象は〈こちらが恥ずかしくなるほど完璧な、ヒッピーファッション〉であり、居酒屋では〈長旅から帰ってきて、ひさしぶりの日本食に舌鼓をうつ男というものを、――実際そのとおりなのだが、ハダの前で嫌味ったらしく演じているような気分〉になって恥入る。そして〈旅に出て何かがかわるなんてロマンチックなことは期待していなかった〉〈自分がかわったなんてこれっぽっちも思っていない〉と、アジア放浪の目的が《自分探し》ではなかったことを殊更に強調する。こうしたメンタリティはアキオだけのものではない。小説後半、暮林家にやってきた〈王様〉は〈インドのすばらしさについて、長旅の孤独について、百円以内で一日を過ごす方法について、あれやこれやと脈絡なく男はしゃべり、胸のむかつくにおいの煙を吐き出してはいちいち遠くを見遣るようなまなざしをした〉というステロタイプなバックパッカー像を演じ、居候たちの嫌悪の的となる。

〈王様〉の振る舞いが滑稽なのは、それが特異だからではなく、逆に、九〇年代後半の日本ではあまりにもありふれたものだったからだ。八〇年代後半以降、プラザ合意による急激な円高を背景として日本からの海外旅行者が急増し、かつてヒッピー文化の影響が色濃かったバックパッカーも大衆化した。海外旅行ガイドブック『地球の歩き方』（ダイヤモンド社、79年創刊）は発行部数を伸ばし、八六年に第一便・第二便が刊行された沢木耕太郎『深夜特急』（新潮社）はバックパッカーのバイブルとして熱烈な支持を集め、九六年から九八年にかけてテレビ朝日系列でドラマ化された。この頃には既に、バブル景気、格安航空券の流通拡大、そして九〇年代の超円高により、沢木がデリーからロンドンまで陸路で旅した七〇年代前半に比べて海外旅行ははるかに身近な娯楽となっていた。『東京ゲストハウス』が「文藝」に掲載されたのは九九年。折しも九六年に日本テレビ系列『進め！

電波少年』で猿岩石がユーラシア大陸をヒッチハイクで横断し、バックパッカー・ブームが起きた直後である。異文化に触れ現地の人々と交流する感動は毎週お茶の間で消費され、タイやインドには日本人観光客が殺到した。こうした文脈に置いてみれば、国際的な経済格差を背景としたマス・ツーリズムをあたかも自分だけの特別な物語であるかのように得々と語る〈王様〉は、〈旅の王様〉というよりも《裸の王様》と呼ぶにふさわしい。

ただし、語らないだけで、実はアキオも〈王様〉の〈旅話〉とさほど違わない実感を持っている。半年ぶりの刺身や肉じゃがは〈鳥肌がたつほどうまく感じられる〉し、帰国直後のフトシとカナが運んだ〈遠い暑い場所のにおい〉は〈みやげもののなかに突っ伏して泣きたく〉なるような郷愁を誘った。マレーシアの孤島で蛍が一面についた大木を見たときに感動の余り〈自分自身の何もかもを肯定したような満足感〉を得たことを思い出したアキオは、フトシとカナもまた旅先で〈ここでは見ることのできない何か〉を垣間見たために〈わざわざ常識に反することをし続けて、この日常に、旅で得た感覚が得られるときを待っているのかもしれない〉と思う。大衆化しようとも、また経済格差の恩恵と分かっていても、旅は相変わらず〈ここでは見ることのできない何か〉に満ちた、〈自分自身〉を再発見し得る一回的な感動の宝庫だ。かけがえのないその感動が言葉に置き換えた途端に陳腐化し、輝きを失ってしまうことに対して、アキオは〈王様〉よりも意識的である。

> スゲエ、その三文字。スゲエスゲエ、何度もくりかえした。そのときぼくが感じたのは、もしぼくというものが透明の瓶だったとしたら、その瓶のなか全部まるごと、スゲエというその言葉ではちきれそうになっていて、つまりぼくという瓶はスゲエの純度百パーセントだ、ということだった。

さらにアキオは〈ぼくのまえにはりついて、薄ら笑いをはりつけたもう一人は、あのとき、あの瞬間にはそこにいなかったんだ。そいつがどこかで見聞きした、気のきいた言葉を並べるより先に、ぼくはスゲエの一言ではちきれそうになったんだ〉と続ける。〈スゲエ〉という一見稚拙な話し言葉は、〈どこかで見聞きした、気のきいた言葉〉すなわち月並みな文彩を排し、感動をそのままに再現＝表象するための計算されたレトリックなのだ。

このような巧み語りは、しかし、〈日常〉においては〈薄ら笑いをはりつけたもう一人〉に邪魔されて出てこない。変電施設の清掃アルバイトを始めたアキオは、〈朝の六時前後に家を出る。帰りに最寄り駅につくのがだいたい七時まえ〉〈体じゅうごしごしと洗い、自分の部屋でビールを飲んで、十時には眠る〉というパターン化された〈日常〉を送るようになる。言われるままに化学雑巾で埃を拭くだけの労働と〈TVも見ず音楽も聴かない〉生活に、〈もう一人〉はすんなり適応する。だがフトシとカナが運んだ〈遠い暑い場所のにおい〉に刺激されて、アキオは旅の中には確実に存在した〈ぼく自身〉を思い出してしまった。疎外された〈ぼく自身〉を取り戻すには、〈スゲエの純度百パーセント〉と〈日常〉を接続させなければならない。その接続の回路は、〈旅で得た感覚〉を〈日常〉に属する他者、すなわち〈帰ってきたと思える場所〉であったはずのマリコに語ることにある。アキオにとって旅を語ることは、〈ぼく自身〉を回復し、〈日常〉に《浮上》させる方途に他ならない。

小説末尾、アキオはマリコのアパートへ向かう。一旦拒絶された後、なおも電話をかけると、マリコは〈おみやげなんかいらない〉〈私の知らない場所の話なんか聞きたくない〉と言い、沈黙するアキオに畳みかける。

「私が聞きたいのは、あんたが何をみたかってこと」掌のなかからにじみでるようにマリコの声が聞こえる。

「私のいない場所で、たった一人で、何を見て、どう思ったかってこと」

〈薄ら笑いのもう一人を引き剥がして、自分の言葉で伝えるには、膨大な時間がかかるに違いない〉と思いながら、アキオは傍らを通り過ぎるマリコの名前を呼ぶ。その声は、久しぶりに聞く〈自分の声〉としてアキオの耳に響き、〈ぼく自身〉の物語が始まったことを告げていた。

（杉野服飾大学専任講師）

『地上八階の海』——不在の〈兄〉と〈父〉の不在——

塩谷昌弘

角田光代『地上八階の海』（新潮社、00・1）には「真昼の花」（「新潮」95・12）、「地上八階の海」（「新潮」99・6）の二作が収録されている。この二作は家族の〈不在〉をテーマにした小説として読むことができる。

「真昼の花」の主人公〈私〉は若い女性で、一人外国でバックパッカーをしている。〈私〉は、幼いころに〈父〉を亡くし、二十三歳になる直前に〈母〉も亡くしていた。唯一の家族である〈兄〉は、〈母〉が亡くなる前に旅に出たきり帰ってきていない。〈母〉が倒れたとき、偶然その〈兄〉から電話がかかってくるが、〈兄〉は〈悪いけど帰らない〉と言って電話を切ってしまった。こうして〈私〉は家族を失い一人になったのだった。そして、不在となった〈兄〉を追うように旅に出ることにした。

しかし、現在の〈私〉は、東南アジアあたりと思われる国を旅しているのだが、そこで闇両替に騙され、所持金のほとんどを盗られてしまっている。旅費を工面するため、日本の友人に頼んで金を送ってもらうことにして、それまでの間、バックパッカーの〈アキオ〉という男と安いホテルの部屋をシェアすることにする。しばらくして、金が届くと二人で贅沢な食事をしたり、酒を飲んでセックスをしたり、退屈凌ぎのゲームをして過ごすが、ある日〈私〉がホテルに戻ると、行き先を書いたメモを残して〈アキオ〉は旅立っていた。

〈私〉は〈アキオ〉の後を追うことにするのだが、旅立つ前に日本の友人に電話をすると〈兄〉が帰って来ていると教えられる。すぐに電話をかけるが〈兄〉にはなぜかつながらない。その後も何度か電話をするのだが〈兄〉は一向に電話に出ない。一方、〈アキオ〉とはある村で再会する。しかし〈アキオ〉は病に罹っており、次第に衰弱していく。やっとのことで医者に診てもらった〈アキオ〉は〈死ぬって怖いのな〉と〈私〉に言うのだが、〈私〉にはその〈アキオ〉の顔が〈一瞬兄に見え〉る。このとき〈私〉は、〈私の手を引くべき兄の手も、また手を引かれて帰るべき場所も、握る受話器の先にはないのだとどこかで理解〉する。

この「真昼の花」の〈私〉の背後には誰もいない〈不在〉の家がある。〈兄〉が出て行き、〈母〉が亡くなった家に〈私〉は一人取り残されていたのである。〈私〉の旅は、その〈不在〉を埋めるべきなにかを探す旅に他ならない。しかし、その〈不在〉を埋めるべき存在であった〈兄〉には、なぜか出会うことも、電話でつながることもできない。〈兄〉は〈不在〉を埋めるべき存在たり得ないのだ。死に瀕した〈アキオ〉が〈兄〉に見えてしまうのは、〈兄〉の象徴的な死であり、それは〈私〉の孤絶を決定的なものにした。自由で気ままなバックパッカーであったはずの〈私〉は、〈不在〉の家からも断絶した漂泊者となったのである。

「地上八階の海」の〈私〉は、「真昼の花」と同様に若い女性なのだが、こちらの〈私〉は日本で一人暮らしをしており、〈母〉も〈兄〉も健在である。〈兄〉には一年前に結婚した〈ユリコ〉という妻がいる。結婚したのは〈ユリコ〉の妊娠が判明してからだった。いまは生まれたばかりのその〈娘〉と三人でマンションの八階に住んでいる。〈母〉も以前住んでいた家から、このマンションの一階に引越してきている。〈父〉は三年前に亡くなっているが、〈母〉は〈父〉の話題になると〈あの女〉と呼ばれる〈父〉の〈姉〉を思い出すという。その〈姉〉というのは、〈私〉が三歳になるまで一緒に住んでいて、〈母〉が赤ん坊の〈私〉や〈兄〉を抱くとすぐにとりあげたという。そのため、この〈姉〉を思い出させる〈父〉のことを、〈母〉はほとんど話さなかった。そのせいで〈私〉は、〈父〉が亡くなってからは〈私たちは母とあの女と四人で暮らしていたように錯覚すること〉さえある。

〈私〉には、同じマンションで暮らす〈母〉と〈兄〉の関係がよそよそしいものに見えている。それは〈母〉が持ち込んだよそよそしさであり、〈兄〉はそれを〈必死で無視して〉いるように〈私〉は感じている。あるとき〈私〉が〈兄〉の家に泊り、翌朝、〈兄〉とともに出勤した際、先に〈私〉が電車から降りて〈じゃあね〉と言った直後、〈私〉は〈兄は最初から一人だったように体を窓に押し付け、一点をじっと見つめてい〉る〈兄〉を見る。幸福そうに見える家族のなかで、孤独を抱えてしまった〈兄〉の姿がここにはある。

だが、孤独なのは〈私〉も同様である。〈私〉は奇妙な電話番のバイトをしている。あるマンションの一室で、一日に数本しか来ない電話を会社に繋ぐというだけの仕事である。暇をつぶすために、決まった時間にドアポストに投げ込まれるちらしを読んだり、セールスマンを招き入れて話をしたりするのだが、この部屋で〈私〉は〈孤独な囚人〉のようでもあった。〈私〉には半年だけ付き合った男がいた。〈私〉のアパートにはたびたびその男から手紙が届くのだが、内容は別れた理由を問うものであったり、〈私〉を批判するものであったりする。〈私〉がこの男と別れたのは、男が〈私〉のアパートに来た時、〈オレンジジュース〉が飲みたいと言ったからで、そう言った男の背後にある〈つねにオレンジジュースが冷蔵庫にあるような架空の家庭〉に嫌悪感を覚えたからだった。〈私〉は引越しを考えるが、〈私がどこへ引っ越そうと、どこへ逃げようと、男の気配、いや男の存在を忘れたとしてもその気配から、けっして逃げおおせることはできないのかもしれない〉と思う。この〈男の気配〉とは、〈家庭〉というものを無条件に信じ込んでいる名もなき無数の〈男の気配〉に他ならない。

小説の後半、〈兄〉の〈娘〉が〈ぱっぱっ〉という破裂音を発音する。〈母〉にはその声が〈パパ〉に聴こえるが、〈私〉には破裂音を楽しんでいるようにしか聴こえない。しかも、ここで〈母〉は〈娘〉の声によって〈兄〉が〈パパ〉＝〈父〉と認定されることを明らかに歓迎している。だとすれば、〈兄〉に対して〈母〉がよそよそしかったのは、〈姉〉によって〈父〉になり損ねた自分の夫のように〈兄〉がならないために、過度の干渉をしなかったのだと理解することができる。つまり、〈兄〉の抱えた孤独は〈父〉になるための孤独でもあったのだ。

〈母〉は〈兄〉のマンションに引越す前に、〈父〉と住んでいた家を取り壊してきたのだが、〈兄〉は、その家の取り壊しを見に行っており、あとで〈私〉が〈どうだった?〉と尋ねると、〈空が妙に大きくなった感じだったな〉と言う。いま〈兄〉の住むマンションのベランダからは、誰も住んでいない古い団地が見えるが、この団地は近々壊されることが決まっている。〈私〉は、この団地がなくなったら〈兄はここからおもてを眺め、空が広くなったと〉言うだろうかと考えている。〈空〉とは天であり、〈父〉の象徴でもある。〈兄〉が〈空が広くなった〉と言うのであれば、それは〈父〉への視界が開けたということになるのだろう。

しかし、〈私〉には、この八階からの景色が〈海〉のように見えている。〈空〉に対して〈海〉は母性の象徴でもあるが、〈私〉は〈海〉を眺めているだけであり、〈私〉が〈母〉になるということではない。むしろ、〈私〉は〈父〉や〈母〉によって象徴されるような〈家庭〉そのものを拒否して、〈家庭〉を築こうとする〈父〉や〈兄〉といった〈男の気配〉から逃れたいと思っているのだ。ここには「真昼の花」の〈不在〉の〈兄〉を求めて家族から孤絶してしまった〈私〉とは明らかに違う〈私〉がいる。「地上八階の海」の〈私〉は、〈家庭〉の〈不在〉を積極的に生きようとする〈私〉である。それは確かに孤独には違いないが、〈男の気配〉がする〈家庭〉から解放された自由な女性でもあるはずだ。〈私〉は、その意味で一人寄る辺のない〈海〉を漂うものなのかもしれない。

（北海学園大学非常勤講師）

『菊葉荘の幽霊たち』――「空っぽ」の「わたし」と部屋――石田仁志

この小説は二〇〇〇年四月に角川春樹事務所より単行本として刊行された。主人公の「わたし」（本田典子）は二五歳で、高校卒業後に勤めた会社を一ヶ月前にクビになり、今は失業手当をもらう身である。そんな典子が吉元という男友達（恋人と言っていいのか不明）のために、菊葉荘という古びたアパートに潜入する。吉元は大家から追い立てを食っていて、「自分のためにあるような部屋、自分の体にはめ込むために作られたような部屋」（ハルキ文庫版八頁）を探し、菊葉荘に「住むことにした」という。しかし、菊葉荘に空き部屋はない。そこで典子が住人の一人（蓼科という大学生）と関係を持って、誰かを追い出して空き部屋を作ろうというのである。はっきり言って、非現実的な話である。それでも典子は菊葉荘に深く入り込んでいく。なぜだろうか。

典子を誘引しているのは、においである。蓼科の部屋に転がり込んで彼の横に眠りながら、典子は「嗅ぎなれないにおいがいっせいにわたしの内側を満たし、軽く興奮を覚える」（四四頁）という。そして、アパートの廊下に立って彼女は次のような思いにとらわれる。

このアパートに住む六人の、見知らぬ六人の生活のにおいを嗅ぎ取ろうとわたしは鼻をひくつかせる。しょう油やカレーや脱いだ靴下のにおいがするような気がする。しかしそれはどこかの部屋から漂いでた、だれかのにおいというよりは、この場所に染みついたものに思えた。（四五頁）

においとは元来「見知らぬ」ものであろう。自分や恋人の体臭にせよ、あるいは自室や故郷の「香り」にせよ、日常的に嗅ぎ慣れてしまえばにおわない。つまりは「見知らぬ」ものではなくなる。におうということは、それを（あるいはそのにおいを発する源を）我々は他者的なものとして捉えているということだ。そして、それが快・不快のいずれの感覚に結び付くものであるかを判断する。典子がにおいに常にこだわるのは、そこが（その人が）まさに「見知らぬ」ものだからだ。ただ、そうしたにおいに対して典子が抱く感覚はある意味ふつうではない。吉元とはじめて関係を持ったときも「見知らぬにおいを嗅ぎながら見慣れない部屋で眠り、目覚めること、それはどこかわたしを安心させた」（一一五頁）と典子は思っている。彼女はそのように「見知らぬにおい」に囲まれる中に自分自身を発見したい（あるいは見失いたい）という欲望を抱き続けている。人は一般に生活環境に慣れ、自分を取り巻く人間関係に慣れ、そしてそんな自分自身の「生」に慣れていく（受け容れていく）ものだとするのなら、典子は自分自身の「生」を受け容れることに踏み出せないでいると言える。そもそも典子が大学生を装って蓼科らの中に居続けるのも、今の自分とは違う自分をそこに見るからだろう。大学の教室で授業を受けながら、典子は高校時代の自分を思い起こして「教室のなかにいるかぎりわたしは出席番号と名前を持つ確固たるだれかだった」（七五頁）と考えている。「確固たるだれかだった」とは矛盾した表現だ。それは「宿題があり時間割があり、ホーム・ルームがあり放課後があり、受験があり門限があった」からこそ「とてつもなく暇だった」「途方もなく膨大な時間のなかに、何もせずにぽつんとたたずんでいることがどうしようもなく不安だった」（一一五頁）という感覚と同じものだ。典子はあるコミュニティのネットワーク（ここでは学校）の中では「確固」として存在していたが、しかしそこにあるのは「だれか」としか言えない自分であって、典子のあり得べき姿は〈不在〉である（そもそもそんなものはないかも知れない）。だから「見知らぬにおい」に囲まれることは、その他者たちの中にまだ自分自身が「見知らぬ」別の「自分」を発見するかのようで「安心」なのだ。典子は菊葉荘という場の中に、そんな〈不在〉の自分を発見したのではないだろうか。だからこそ典子は一旦本来の自分の部屋に戻ったとき、その部屋の「におい」に強い違和感を抱いてしまう。

鍵を鍵穴に差し入れ、扉を開けると、よそよそしいにおいが染み出してきてわたしをつつんだ。（中略）毎日出入りしていると自分の部屋ににおいがあることなど気づかない。扉を開けたところで大きく息を吸いこみ、自分のものらしいにおいを嗅ぐ。これがいったいなんのにおいであるのかわたしにもわからない。（一二五頁）

ふつうなら、自分の部屋に久しぶりに戻れば、なつかしい気持ちにさえなるものであろうが、自分の「におい」であるにもかかわらず、典子にはその部屋が自分の場所である気がしない。その違和感とはそれまでの自分自身への違和感だろう。典子は床の雑巾がけから始めて、洗面所、風呂場、台所を磨き、シーツや枕カバーを洗濯し、台所の油まみれの薬缶まで磨き始める。それはまるで自分の「におい」を消そうとしているかのようでもある。部屋の中で交じり合う「におい」の元を除去するのは、自分自身をリセットしたいという欲望と同じであろう。そう言えば、典子は物語の終わりのほうで、女性ばかりの清掃会社の面接を受けているが、この会社は角田光代がのちに直木賞を受賞する『対岸の彼女』（二〇〇四年一一月）で楢橋葵が経営する「プラチナ・プラネット」社を思わせる。葵は高校時代に親友のナナコと家出し心中未遂をする。また、その会社に雇われる小夜子は子育ての中でうまく他のお母さんたちと付き合うことが出来ず「なんのために歳を重ねたのか」と迷い苦しんでいる。彼女たちは一様に自分のなかに「がらんどう」を抱え込み、それを埋めるものを求め続けているといえる。それは角田の『八日目の蝉』（二〇〇七年三月）の希和子と薫（恵理菜）にまで受け継がれている問題であろう。この『菊葉荘の幽霊たち』の典子はここではまだ自身のうちにそのような深刻な「がらんどう」を発見してはいないが、自分の「におい」に違和を感じ、「見知らぬにおい」の中に自分を見失うことを求めている点では、角田光代の「がらんどう」の女たちの原点にいる女性だといえるのではないだろうか。

結局、蓼科以外の菊葉荘の住民たちが何をしている、どんな人たちであるのかは、典子にも詳しくは分からない。見知らぬ者たちで部屋は埋まっている。それでも「まるで空っぽの部屋を六つ抱えこんでいるように。六つに区切られた場所に姿のない幽霊をすまわせているみたいに」（一六〇頁）、この菊葉荘は存在している。ここの住人は「幽霊」のように不在のようで存在しており、存在しているようで不在なのであり、吉元が言う「自分の体にはめこむために作られたような部屋」とは空間と人間との一体的な関係を言うのである以上、この菊葉荘の「空っぽ」さはそこに住む（住みたいと思っている）人間の「空っぽ」さでもある。

だが、菊葉荘の2号室がいつのまにか本当に「何もない」「がらんどうの空き部屋」になっていることを知ると、典子は連絡の取れない吉元の留守部屋に行き「吉元の部屋に充満する、彼独特のあのにおい」（一八二頁）を運ぶかのように荷物を手当たり次第に運び出して菊葉荘に戻ってくる。それは吉元の〈不在〉を運び入れる、つまりは「空っぽ」さに空間的な形を与える行為である。ただし、典子にとってそれは必ずしも吉元だけの「空っぽ」さを意味しない。以前に吉元の部屋の「嗅ぎなれないにおい」に包まれて「しあわせ」と口にした典子であったが、今は「あの感情をあらわす言葉を、わたしは知らない」（一八〇頁）。「がらんどう」の部屋は典子にはたどり着くべきところを見つけようとせざるを得ないことに気づかされた、今の自分自身の姿そのものだといえる。

ひんやりとした畳は、わたしを拒絶するように、あるいは長いこと待ちわびていたように、みしみしと小さな音を立てる。（一八二頁）

「がらんどう」の部屋に拒絶されつつ迎えられる「わたし」が最後に捉えられている。

（東洋大学教授）

『あしたはうんと遠くへいこう』――未来への志向性――

中村三春

『あしたはうんと遠くへいこう』（二〇〇一・九、マガジンハウス）は、一九八五年から二〇〇〇年までの時間を断続的にたどる物語である。十一章から成っていて、それぞれの章はその当時流行った洋楽のタイトルが用いられている。U2の〝I still haven't found what I'm looking for〟や、ティーンエイジ・ファンクラブの〝Everything flows〟のように。また、「夕やけにゃんにゃん」（一九八五）、連続幼女殺人（一九九〇）、「上祐ギャル」（一九九五）など、各々の時代を賑わした社会的事件や現象などが織り込まれ、カセットテープ（一九八五）、CD（一九九〇）、携帯電話（一九九八）、MD（二〇〇〇）と、音楽・通信の必携アイテムが変化してゆく様をもとらえていて興味深い。これはいわば、一種の近過去小説であり、語り手「あたし」兼主人公の栗原泉が、十代の終わりから三十代になるまでの道程を追いながら、二十世紀の終盤に人が何をしてきたかを追体験する仕組みとなっている。

冒頭の章「How soon is now? 1985」で、高校三年生の「あたし」泉は、同級生の野崎修三が好きで、一定の「修三瞑想時間」をつくって修三のことをあれこれ考えるほどである。時々彼女は「たすけて」と心で呟く。すると泣けてくるが、泣くと気持ちよくなる。これは「あたしの遊びだ」。母と姉は二人ともタカラヅカフリークで、しょっちゅう東京に出かけては好きな買い物をしてくる。一人で家族の生計を負担している父は、なぜか遠慮しているようだ。父親は母に会って道を踏み外した。何の金銭的な苦労もさせず好きなように暮らさせてあげるというのが約束で、一日中温泉旅館の掃除をして、その後深夜までアルバイトをしている。親友の町子には修三のことを「猿顔のおニャン子ファンのださださ」と言われるが、泉は修三に自分で編集した音楽テープ（スミスの「How soon is now?」もそこに含まれる）をあげる（修三は「あいつなんかこえーよ」と言う）。そして「あたしはいつか、本当に、この小さな場所からどこかへ出ていくことができるのだろうか?」と、この章は結ばれる。

この後、結末に至るまで、この最初の章のキャラクターとその精神性の設定は生き続ける。泉は田舎の町と両親・家族から逃れ、何らかの理想的な生き方を自分のものとしようとするのだが、結局それが何であるか明確にはならない。そのポイントは概ね三つにまとめられる。（1）泉は、いま・ここではないどこかへと脱出願望を持ち続けるが、結局は元の場所へと戻ってくる。理想郷は、空間的移動によってはたどり着けない。（2）彼女は男に惑溺してしまい、いったん惑溺するとしばらくは批判的に見ることができない。だが、そのうちに必ず、男や自分の現在ある状況を客観視するに至る。こうして密着と離反を繰り返す。（3）そのような泉は、一見ものすごく軽薄で依存的なようだが、実際のところはしたたかで強い女かも知れない。彼女の根幹にあるのは、「いつか、本当に、ここからどこかへ?」という未来への志向性である。そしてそれはこの小説のタイトルにも如実に示されている。従って表面上、この小説は泉の男性遍歴譚として進行する。その遍歴は、巨視的に見れば、「のぶちん時代」と「シノザキ時代」の二つの山を通過してゆく。

すなわち、続く「Walk on the wildside 1987」では、「あたし」は東京に住み、バンドの使い走りをやらされている。ボーカルののぶちんが好きだからで、彼を見て歌を聴くと、生まれた町や両親を忘れられる。「Nothing to be done 1990」では、泉は音楽誌にCD評を書き、それが一部で評判となっていた。だが、一緒に暮らすようになったのぶちんとの関係は悪化した。バンド仲間が無遠慮に部屋に入ってきて、「あたし」は相変わらず使い走りの買い出しにやらされる。スーパーの喧燥の中で泉は「たすけて。たすけて」と心で叫ぶ。次の「I still haven't found what I'm looking for 1991」では、のぶちんに認められたいため単身アイルランドに渡り、テントを背負って自転車で一周しようとする。さらに「Everyting flows 1992」では、帰国後、泉（二十四歳）は、バンドの別の女とベッドに入っていたのぶちんと別れ、実家から東京に出てきては、男から男へと部屋を泊まり歩く日を送っていた。その後のぶちんとは一度だけ寝たが、性器は濡れているのに本当に終わったと感じて泣いた。町子は妻子あるエンドーさんとの仲を続けていた。泉は二人の前で、ことさらエンドーさんの家族の話をして、町子らと気まずくなり、キョージのところへ行く。「あたし」の乳を揉み、股間をいじくり性器を挿入しようとするキョージをファジー炊飯器みたいだと思う。ここまでが前半の「のぶちん時代」の成り行きである。

後半、「Calling you 1994」に至ると、宿泊代代わりに男と性交する暮らしが色あせて見えてくる。フリーターとしてCD屋に勤め、ポチという店員に「かわいいじゃん」「好き好き」と言われ、一緒に住もうと言われて泣き出したくなる。「Divine intervention 1995 ①」でスポーツジムに通うようになった泉は、シノザキコーチとデートする。ポチは「ぜったいにだいじにする。まもる」と言ったが、引っ越した海の町で仕事は見つからず、泉は缶詰工場、彼は飲み屋でバイトを始める。「Divine intervention 1995 ②」では、シノザキさんとつきあうようになったが、彼は映画や音楽に興味がなく、また性交も下手で相性がよくない。むしろ相性がよいポチと対比して、シノザキさんに会うためにトライアスロンに挑戦する。だが、シノザキさんとは食い違いが大きい。次の「Headache 1996」で、シノザキさんとポチにはお互いのことがばれ、二人とも別れた泉（三十間近）は東京に戻って編集プロダクションのバイトを始めた。ところがシノザキさんがストーカーとなり、アパートのドアノブに乳房・股間・尻がくりぬかれた水着が掛かっていたり、勤め先に「栗原泉氏は異常なほどの性欲の持ち主で」云々のファックスが届いたりした。警察は助けてくれない。「たすけて」と口を突いて出そうになるが、いい加減、それまでの白馬王子幻想に自ら疑問を覚えるようになる。こうして第二の苦難の「シノザキ時代」は終わる。

この二つの山を越えてゆく泉の人生は、ここまでであれば何とも救いようのないものと思われるだろう。だが、「No control 1998」では、物語に転調が訪れる。町子が、エンドーさんの娘ショウコを、水族館からディズニーランドに行く途中で自分の車に乗せて誘拐してしまう。一貫して泉に中心が置かれたこの物語は、ここで町子の意想外の行為に焦点を合わせ、ひとり泉だけの特殊な事態ではないことを示唆する。最後の、「Start again 2000」では、第一章で描かれていた父親の問題が、十五年の時を経て再来する。一緒に暮らしていた山口は、ボランティア団体の試験に受かり、スリランカに渡航した。部屋の隙間に慣れずにいるところへ、意外にも父が訪れた。居酒屋で痛飲して初めて話しているうち、父は「おれはさあ、おれのものじゃない一生を生きたって、そう思ってんの」と言う。だがそれは泉の見た夢だった。……その後、泉はスリランカ行きの片道切符をネットで購入し、町子の部屋に泊めてもらい、早朝、成田へ向かう。山口に会いに行く実感はないが、「ただ私は、どこか遠くにある自分自身の中身をこれからとり戻しにいくような気がしている」。

冒頭と結末の章で、父の姿が呼応するのは偶然ではあるまい。恐らく、「自分のものである一生」を手にすることなく終わった（と夢で知らされた）父の生き方によって、これまでの自分の生を照らされ、泉は「自分自身の中身」を取り戻すために、山口の後を追うのだろう。これは同じことの繰り返しとも、その繰り返しにおいても「あしたこそは」と希望を失わない姿勢とも見える。だから決定的な飛躍とまでは言えない。この主人公を何らかの観点から批判することは容易だろう。だが、誰しも決定的な飛躍などなしに、自分の生を繋いでいるのだ。少なくとも、このように描かれた未来への志向性を、読者は共有することができるだろう。

（北海道大学大学院教授）

かなしみの原質をかかえた詩人のまなざし——清水　正

——「だれかのいとしいひと」を読んで——

角田光代の「だれかのいとしいひと」を一読した印象はチェーホフよりもはるかに軽かった。ドストエフスキーの『悪霊』のスタヴローギンはいわば虚無の権化であるが、彼は神の存在をめぐってのたうちまわっている。チェーホフの人物たちは虚無の世界をさまよっているが、神の存在も含めて「どうでもいいさ」（フショー・ラヴノー）という気分が根底に流れている。いずれにしてもチェーホフの人物たちの胸には「虚無」という名札がよく似合う。角田光代の作品に登場する人物たちには「虚無」を「キョム」「きょむ」と表記しても、そこからスッとぬけでてしまう、どうにも名付けることのできない浮遊するものを感じる。「いとしいひと」はかろうじていとしいひととしてせいりつしているのであって、誰か特定の「愛しい人」になりえない。それははかなく消えていくシャボン玉に似て、「愛しい人」という確固たる表記は似合わない。それは名付けられないもの、名付けたくないものであり、しかたなくつけるとすれば「いとしいひと」となる。しかもこの「いとしいひと」は「わたしの」でもなく「あなたの」でもなく、あくまでも「だれかの」というあいまいな言い方でしか表現できないものなのである。

この作品はギタギタの油絵ではもちろんなく、かといって淡い水彩画ともいえない。強いて言えば、霧が薄くたちこめた部屋に飾られた水彩画のように見える。が、近づけば輪郭がはっきり見えてくるといった水彩画ではない。朝靄のなかを飛び交う蝶々のイメージもある。が、この蝶々は決して捕虫網でとらえることはできない。とらえようとしても、とらえた瞬間に姿を消してしまう。が、次の瞬間にはなにごともなかったかのように再び宙を飛んでいる。この類の蝶々は捕まえて、解剖したり、分類したりできない。

泣いたり、わめいたり、叫んだり、はしゃいだりといった青春期によくある過剰な感情の発露がない。そんなものは自分たちが生まれてくる前の、とうの昔に存在した人間にみられたものである、といった感じである。ドストエフスキーやトルストイの人物にならら精神内部の暗い闇を探るといった批評も可能だが、角田光代の「だれかのいとしいひと」に登場する人物には、そもそも闇をはらんだ厚みのある精神が存在しているように見えない。針でプスッと腹を刺してもなんか得たいのしれない気体がほんの少し漏れ出てくる感じで、いな、その気体さえ出てこないかもしれない。

ヨハネ黙示録には「熱いか冷たいかどちらかであってほしい。おまえは生ぬるいのでわが口から吐き出そう」という言葉が記されている。こういった分類を強いて当てはめれば、角田光代の人物は「生ぬるい」ということになるが、しかし実はどうもかれらはその範疇からも漏れ出てしまう。かれらは熱くも冷たくもないが、さらに生ぬるくもない。

ところで、角田光代の小説は、わたしが長年親しんできたドストエフスキーの文学とはまったく違うが、しかしはっきり言えばこういう小説はきらいではない。わたしは生理的に反応する人間で好き嫌いがはっきりしているが、この小説は気にいった。半端な理屈がないのがいい。理屈を展開するならドストエフスキー並に限りなく徹底してやってくれなくては話にならない。読み終わって、主人公のおんなを抱きしめたくなる感情もわいたが、空気を抱きしめるような滑稽な事態になることは目に見えている。

わたしのなかでは、両目をつぶして闇の世界をさまようオイディプスも、ある神秘的でデモーニッシュな力の作用に支配され二人の女の頭上に斧を打ち下ろしたロジオンも、「確固とした関係性を持つ」ことのできない〈私〉も同等の存在感をもって浮遊している。前二者に対しては、蛸の執念をもって迫るが、「だれかのいとしいひと」の〈私〉とは重力から解放された真空でともに浮遊していたい。

角田は文春文庫のあとがきで「恋愛、だとか、友情だとか、幸だとか不幸だとか、くっきりとした輪郭を持ったものにあてはまらない、あてはめてみてもどうしてもはみでてしまう何ごとかがある。その何ごとかの周辺にいる男子と女子について書いた。それは、夢と現実のごっちゃになった記憶の掘りかえす作業と、どことなく似ていて」云々と書いている。まさにその通りで、異論はない。ここ五、六年とくに感じることだが、今の学生にリアリティを感じない。「青春とは青い春だぜ、心底から怒ったり、泣いたり、わめいたり、もだえたりするのが青春だぜ。きみらは今、青春しているか」などといくら熱く語っても、その挑発にのってくる学生はいない。妙に冷静で、まさに熱くも冷たくもないのだが、生ぬるくもないのである。

よく考えてみれば、新々人類のような若者たちに共通しているのは、あえて言えば誠実かもしれない。連合赤軍、オウム真理教、ホリエモンの末路をしかと見てしまったかれらは、革命も宗教も金も信じていない。金や権力はほしいだろうが、それでもってなにか偉大なことが可能だなんてまったく思っていない。しかもそのことを大きな声で主張する根拠もないので、聞いたようなポーズはとり続けるがイエスともノーとも言わない。まさに角田の言うように、かれらには「くっきりとした輪郭を持ったもの」がないので、主張するに値するものもないのである。かれらの話を聞いていると、まさにたわいもないおしゃべりといったもので、確固たる目的に向かって努力精進する精神のかけらも感じられない。かれらははじめから善悪観念の摩滅した世界に生み出され、その世界で生きているから、世界を荒野と感じることもないし、絶望したり、苦悶したりすることもない。悩み事といえば、就職が決まらないとかいった程度のことで、それが彼らにはなによりもしんこくななやみなのである。わたしは文章を続けるてまえ、「〜である」などと書いたが、おそらくかれらには「である」で閉められる精神の扉はない。扉はそもそもないか、あっても開けっ放しの扉で、その扉に注意を払うものもない。

この小説を読んで人物間の関係性をアナログ的、連続的に追跡し検証しようとする思いにかられることはない。この小説に描かれる場面はデジタル的に映像化され、消去される。読者はその断片的な画像をつなげて、生きてあることのはかなさやせつなさを感じるが、その思いをギュッと抱きしめようとすると、その画面自体がどこかへと消えてしまう。否、パソコン映像を映し出す堅い表面にツルッとかわされてしまう。〈私〉は消えてしまった画像に執着することはない。画像（過去の場面）は思い起こす主体の意志によって操作されるというよりは、画像自体の気まぐれによって主体の意識のなかにフワッとした感じでよみがえってきたりきえていったりする。

遠く、巨大なもみの木の下で、小さな子どもたちが落ち葉をかき集め、それをまき散らして遊んでいる。風はないのに、両腕を広げたような銀杏の木から、はらはらと黄色い葉が落ちていく。雪みたいに。涙みたいに。

画像は現れ出たり消えたりするが、しかしけして消えることのない光景もある。ここに引用した光景は散文家のまなざしというよりは、かなしみの原質をかかえた詩人のまなざしがとらえた光景といえようか。

（日大芸術学部教授・批評家）

『エコノミカル・パレス』――どこにもいけない――黒岩裕市

『エコノミカル・パレス』⑫の〈私〉の生活はそれほどエコノミカルなものではないと思う。コンビニでの出費にしてもそうだが、〈私〉とヤスオが住む部屋がそもそも安上がりではない。〈六畳プラス三畳台所、十五平米弱〉で最寄りのコンビニまで徒歩十五分、クーラーも備え付けではなく、木造で七万二千円。二人で割っても、安くはない。中央線沿線という立地もあるだろうが、〈私〉とヤスオが阿佐ヶ谷に住む必要などない。

三十四歳の〈私〉は雑文書きとビストロ・ナカでのアルバイトで生計を立て、物語後半ではスナックたんぽぽにも勤める。一歳年上のヤスオとは〈婚姻関係で結ばれているわけではない。社会的しきたりとは無関係に、ひとりとひとりとしていっしょにいよう〉と決めている。派遣の仕事を辞めたヤスオは稀に短期のバイトに行くこともあるが長続きせず、それ以前に仕事もなかなか見つからない。受け取れるはずの失業保険も、面接に行かなかったため、手に入らない。そのため、〈私〉の経済的負担が増えるわけだが、それでも〈私〉は部屋を出ることを〈それは数多ある選択のひとつというよりも、選択から漏れた最後の結果に思える〉という。つまり、〈私〉はどこにもいけない状態なのだ。少なくとも〈私〉自身はそう感じているようである。

ジグムント・バウマンはポストモダンの消費社会においては、〈可動性の程度〉、すなわち、〈自分がどこにいるかを決める自由の有無〉が階層を決定すると指摘する。〈上層〉には快適に、自由にグローバルな世界を移動することができる人々がいる。その一方で、移動することができず、ある地域に固定されており、しかしながらその地域を自分のものとして使いこなすこともできない人々が〈下層〉を構成する（ジグムント・バウマン『グローバリゼーション』法政大学出版局、二〇一〇年）。『エコノミカル・パレス』の〈私〉もかつては〈可動性〉を有していた。八年前、当時のヤスオのアパートの前で次々と看板をかけかえる店（〈私〉とヤスオは〈東京ラーメン番外地〉と呼ぶ）の店主が〈苦労せず生き延びていられる〉ことに嫌気がさした〈私〉とヤスオは、実に軽やかな身のこなしで〈それぞれが住むアパートをさっさと処分して、この場所から出ていく準備をはじめ〉る。その店主が本当に〈苦労せず生き延びて〉いたのかどうかはわからないものの、〈私〉とヤスオの目にはそう映ったのである。アジア各地への旅の途中、〈私〉は〈どこへだっていける〉と実感し、〈かろやかな昂奮〉を得る。

ヤスオは現在でもどこかにいこうとする。派遣先の正社員に〈プライドの高い無能だのインテリアルバイトだのとののしられ〉るような現実を離れ、〈タマシイ〉のある職を求めて、〈海外ボランティア団体〉に加わることを口にするのだ。また、アジア旅行で知り合い、突然、〈私〉とヤスオの部屋を訪れたトーマツ（唐松）は、付き合って半年のアータンの実家の商売を手伝うことになり、それはヤスオの目には〈タマシイ〉のない生き方に映るのだが、そのトーマツも〈はあー、またどっかいきてえなあ、なんにも考えずになあ〉と言う。さらに、〈私〉が意図的な〈テキ電〉で知り合った立花光輝は〈食という意味での文化〉の衰退を嘆き、料理人を目指しているのだが〈それはヤスオの目を通せばおそらく〈タマシイ〉のある生き方になるのだろう〉、立花光輝も〈免許とって、どっかいきてえな〉と、トーマツと同じ言葉を漏らす。二十歳の立花光輝の〈可動性〉は三十代中盤のヤスオやトーマツのそれよりもはるかに大きいだろうが、〈どっかいきてえな〉という感覚によって男性三人は重なるのである。

一方、現在の〈私〉からは〈どっかいきてえな〉という感覚や発想そのものが失われたかのようである。かつてのアジア旅行では、〈私〉は現地の人々の〈隠されるべきもの〉が〈徐々にさらされていく〉様を見ていた。それは〈貧しさ〉が具現化したものであったという。ところが、物語の終盤ではスナックたんぽぽの常連客で〈生きた地蔵〉のような老人ナバタメさんに自慢の〈自作女性器写真集〉を見せられ、〈私〉は〈あとで私の性器も撮らせろとナバタメさんは言うのだろうかと他人事のように〉考える。隣に座るだけでチップをくれるありがたい〈地蔵〉のナバタメさんが、実は〈お自動さん〉以上の見返りを要求することがわかる一節であるのだが、要するに、〈私〉は写真に撮られ、スケッチブックの中に固定され、ナバタメさんや他の誰かの興奮した眼差しに〈さらされていく〉ことが予想されるのである。あたかも〈貧しさ〉の現れであるかのように。

このような〈私〉と重なるのは、ヤスオよりも〈私〉の母ではないか。〈母は私が大学を卒業したのち、東京の隅っこにあった自宅を売り払って茨城県に建て売り住宅を買った〉という。つまり、この時点で母は自らの意思で移動したということだろうが、〈その場所に母はうまくなじんだらしく〉と〈私〉が述べるのとは裏腹に、〈アタシへんな土地を買ったらしいの〉と言う母がそこになじんでいるようにはとても思われない。〈へんな土地〉に縛られて、しかしそこから出るという考えはないようである。このように共通性はあるものの、〈私〉と母の確執は深まる一方で、その結果、実家に戻るという選択肢もなくなり、〈私〉はますますどこにもいけなくなる。

どこにもいけない〈私〉が嫌悪感とともに目を離さずにいられないのは、アパートの向かいの児童公園の浮浪者のはしもっちゃんである。〈私〉は、はしもっちゃんのことをつねに意識している。クーラーが故障した部屋から公園のはしもっちゃんを見ると、〈あそこで眠るのも、ここで眠るのも大差ない〉と思い、しかしながら、児童公園からはしもっちゃんの目線を用い、〈私〉の部屋の明かりを見て、〈ひどく心落ち着く、快適な場所であるかのように思わせる〉とも述べる。また、雨の日のはしもっちゃんは公園を離れ、駅の改札に藻のようにへばりつき、〈どこかへいくふりをしている〉。それを目撃した〈私〉は、はしもっちゃんに自身を投影して〈恥ずかしくていたたまれなくなる〉。それゆえに、暴力的なまでに〈おどおどと路線図と券売機を見比べているはしもっちゃんに私はわざとぶつかり、舌打ちをしてみる〉のである。〈どこにもいきやしないのに〉と思いつつ。それは現在の〈私〉にそのまま当てはまる言葉である。

物語の最後の場面、吐瀉物にまみれて早朝の銀行のＡＴＭに飛び込んだ〈私〉は隣で大量の札束を振り込むはしもっちゃんと出くわす。すれ違いざまに鼻をつく〈すえたにおい〉が〈自分のものなのか、彼のものなのかもう判別がつかない〉という。〈においの一体化によって、ここで〈私〉とはしもっちゃんは〈ついに地続きになる〉〉（飯田祐子「〈貧困〉におけるアイデンティティ」『日本近代文学』第八一集）。ところが、はしもっちゃんとの同一化さえ最後には拒絶されてしまうかのようである。はしもっちゃんは、それまで決して通ることのなかったはずの改札をなぜか通り抜け、ホームへと消えるのである。一方、所持金をすべて入金した〈私〉は自動改札機に阻まれる。不可思議な入金に続く、はしもっちゃんの移動が自由な意思に基づいたものであるとは考えにくい。しかしそうであっても、〈私〉ははしもっちゃんからも取り残され、自動改札機の〈ぴんぽん、ぴんぽん、ぴんぽん〉という警報音のもと、どこにもいけないという感覚がますます強まるところで物語は閉じられる。

まったく絶望的である。どこにもいけない。だがどこにもいけないのならば、立花光輝のような〈タマシイのある若者に〈苦労せず生き延びていられる〉と嫌悪感とともに蔑まれても、〈東京ラーメン番外地〉の店主がかつて生き延びていた〈この場所〉で生き延びるしかない。『エコノミカル・パレス』の絶望的な結末から新たな物語は始まるのである。

（フェリス女学院大学ほか非常勤講師）

見つけられなかった答えはスクリーンの中に

――『空中庭園』原作と映画化を比較して――

塩戸蝶子

この作品は二〇〇二年に「別冊文藝春秋」に掲載された連作短編である。同年に刊行され、第一二八回下期直木賞候補となり、第三回婦人公論文芸賞を受賞した。郊外のニュータウンのマンション（マナに言わせれば〈ダンチ〉である）に住む京橋家は、父の貴史、母の絵里子、娘のマナ、息子のコウの四人家族。この四人に絵里子の母の木ノ崎さと子、貴史の不倫相手のミーナを加え、それぞれが順番に語り手となった全六話で構成されている。

映画は二〇〇五年に、小泉今日子演ずる絵里子を主人公として豊田利晃《としあき》の監督で公開された。絵里子の目線で書かれた三番目の短編「空中庭園」が映画の軸となっている。この京橋家の大きな特徴は、絵里子が掲げる〈何ごともつつみかくさず、タブーをつくらず、できるだけすべてのことを分かちあおう〉である。このモットーは、〈すべてのことを我が家の蛍光灯の下にかざそう〉〈秘密をなくそう〉〈かくしごとをしない〉〈かくしごと禁止令〉〈この家のなかからかくしごとをできるかぎりなくそう〉〈秘密をもたないという私たちのルール〉〈家族全員いっさい秘密がない〉と何度も作中で繰り返される。だが、そんなことは建前で、家族の誰もが秘密を持っている。角田は、〈言いたいことが言えないからこそ、問題がくすぶり続ける〉（「キネマ旬報」05・10・15）ことを書いたと語っている。最も核となる絵里子の秘密とは、絵里子が京橋家を〈完全なる計画のもとに〉作り上げたことだ。後の作品の『八日目の蟬』（07）や『マザコン』（10）に代表されるように、角田の作品における重要なファクターの一つである家族（特に親子）関係は、映画でも要となっている。豊田には、〈母と娘の関係って、想像以上に複雑でヘヴィなものがあるみたいで〉との発言が映画公開時に劇場で配布されたインタビューから見て取れる。（以下、豊田の発言はこのインタビューより引用）主演の小泉は、角田との対談で、母と娘の関係を〈すごく愛しているけれどすごく憎い、独特の嫌な感じ〉（「婦人公論」05・10・7）と語り、角田は〈母親とのトラウマとも確執とも言えないかすかな違和感を描いた〉（「キネマ旬報」前掲）と言っている。このように、映画監督、主演女優、原作者の三者がそれぞれ、母子関係について言及し、その特異さを認識している。

原作で絵里子はさと子に対し、〈あの女は本当に母親になるべきではなかった〉との思いを抱いている。しかし、絵里子はさと子を疎ましく思いながら、〈あんな女の呪縛から未だ逃れられないでいる〉のだ。絵里子を主役にした以上仕方がないことかも知れないのだが、映画において、さと子のキャラクター描写があまりなされていないのはもったいないと言えるだろう。絵里子が〈中学一年のとき父親が死んで、葬儀のためしばらく欠席し、そのまま学校にいけなくなった〉ことと、それについて教師の家庭訪問が行われた際のさと子の態度―絵里子に言わせれば〈母は、自分が楽になるために泣いている〉―、全くいい思い出のない中学・高校時代が、映画での主たるさと子と絵里子の確執やしこりの原因となっている。さと子という存在は、原作ではただの悪い母親ではない。さと子も〈あのころのごたごた〉という秘密を抱えている。結婚を決めていた男に捨てられたこと。別の男と結婚するも、借金を抱えてしまい返済に奔走したこと。さと子はさと子なりの葛藤の中で、子供たちのためを思い最善を尽くして生きているつもりなのだが、絵里子にはそうは映らない。絵里子は、ただただ、さと子を反面教師として、京橋家を完璧な理想の家庭に築きあげていると信じ込んでいる。絵里子のこの思い込みがなくなってしまえば、絵里子の思う理想の家族像は消えてしまう。それを崩壊させないために〈何ごともつつみかくさず、タブーをつくらず、できるだけすべてのことを分かちあおう〉というルールで家族を縛り合う。

そのルールに風穴をあけるのが愛人のミーナだ。コウと知り合い、家庭教師の名目で京橋家の闖入者となる。そして、京橋家を〈どうしてだれも、この状況がへんだと、異様だと思わないのだろう〉と感じる。一見、ミーナは秘密だらけの京橋家の人間とは違うように見えるが、彼女も家族に対する秘密を抱えているのだ。ミーナは〈家族をつくらないという決意〉を持っている。十九歳の時、ミーナの父が倒れたとの電話があった。その声の主は、父が十五年に亘り、関係を続けてきた女からで、二人は口裏を合わせ、ミーナの母親は、未だにその女の存在を知らないままでいる。父親の愛人と秘密を共有せざるを得なくなったミーナは、〈同じ家に住んでいたひとりの人間が、ある秘密を秘密のまま完璧に消し去れるのだという事実への恐怖感〉に苛まれる。ミーナの過去は、全く映画で描かれていないのだが、原作ではここでも父と娘の関係という形で家族の秘密を扱っていることに注目したい。

原作と映画のラストシーンは非常に対照的である。雨の夜、コウの帰宅が無断で遅くなる。マナも貴史も別段心配する様子がないことに、絵里子は苛立ちを見せる。十二時近くのさと子からの電話で、今日が自分の誕生日だということに気づく絵里子。〈十一時五十九分に、きっと夫とコウとマナが廊下から飛び出してくるんだ〉と、サプライズパーティーに絵里子は期待を抱く。映画では、絵里子がベランダに出ると、雨は真っ赤な血の雨に変わる。その血の雨を全身で受けながら絵里子は〈激しく慟哭する‼〉（「空中庭園　決定稿」『映画「空中庭園」パンフレット』リトルモア、05・10）とある。部屋の呼鈴が鳴り、絵里子が我に返ると、血の雨は跡形もなくなっている。貴史、コウ、マナが花やプレゼントを用意して玄関ドアの向こうで待っているのだと、彼らの声から察することが出来る。絵里子は三人を迎え入れるためにゆっくりとドアを開く。これが、映画版のエンディングで、絵里子の血の雨を受けて生まれ変わる京橋家が描写されている。原作では、映画のようなサプライズパーティーへの期待は見事に裏切られ、血の雨も降らず、〈マナもコウも夫もあらわれない〉まま雨は降り続く。原作との相違について、豊田は〈やっぱり、家族を肯定しないと。どうやって肯定するかがテーマ〉と語り、京橋家の再生を描くことでラストシーンを原作と違う形で創造した。

「Pretty Vacant『八月の蝉』はなぜ売れた」（飯田一史、「ユリイカ」青土社、11・5）の中で、村上龍作品と、『対岸の彼女』（04）以前の角田光代作品の登場人物は〈村上龍はバキバキ、角田光代はぼんやり〉と比較されている。村上作品では登場人物がアクションを起こし、最終的に物語の大きな展開がある。角田作品の登場人物は〈スロースターター〉と評され、〈オチのない話もしばしば〉と、登場人物や物語の変化の少なさが指摘されている。豊田は、〈家族がバラバラになって、そのことを肯定的に描いている。でも、僕は一読者として『それは、ないやろ』と思った。〉と、村上龍『最後の家族』（01）を、謂わば『空中庭園』の反証として挙げていた。この物語は、父、母、息子、娘という京橋家と同じような構成の家族が、リストラやひきこもりという現代的な問題を抱えながら、それぞれが自立していく物語だ。豊田は、『最後の家族』を〈ガラガラポンな終わり方では単なるガス抜きで終わってしまう〉と否定している。〈バキバキ〉でもなく、〈ぼんやり〉でもなく、〈ガラガラポン〉でもなく、豊田は、〈角田さんが曖昧にしてる部分を、もうちょっと突っ込んで笑われてもいいかって『こうだろ！』って言ってみたつもりです〉と、家族の肯定と再生を表現した。その言葉に呼応するように、〈私が小説で否定してしまったものが、映画では肯定的に描かれているんですね。私はそれを書いていても見つけられなかった答えだと受け止めているんです。〉（「婦人公論」前掲）と、角田は映画を評価している。原作と映画が互いに補完しあう様子が伺える。角田光代の〈見つけられなかった答え〉、つまり、京橋家の進む未来とは、豊田利晃の映画の中に存在するのだと言えるだろう。

（歌　人）

『愛がなんだ』――名づけようもない関係性の発見――押野武志

本作品は、「WEB ダ・ヴィンチ」に二〇〇一年一〇月から二〇〇二年九月にかけて連載された後、二〇〇三年三月にメディアファクトリーから刊行された。会社員の「私」（テルコ）は、マモちゃんという最低男の下僕と化している。彼は、テルコに使い走りをさせた挙句終電が終わった街に放り出す。マモちゃんの野球観戦チケットを買うために徹夜で並ぶ。勤務中でもマモルからの電話を受け、会社をクビになる。自分が片思いしている塚越すみれのホワイトデーの買い物をさせる。テルコの生活のすべては、マモちゃんのために捧げられている。角田光代は、インタビュー「部屋と小説と私たち――二〇年の歩みとその行方」（聞き手・千野帽子「ユリイカ」11・5）の中で、テルコのような〈犬のように尻尾振ってしまう女の子〉を造型したのは、世に多くいる〈女王様的な女に一石を投じるつもりで書いた〉からだと言う。ただ、テルコのような女性に共感する読者が多くいたことに対して戸惑いを見せている。千野帽子は、「角田光代全著作解題」（「ユリイカ」11・5）の中で本作品を〈生々しい「惚れたはれた」の、その副作用をこれでもかと書きこんだ反恋愛小説。人を好きになるって「素敵」かどうかはわからなくなるけど、人を好きになるって「凄い」とはぜったいに思える〉と解説している。千野の「反恋愛小説」という評価は作者の意図を汲み取った解説で、先のインタビューでも現実にいるとは思えない女性の恋を描き、従来の恋愛小説の型から逸脱したかったとも述べている。だが、作者の思惑とは裏腹にテルコの造型にリアリティを感じた読者がかなりいたのである。どこにリアリティがあったのか、文庫版解説〈角川書店、06〉を書いた島本理生は、その理由をテルコの不器用で子供のような片思いの盲目さに求めている。多くの映画やドラマの主人公とは異なり、現実の読者は〈自分と同じようにかっこよくなれない人がいることに安堵する。かっこわるい姿は、時として、すごくわずらわしくもあるけど、それと同時にどこか愛しくもあったりする。なぜならそんなふうにかっこわるい姿こそ、生身の人間らしさであり、自分らしさというものなのだから〉という。ネット上のブックレビューに掲載されている感想の多くも、島本のようなテルコの人間らしさの共感に基づいている。

確かにテルコのマモルへの片思いは空回りし続け、痛々しくもあり愛らしくもある。だが一方でテルコは、自分自身の行動を冷静に内省し言語化できる語り手であり、テルコを見下す人たちの恋愛観が逆に問い返され、テルコの方がまっとうに見えてくるというように、テルコの語り方と人間関係の意味付けの変容が小説として面白いのではないのか。テルコの恋愛エネルギーと語りは、飼い犬的な恋愛も女王様的な恋愛もそれぞれ相対化し、ダメ男のマモルですら愛らしいキャラクターに見せてしまう。テルコが〈なんだか、どんなふうにかはわからないけれど、世界はみんなどこかで折り重なって、少しずつつながっているのかもしれない〉と思うように、登場人物たちとの関係性がむしろ重要で、実体的にテルコ像のみに特化した読みは一面的である。例えば、テルコの友人の葉子は、〈そんなふうに言いなりになってると、関係性きまっちゃうよ？　向こう、どんどんつけあがるよ？〉と〈おれさま男〉を非難するが、葉子は逆にナカハラを〈ツカイッパ〉として扱う。葉子の非難に対してテルコは、〈存在するのはただ、好きである、と、好きでない、ということのみ〉なのである。そしてマモちゃんと出会って彼女の世界は、〈好きである〉と〈どうでもいい〉ことに二分され、仕事も会社の女の子も彼女自身の評価もどうでもいい方に分類される。高校の時のクラスメイトであった山中吉乃も葉子と同じような女王様的キャラクターで、かつてはオレ様的な男性だった恋人を尽くす男に変える。その吉乃もテルコを〈都合のいい女〉でマモルのような〈馬鹿男〉をつけあがらせると非難する。しかし、テルコは、二人の関係はそのような分かりやすい非対称的な男女関係図に収まらない、〈ただの山田テルコとただの田中守なんだと納得したかった〉のである。

ただ、葉子の場合、なぜ彼女がそのような女性になったのか、母親との関係の中で丁寧に描かれている。葉子の母は、いわゆる「妾」で未婚のまま彼女を産んだ。男にあてがわれた家で男を待ち続ける母親への嫌悪から離れに住み、母親とは正反対な女性として生きることを選択したのである。そして、テルコの内省は自己正当化の域を超え、戯画的になる。マモちゃんの会社の周辺をうろつく行為は、ストーキングと思われるかもしれないが、彼女の言い分は、〈ただ、マモちゃんがいっしょにめしを食おうと言ったとき、少しでも早く落ち合いたいだけだ。私に用がないのなら、私は決して姿を見せない。これがストーカーという人種なら、世のなかは至極平和だと思う〉。このようにテルコはマモルに対して、先回りして神経質なまでに気を使っているものの当人からは、〈逆自意識過剰〉で苦手であると言われてしまう。すみれを好きになったのは、テルコとは逆に全然気を使わない〈がさつ女〉だったからである。このような自己内省と自己戯画化が、ストーカーという言葉が招きよせる意味の重さからは、少し自由になり読者にユーモアを感じさせる。

女友だちから罵倒され、さらにマモル自身も〈おれぜってえかっこ悪いに分類される〉と思っていて、テルコがなぜ自分にそこまで親切にするか分からないと言う。これは読者の疑問でもあるのだが、それに対してのテルコの回答は、〈顔が好みだの性格がやさしいだの何かに秀でているだの、もしくはもっとかんたんに気が合うでもいい、プラスの部分を好ましいと思いだれかを好きになったのならば、嫌いになるのなんかかんたんだ。プラスがひとつでもマイナスに転じればいいのだから。そうじゃなく、マイナスであることそのものを、かっこよくないことを、自分勝手で子どもじみていて、かっこよくありたいと切望しそのようにふるまって、神経こまやかなふりをしてて、でも鈍感で無神経さ丸出しである、そういう全部を好きだと思ってしまったら、嫌いになるということなんて、たぶん永遠にない〉というものだ。好きになった理由などない。あるのは、好きになってしまったという事後性のみである。ある関係性のループに入り込んでしまったらもはや抜け出せなくなる。しかし、関係性の意味は変容する。

マモルが好きなすみれは、マモルのことを〈自分系〉で嫌いだという。吉乃と同じように恋人に対して主体的に振舞おうとしたり、テルコを相手に優越感を覚えようとしたりするすみれを、〈好きになるということも、好きになられるということも、知らない〉〈自分というものの輪郭を自覚したい〉女性で、テルコは〈違う方法で同じものを求めている〉同類の女性とみなす。このような誰が恋愛の勝利者でも敗者でもない三すくみのような三角関係は、奇妙な四角関係に行き着く。葉子に忠告されたマモルは反省しテルコと会わないと申し出るが、テルコはその最悪の事態を避けるために、マモルのことなど好きではなく別荘持ちの神林を紹介してほしいとひと芝居をする。彼の友だちと付き合ってしまえば、四人でこれから仲良く遊べるだろう。〈ストーカー同盟〉のナカハラは、対照的に葉子と会うことを断念する。テルコは彼が〈自分のなかの、彼女を好きだと思う気持ち、何かしてあげたいという願望、いっしょにいたいという執着、そのすべてに果てがないことに気づいて、こわくなったんだろう〉と忖度する。テルコはその果てまでも行こうと、どんな手段を使ってもマモルの傍に居ようと決意するのだ。テルコは自分の抱えている執着の正体は、もはや恋でも愛でもないと自覚するに至る。そんな正体はどうでもよくなって、〈どこにもサンプルのない関係〉をつくることを決意するのだ。

（北海道大学大学院教授）

『All Small Things』――思い出話の無理と意味――

齋藤　勝

以前、雑誌で江國香織と角田光代の対談を読み、流行作家の対照に妙に納得をしたことがある（「恋する者はいつも荒野にいる」「文芸」05・春）。江國は恋愛の〈ふつうはこう〉ということが自分にはわからないとした上で、その感覚をそのまま登場人物の主観にも反映させているといい、一方の角田は〈ふつう〉が〈たぶんわかっているという意識が、間違っているにせよ、私にはいつもあるような気が〉するといっている。両者ともに、〈ふつう〉という常識の枠組みでくくられるものに対する反発は共通しているが、〈ふつう〉が理解できないとする作家に憧れを抱く読者が多く、〈ふつう〉をある程度理解できると考える作家に共感する読者が多いのは合点がいった。

『All Small Things』は、女性誌「Frau」二〇〇三年六月一〇日号の付録文庫として発表された短編連作風の小説である。同号で告知された読者アンケート「あなたにとって一番思い出のデートは？」及び、このアンケートを基に新たに創作された短編を加え、二〇〇四年二月に講談社から単行本が発刊されている。さらに、同年八月九日から一二日に放送されたTBS系ドラマ「一番大切なデート　東京の空・上海の夢」の原作ともなっており、二〇〇七年一月には、主題を『ちいさな幸福』と改題したうえで、講談社文庫が発刊されている。

物語は、三二歳にして初めて恋人のできた長谷川カヤノが、既婚の友人田口さとみにした〈一番印象に残っているデートって、どんなの？〉という質問を嚆矢に、次々と世代・性別・職業の異なる登場人物たちの思い出のデート話が紹介されていくかたちをとっている。質問の答えとなるべきエピソードが必ずしも質問者を満足させるわけではなく、むしろ、デートの思い出を語る人物が話しているうちに、デートにまつわる自分なりの疑問が生まれ、質問者とは異なる人物にあらたな質問を投げかけ物語が展開していく。最終的に、質問の連鎖は、カヤノの恋人宮林耕太までたどり着き、耕太の話を聞いたカヤノは改めて、初めてできた恋人の存在について考えるのである。

物語の発端となる長谷川カヤノの疑問は、自分の〈日常は、恋する以前と以降で、とくにこれといって変化などなかった〉と思い浮かべるところから始まる。カヤノは恋愛とは〈毎日が画期的に変化してしまう〉のではないかと考えていたのに、自分の恋愛が〈日常に埋もれてしまうほど地味〉なことは、恋愛の相手が悪いのではないかと、週末の度、同じように宮林耕太と過ごす生活に違和感を覚えるのである。

こうした〈日常〉への疑問は、先に述べたような〈ふつう〉への理解と反発から成り立っているものである。それは、この小説において次々と紹介されるエピソードの中に、カヤノが想像した劇的なデートらしいデートが出てこないことにも暗に示されている。また、様々な立場の登場人物たちの様々なデートのエピソードを披露すること自体に、デートの定式化を拒否する作者の意図が見て取れる。

とはいえ、この物語が多種多様なデート話の羅列で終わっているわけでないことはいうまでもない。カヤノの疑問からはじまった物語が、周回してカヤノ自身に戻ってくる軸となるのは、宮林耕太の妹亜紀のアルバイト仲間高野京子のエピソードである。京子は、常連客宗方由男の〈自分が自分でなくなったような恋をしたことはあるか〉という質問に、〈「ない」と即答〉しつつ、その日の帰り道で亜紀に〈恋人といっしょにいて、これが人生の頂点かもしれないって思った一瞬なら〉あると言う。その思い出の相手は既婚者であり、〈所帯じみたことさせたくない〉という男性の方針から、いつもデートはホテルやレストランばかりであった。そうした中、男性がはじめて京子の家に泊まった次の朝に、二人で近所のパン屋で買い物をし、そのまま近くの公園でパンを食べただけというのが京子の〈人生の頂点かもしれないって思った一瞬〉であった。それまでの関係がお互いの家での生活から遊離した非日常での関係であったからこそ、たわいもない日常的な食事がかえってかけがえのない瞬間として思い出に残ったのである。

この非日常と日常の逆転は、あくまで京子自身にとってのかけがえのない思い出であり、必ずしも他人の共感を得るような話ではない。実際、聞き手の亜紀は地味な友人のそれらしいエピソードとして兄の耕太に伝えている。もっとも、ものわかりのいい耕太は、〈人それぞれ〉であるし、〈十円拾ったって奇跡だと思うことはある〉と妹を諭している。

この物語の面白さの一つは、作者がこうした耕太のものわかりのよさを、カヤノの眼を通して批判している点にある。カヤノは自分が子供のころに迷子になった時を思い出しながら、〈十円を拾っても奇跡と思う〉というのは、〈十円を拾うのがかんたんなんだと思っている〉人間の発想だと心の中で断じている。本当に困って、心からそれを求めているときに〈十円〉に出会えた者には、それを〈十円拾っても〉とはいえないと考える。安易なものわかりのよさは、切実な体験をしたことのある者にとって、理解ではなく苛立ちの対象となるのである。

ただ、カヤノが耕太に抱いた反感は反感のままでは終わらない。カヤノは耕太のために生じた反感から思い出した話を耕太にしてあげようと考える。耕太の安易さをあげつらうためではない。自分の過去の思い出を、自分の理解者に聞いてもらいたいと思うからである。耕太の話に対する反感が、かえって相手が自分にとってかけがえのない存在であることを思い出させている。何かが劇的に変わってわけでもない二人の関係であるが、それでもカヤノがはじまりとは異なるおだやかな気持ちで眠りにつくことによって、物語は一つの幕を閉じている。考えてみれば、登場人物たちの中で、特に女性の登場人物たちの話には、決して深刻な事件には発展しない程度の軽度の怒気が含まれている。これはこの作家がエッセイや対談などで度々語っている創作の動機ともなる〈怒り〉を連想させるものであるが、こうした〈怒り〉が男性登場人物にはほとんど感じられない点は実に対照的にみえる。

ところで、単行本が発刊されたとき、新たに追加された耕太の妹亜紀のエピソードは、読者アンケートを参考にしたものとされているが、物語の流れとしては、やはり京子の話と耕太の〈地味〉さ加減を基にはじまっている。亜紀は元々京子の話を〈地味〉とみなす一方で、〈自分もいつか、何気ない場面でそんなことを思うときがあるのだろうか。〉と考えていた。そして、京子の一回きりの食事の思い出がデートといえるなら、自分にもそういうデートがあったのはないかと思い出す。

亜紀のエピソードは、それまでの三人称体ではなく、日記の形式をとった一人称体で書かれている。亜紀の思い出は、思い出自体は鮮明なのだが、思い出の相手神辺真太郎を〈好き〉であったかどうかはっきりしない。亜紀本人は〈好きって気持ちとは違う〉と思うとくり返し書いている。他人ならば、亜紀の感情を〈好き〉と断定するだろう。だが、京子の場合、真太郎への感情を〈好き〉と認めることができないこと自体が、この思い出を亜紀の記憶に強くとどめている要因となっているのである。

デート話の連鎖は、自身の思い出を他人にそのまま理解させることの無理と、それでも話すことで何かが生まれるということをくり返していたが、亜紀のエピソードは本人の思いがまとまっていないだけに他人に聞かせるには無理がある。その意味でも、日記の形式をとったのは効果的だったといえる。

（駒場学園高等学校非常勤講師）

「トリップ」――〈トリップ〉から〈トラベル〉へ――田村嘉勝

〈トリップ〉って、〈トラベル〉のミニ版?

〈トラベル〉を仮に旅行とすると、〈トリップ〉は小旅行? あるいは非常に短い時間、曲言すると数時間でもいい、一時的に居住地を離れて非日常生活を送ること? この程度の理解でよろしいか。この意味での〈トリップ〉であるなら、物語の活動範囲も限定されてくる。限られた地域空間での物語となる。そこでもし、〈トリップ〉から外れるとどうなるか。おそらく〈トリップ〉では想定できない現実が待ち受けていないか。すなわち、〈トリップ〉が安全地帯だとすれば、〈非トリップ〉は非安全地帯となるように。

さて、本作品『トリップ』は「小説宝石」に断片的に発表された短篇を一作品にまとめたものである。それら短篇とは「空の底」「トリップ」「橋の向こうの墓地」「ビジョン」「きみの名は」「百合と探偵」「秋のひまわり」「カシミール工場」「牛肉逃避行」「サイガイホテル」である。これらの作品舞台は「サイガイホテル」を除くと「東京からはちょっと離れた郊外のぱっとしない商店街のある小さな町」である。従って、物語内容に異同があるにしても、各短篇の〈語り手〉は、どこか見覚えのある、あるいはいつか何処かで会ったような人。勿論、すべて物語の世界での話。だから、「空の底」での〈語り手〉である高校生の「私」が、自宅左隣の松本夫婦、常に夫婦喧嘩の堪えない夫婦の、元チーマーの松本夫人を客観的に描いているかと思うと、「トリップ」では、もとチーマーの松本夫人が〈語り手〉となって、自身の日常を描いていく。

「トリップ」の〈語り手〉の「あたし」は「空の底」では、夫婦喧嘩の絶えない松本夫人。かつてチーマーを演じて、今はLSDを服用している。これは本人の自白「太郎のために借りたディズニーの『ファンタジア』というアニメを、LSDを飲んであたしは観ている」でわかる。しかも、妻の幻覚症状は夫にも知られている。

その日、「あたし」はビデオを返しがてら、長男太郎の手を引いて夕食の買い物に出かける。「あたし」には、薬物使用の反応が全て消えてはいない。それはまた「橋の向こうの墓地」で紹介される。「橋の向こうの墓地」の〈語り手〉である「おれ（ようちゃん）」によって次のように語られる。

　おれがこの女を観察しているのは、くりかえすが心を奪われたからでもなければ、彼女とお近づきになりたいからでもない。おれはひそかに疑っている。この女は何かしら薬物をやっている。（中略）この女はジャンキーだ。そうでなければ、休むことのない子どものくそしつこい質問攻撃に耐えられるはずがない。それに目もうつろだし、ときに充血し、ときに目の下に濃いくまをはりつけている。（傍線、田村）

繰り返すが、「トリップ」の〈語り手〉である「あたし」はLSD服用を認めているし、その彼女が「橋の向こうの墓地」では「（三歳くらいの男の子）連れの女」として登場し、〈語り手〉の女から〈語り手〉である「おれ」によって子連れの女として語られ登場する。しかも、「この女はジャンキー」だと語られて、もはや「橋の向こうの墓地」で語られる子連れの女は意識喪失と見られている。

だが、「トリップ」の〈語り手〉である「あたし」は「橋の向こうの墓地」で語られる子連れの女ではない。意識喪失でない女であり、だからこそ、自分のこれまでの生活を語ることができ、しかも、現在の自身の行動をも語ることできる、と思っている。つまり、「あたし」が語っている「トリップ」は正常な自身と自分を取り巻く社会を正確に語っているということになっている。ところが、「トリップ」に語られる、「あたしたちのわきをバスが通りすぎ、自転車が通りすぎる」とか、「バスが通りすぎ、前とうしろに子どもを乗せた主婦が自転車で通り過ぎていく」は、「あたし」が意識喪失していない証であると同時に、「あたし」のいる世界、すなわち買い物をしている商店街はごく当たり前の日常であることを証明している。そして、「橋の向こうの墓地」で「おれ」が「バスが通りすぎ、バイクが通りすぎる」と語ることによって、「おれ」の目に「あたし」は意識喪失に見えるが、「あたし」は意識喪失の状態ではないといえる。

つまり、意識正常な「おれ」が「あたし」を意識喪失している女と語ると、「あたし」が語る「トリップ」も正常な現実が語られていないということになるのであるが、街中の通りをバス、自転車、バイクが通りすぎるという現実を語ることによって、「あたし」が語る「トリップ」も、「おれ」が語る「トリップ」も、意識喪失の状態でない〈語り手〉によって語られている現実であることになる。「トリップ」は妄想の世界ではない。

シテ役でしかなかった、あるいは通りすがりの一人物が、他章では突如として〈語り手〉であったりする。これがこの『トリップ』の特徴である。「秋のひまわり」の〈語り手〉「ぼく（野村典生）」は次章「カシミール工場」での〈語り手〉「あたし（進藤みちる）」では、彼女の一方的な、年齢の離れているものの恋愛対象として語られ、彼女にストーカーまがいの行動をとられる。

この様に、『トリップ』で語られる多くがやや特異な町であるため、〈語り手〉を創造する作者は、多くの〈語り手〉を登場させることによってこの商店街の風景及び日常をより正確に描こうとしている。それゆえに、シテ役が突如〈語り手〉になったりする。これはこの小さな商店街だからこそ成立する物語内容であり、お互いにやや顔見知り気味の住民によって支えられている平和な日常なのである。

ところが、「牛肉逃避行」の〈語り手〉「ぼく（しんちゃん）」と妻陶子は部屋探しに郊外に出て、「サイガイホテル」の〈語り手〉「私（佐々木玖美子）」がかつて祖母と暮らしていた家を借りることになる。その「私」は一人日本を離れ、シンガポールを起点にしてとある町に住んでいる。昼は日本料理店「さくら」で働き、夜は宿としているファイブスターホテルで寝る。右隣には一組の男女、左隣には若くない女が住んでいる。

事件（サイガイ）は、深夜一組の男女に起こされることに始まる。男女にうまくごまかされた「私」は瞬時にディバックを盗まれる。逃げる男女を追うが、結局取り戻すことにはできなかった。そんな「私」は、「私がどこをほっつき歩いても日常があり、私がいつか、逃げることと追いつくことを反転させてまたあの町にたどり着いても、私のいない災害ホテルでだれかの日常は果てしなく続く」と語る。いうなれば、「東京からはちょっと離れた郊外のぱっとしない商店街のある小さな町」に住んでいれば起こることのなかった「サイガイ」が、その小さな町を離れることによって起きた。小さな町での平和が、その小さな町を離れることによって平和の瓦解を覚えることになる。小さな町の、すなわち狭い空間での日常は平和な日常であり、小さな町を離れることは平和な日常を喪失させることになる。「サイガイホテル」は「私」が災害にあったことだけを意味しているのではなく、平和な日常の喪失をも語っている。祖母と暮らした「あの家」から「逃げ出したいと思い、けれど次の日にはそんなことを思った自分を恥じ、近くの人間や周囲のもめごとをいとしい」と、日日を過ごす。

〈トリップ〉から〈トラベル〉は、ひとえに旅の大小を意味しているのではなく、作品『トリップ』の前途をも示唆しているのである。

（尚絅学院大学）

『太陽と毒ぐも』――男と女の間には――岩崎文人

『太陽と毒ぐも』（マガジンハウス、04・5）は「サバイバル」から「未来」までの十一編からなるが、これほどマイナスのイメージに包まれた、どうしようもない恋人たちが執拗に描かれた短編連作もまた、めずらしい。なにしろ、作者じしんにも次のように突きはなされる（「あとがき」）カップルなのである。

だれかを好きになって、相手もこちらを好いてくれて、とりあえず関係性としてはハッピーエンド。そのハッピーエンドからだらだら続くしあわせな恋人たちの日常を書いた。書きながら、また読みながら、ばっかかじゃねえのこいつら、と私は思ったが、けれどページのそこここに、些細なことで恋を失ったり愛をだだんと踏みつけた私自身のばっかみたいな影がはりついている。恋愛を喜劇だと蓮っ葉《はすっぱ》にとらえたことなどただの一度もないが、書いたものはみな情けないコメディのようである。

〈ばっかじゃねえのこいつら〉と罵倒される〈情けない〉恋人たちの一組、たとえば、ミネオと〈私・ともちゃん〉（「未来」）は、以下に記すようなふたりである。

デパート勤めをする三十三歳の〈私〉は、定職を持っていない三十四歳のミネオと同棲している。同じ職場の人たちからは、ミネオは〈女癖が悪い〉、〈職に対して真剣さがない〉、〈嘘つきだ〉、〈なんかへらへらしてむかつく、だから別れたほうがいい〉といわれている。みんなは、〈私〉がミネオを大好きのはずだ、という前提でさまざまな指摘や忠告を与えてくれるが、実のところ〈私〉は、ミネオが大好きであると同時に、そうしたミネオが大嫌いでもあり、時として、〈ミネオが死んでいてくれないか〉と思うときがある。そもそも、〈なんとなくつきあいはじめてなんとなくいっしょに暮らすようになったのは〉、〈この人は自分と同じようなものを見てきたのではないか〉という思いからであり、〈そこには恋につきものの華やかさも浮き足立つような甘さも〉なかったのだ。〈私〉とミネオとの〈唯一の共通点〉は、〈友達をこきおろしたり、知らない人を無責任に考察したりして、それをまったく恥じることなく純粋に楽しめるところ〉〈下品さ〉だ。

あるいはまた、「５７５７７」の陽輔とナミちゃん。

内向的で、人づきあいが苦手、無愛想な二十九歳の陽輔は、開けっぴろげな性格である同棲相手のナミに、随分と助けられている。ナミは結婚式場を兼ねたホテルで働いているが、陽輔は、勤めていた編集プロダクションが倒産したこともあって、仲間数人で有限会社を作り、自宅で仕事をしている。メンバーのほとんどが非社交的で、引きこもり系であったが、彼らが気兼ねなく陽輔のうちにやって来るのも、〈見知らぬ人間が家に出入りすることにまったく頓着〉せず、しかも〈子どものようによろこんでかいがいしく接客までしてくれる〉ナミのおかげであった。が、このナミがとんでもないお喋りなのだ。仕事仲間みんなの前で、陽輔の情けない過去を披露し、童貞喪失の年齢まで口にするし、ナミのお喋りのせいで、商店街の人全員が陽輔とナミの生活の細部までことこまかに知るということになる。陽輔は、ことあるごとに〈許せない、ぜったい別れてやる〉とは思うものの、〈怒りやため息ややるせなさやそんなもの〉を似非短歌によみ、危機を乗りこえているのだ。その〈５７５７７〉は、たとえば次のようなものである。

　出ていけと言えればきっとここにはいないここにいるからレーズン囓《かじ》る

ゆるす役かわりばんこにやるしかないだって部屋にはぼくらしかいない

これら二組のカップルの〈未来〉、あるいはその後は、たとえミネオと〈私〉が結婚したとしても、〈未来はかわらずぼわぼわした得体の知れない場所〉であり、陽輔とナミの〈未来〉にしても、お互いが〈怒りやため息ややるせなさ〉を抱えた現在の延長でしかないのだ。

この作品集に収載された他の九編もまた、「未来」「57577」の恋人たちと同じように、否むしろそれ以上に、我慢がならない、次のような馬鹿なカップルなのである。

「サバイバル」では、風呂嫌い、洗濯嫌い、手入れ嫌いという〈ずば抜けてずぼら〉な女性キタハラスマコ二十五歳とキョウイチが描かれ、「昨日、今日、明日」では、記念日フェチ・予約強迫観念症のクマコ二十四歳と二十七歳のキクちゃんが、「雨と爪」では土俗的風習に囚われ、古めかしい迷信ばかり口にするハルっぴ二十九歳とミキちんが、「共有過去」では、万引き癖のあるカナエ二十九歳とショウちゃんが、「糧」では、ごはん代わりにスナック菓子を食べる仁絵とミゾッチが、「二者択一」では、酒量と酒癖に問題がある〈私〉遠藤三十五歳と上野晋三十四歳が描かれる。

これらは、いずれも女性側が問題を抱えているが、残る「お買いもの」「100%」「旅路」の三編は、男性側に問題があるカップルが登場する。

異常な買い物癖を持つ三十歳間近の柏田リョウと同じく三十歳間近の〈私〉新里を描いたのが「お買いもの」、熱狂的な巨人ファン木幡敦士とナオっちを描いたのが「100%」、吝嗇家の早川吉男三十四歳と桑原依子三十三歳を描いたのが「旅路」である。

こうして、十一の短編をトータルな形で俯瞰してみれば、ここに描かれている恋人たちは、これはこれで現代の恋人たちの置かれている状況を、実は、あざやかに描出しているのではないかと思えてくる。じっさい、巷には「絆」「夢」「希望」「未来」といったことばが氾濫しているが、彼らは、それらが彼らを取りまく閉塞感、欠落感の裏返しであることを何となく気づいてもいるのだ。〈私たちはへらへらと日々を過ごし、この先、とか、二人の関係、とか、将来、とか、言い合わなかった〉というのは、「未来」の主人公たちであるが、これはなにも彼らに限ったものではなく、おそらくこれらの短編の恋人たちの内部に通底するものでもあるのだ。また、彼らが例外なく二十代の半ばから三十代の半ばまでの人たちであることも注意する必要がある。つまり、彼らは、青春期に通有の闇雲な情熱、身勝手な理想から距離を置く人々であり、現実と否応なく向きあわざるを得ない恋人たちなのである。したがって、ふたりの関係性に齟齬をきたすのは、けっして大仰なものではなく、日常のごく些末で卑俗なものなのである。また、彼らは、その年齢層に相応しい思い、たとえば、〈しょせん他人なんだもの、100パーセントぴったりの人なんているはずがない〉（「100%」）、〈人と人が暮らすには、それぞれのテンポや事情や、性癖や主義主張があるんだから（お互いに文句があるのは）しかたがない〉（「糧」）という、一見諦念にもにた思いを抱いてはいる。が、それでもなお、〈譲歩も変更も、あたらしい習慣も入りこむ余地のない何かを、私たちはそれぞれ相手のなかに見つけ出してしまう〉（「二者択一」）のだ。それは、おそらく、「お買いもの」で記されている〈かなしみ〉であり心の〈深い闇〉なのだ。

ただ、『太陽と毒ぐも』が恋人同士であってもしょせん決定的に異なる他者であることを執拗に描きながらも、それが単に笑いの対象にとどまらないのは、その背後に、〈いったい、何がほしくて人を好きになって、恋人なんかつくって、いっしょにいようとするんだろう〉（「サバイバル」）、〈人と人とがいっしょにいるのに必要なものは〉何か（「昨日、今日、明日」）、といった本質的な問いがあるからである。

（広島大学名誉教授）

『庭の桜、隣の犬』――〈ゼロ〉の世代、という絶望――

恒川茂樹

本作と、チェーホフの作品には非常に類似するものがある。人生への深い絶望とみじめな現実生活が描かれた「桜の園」と希望を失いながらもただ漠然と生きていく男女が印象的な「犬を連れた奥さん」。おりしも彼の作品には『庭の桜、隣の犬』（「群像」に2003年5月から翌年4月まで連載され、2004年9月、講談社より刊行。のち2007年9月に文庫化）というタイトルから連想される題材をモチーフにした作品があり、内容面との関連も含めて考えるとそれを単なる偶然として片づけることはできない。人生に絶望感を抱いている人は、その感情とどう向き合って生きていくべきなのか。そのような問題を、毎日の積み重ねである記憶との向き合い方も含めて問いかけているのが本作である。〈房子にとって何かを覚えていくのは得意だったたしたのしい作業だった〉や〈記憶力と世界の結び目はここなのか〉というように、いたるところに記憶にかかわる記述が散見されるが、それは作者の意図に他ならない。〈なんだったんだ、あたしの人生〉と感じることは人間に深い喪失感をもたらすが、チェーホフが「ワーニャおじさん」に鋭く描きだした通り、それは記憶との向き合い方に強く依存している。いままでの暮らしに意味があったと思えば人生は充実しているように感じられる一方、ワーニャのように全く意味がないと感じれば人生にも意義を見出すことはできない。本作において、房子や宗二がそのどちらであったかということは火を見るより明らかであり、それは彼らが強いニヒリズムに陥ってしまっているということでもある。

専業主婦の田所房子とその夫で会社員の宗二はどこにでもいるような暮らしを営んでいる若い夫婦だ。房子が名づけた近所の〈ナシング坂〉という坂の名前に端的に示されているように、その暮らしぶりは、nothingそのものであり、何かが変化するという兆しすらない。そんな中、仕事の忙しさから職場の近くに部屋を借りたいと宗二が申し出るところから物語は始まる。当初、宗二は実際に仕事で忙しくしていたのだが、ほどなくして職場の同僚の和田レミに誘惑されると、断ることができずにズルズルと関係を結んでしまう。一方で房子は見合いパーティに参加するために上京してきた宗二の母の世話をし、宗二の下宿の場所を記憶だけを頼りに探し出すために外出を重ねながら、このままの生活をずっと続けていっていいものか疑いを抱く。そして家を出るが、実家の両親に離婚を非難される中で居場所をなくし、ふたたび家に帰る。その後宗二の母の結婚相手との顔合わせのために彼らと宗二、房子の四人で会食をし、ふたりは高円寺の下宿に泊る。ところが翌日、宗二が出勤した後に和田レミが下宿に顔を出し、房子と遭遇してしまう。なんとかその場をやり過ごした房子は、心機一転し宗二の母の結婚式をあげるために奔走する。いよいよ挙式の際、房子の両親が彼女の実家に植えられていたみすぼらしい桜の木を、宗二の母夫婦に贈るという話がなされて物語は終わりを告げる。

まずこの作品を特徴づけているものは、「何も起こらない」ことである。正確にいえば何も起こらないわけではない。いま述べたようないくつかの出来事は起こってはいる。しかしそこには一見して所謂「小説的」な粗筋、つまり破局や絶望がない。小説としてのオチがまるで欠如してしまっているのだ。浮気の一件では、不倫相手であるレミと対面しても、房子は宗二に離婚を迫るでもなく、宗二の母の結婚の一件でも、反対する人はいたとしながらも特別な障壁もなくすんなりと結婚してしまう。小説として「何か」が起こることを期待して読み進める読者はあっさり肩透かしを食らわされるが、彼らの日常生活はあくまで「日常」というレールの上を逸脱することなく進んでいく。

逆に目を引くのは、楽しそうに夫の下宿を探し、義母の結婚式のために立ち働く房子や、後ろめたさを感じながらレミと関係を持つ宗二の姿である。そういった、いわばどうでもいいと思える行動を率先してとる二人の姿が執拗に描かれているのである。そもそも房子は宗二との結婚生活にこれといって不満を抱いていたわけではないし、経済的にも専業主婦としていられる恵まれた境遇にある。自問自答しても離婚を考えるほどの理由もなければ、必要性もない。しかも自分が離婚問題で揺れているにもかかわらず、あえて宗二の母の結婚式を盛大に執り行おうとするのも、宗二の母は離婚しようと思う相手の母親であり、関係を断ち切るかもしれない相手だということを踏まえれば、不可解というほかない。また、宗二も〈ビジョン〉が大事だと散々発言するにもかかわらず、自分がどういった家庭を持ちたいかという見解を一切述べることなく、その時々の欲望に身を任せ、あえて浮気という面倒を引き起こしてしまう。彼らはどうしてこうした行動をとるのか。それは決まり切った日常から少しでも抜け出したいという意識があるからに違いない。何か問題が発生すれば解決をするために行動を起こさなければならないが、それは逆にいえば生活の中に明確な目的ができるということでもある。目的を完遂するためのイレギュラーな予定が入りこんでくることは、変化のない日々を過ごす二人にとって願ってもみないことなのだ。であればこそ、房子は宗二に浮気され、あげく不倫相手から罵られても、その〈言葉のどれひとつとして、自分を傷つけてこない〉のであり、義母のための〈結婚パーティを、滑稽なまでに大仰にしたい〉と考えるのである。

しかしそのことがどういう結論を導いたかといえば、〈私たちがなにをやってもゼロになる気がするんだよね〉

という房子の発言に明らかだ。すべての問題が一通り片付いたとき、ようやく房子は自分たちが〈ゼロ〉であることに気がついたのである。天才少女だった房子がこれまで蓄積してきた様々な記憶。それらがすべて〈ゼロ〉（=無意味）であったと気がついたときの絶望は深い。角田がインタビューで《とことんダメな男というものを描いてみたかった》が結果として《リアルにダメな結婚、というものを書こうと切り替えました》（「週刊女性」04・10・26）と発言しているところからわかるように、彼らは強いニヒリズムを感じており、しかもそこから脱出する方法すらわからないという実に《リアルにダメ》な状況にはまり込んでしまっているのである。

「桜の園」のラネーフスカヤは、桜を娘たちに受け継ぐことができなかった。家も土地も、財産のすべてを食いつぶしてしまい、恥と不名誉だけが残された。他方、房子の家庭にあった桜の木はどうだったろう。それは確かに「桜の園」の桜ほど立派なものではなく、花見もできないみっともないものだったが、無事に宗二の母夫婦の新生活にあわせて受け継がれていくことになった。房子は義母の結婚式の写真撮影の際に集った家族を見て〈過去のあらゆる光景の集大成〉のようだと思い感激するが、その年月は桜の木が成長してきた期間とぴったりと重なっている。夢も〈ビジョン〉もない、まして優雅な貴族というのでもない。どこにでもあるごく普通の一家であるが、少なくともありきたりの毎日を過ごすことで桜の木を譲れるように家庭をつないで来られた。そのことの幸運と巡り合わせを分け与えるという意味が、この桜を贈るという行為に象徴されているのである。しかし注目しなければいけないのは、その桜の木は宗二の母夫婦は受け取ったが、宗二・房子夫婦は受け取っていないということだ。〈集大成〉を作り上げる一瞬一瞬は確かに大切であるが、両親のたちようにそう思うだけではたして幸福な毎日が送れるのか。いままでの世代とは違う、〈ゼロ〉の世代のはらんでいる生きることの意味をめぐる問題に角田自身も特効薬を見つけられないでいる。

（現代文学研究者）

固有名の詩学が織りなすテクスト——李哲権

——角田光代の『対岸の彼女』を読む——

ピカソに「海辺を走る二人の女」（以下「海辺」とする）というタイトルの一枚の画がある。地母神を髣髴させる二人の女性が、お互いにつないだ手を高くもち上げながら、海とも空とも区別のつかない青一色の遠景に力動感溢れる走りの軌跡を刻印しているその画は、彼の「青の時代」の死、憂愁、愛、絶望とはまったく無縁の「生の歓喜」を描いたものである。角田の『対岸の彼女』（以下『対岸』とする）は、そのタイトルからしてすでに視覚的なイメージを喚起させるものとして、このような絵画的慣習につながっている。

> 小夜子は手紙から顔を上げた。
>
> 見たことのない景色が、実際の記憶のように色鮮やかに浮かんだ。
>
> 川沿いの道。生い茂る夏草。制服の裾をひるがえし、陽の光に髪を輝かせ何がおかしいのか腰を折って笑い転げながら、川向こうを歩いていく二人の高校生。（中略）二人は飛び跳ねながら少し先を指さす。指先を目で追うと、川に橋がある。二人の女子高校生は小夜子に手招きし、橋に向かって走り出す。対岸の彼女たちを追うように、橋を目指し小夜子も制服の裾を踊らせて走る。川は空を映して、静かに流れる。(15)

ピカソの画に描かれた海は、この『対岸』では川になり、海辺を走る二人の女性は、ここでは対岸を走る二人の女性、楢橋葵と野口魚子になっている。『対岸』のタイトルの「彼女」という単数形のなかには、このように二人の女性が隠れている。そしてこの二人の女性は、このテクストの真ん中をパラレルに走る二本の太い線、リアリズムとロマン主義の二つの線のうち、後者の線上に青春、出発、旅、逃走、冒険、放浪、自殺といったロマン主義文学のテーマ群を招集し、それをフィクション空間における自らの行動指針として実践に移している。ピカソの画の海が、きわめて神話的な意味合いの濃い空間であるように、『対岸』の渡良瀬川も同じく「聖なる空間」である。葵と魚子は、まるでそのような水辺に生息する「水の女」でもあるかのように、いつも家、学校、町といった日常的な「俗なる空間」からの逃走を図って、川辺という特権的な空間に逃げ込む。すると、そこはただ二人だけに許された、「エデンの園」のような牧歌的な空間になる。アダムとイヴが神といっしょにいる空間、それが「エデンの園」であるとしたら、渡良瀬川は彼女たち二人だけに属する「隠れ場所」であり、「聖なる空間」である。そこで、二人はアダムとイヴが愛し合ったように、お互いに愛し合う存在になる。『対岸』はそのような二人の愛を、第三者の目に映った「同性愛」という言葉がかもしだす余韻を残したまま閉じている。


「名前、なんていうの」

「楢橋葵、楢の木の楢に、ブリッジの橋。葵は花の葵」

「あなたは」

「野口ナナコ。ノグチゴローの野口に、魚の子ども」

「さかな?」

「うん。魚の子と書いてナナコ。先祖代々、ジモピーだから」(2)


これは二人が初めて会う場面の描写だが、ここには一般的な名乗る行為とは異なる異質なものがある。『対岸』が「固有名の詩学」でつづられたテクストである所以は、この異質性のなかに存する。「固有名の詩学」、それはシニフィアンとシニフィエの未分化の状態が可能にする、名乗ることがそのまま所有者の人格的自我の流出（Emanatio）に結びつく言語行為である。「楢橋葵」は、その名前のなかに川に架かる「ブリッジの橋」と水の青を名指す「青い」の「葵」を隠しもつことで、水と親縁関係を結び、「野口ナナコ」は、その名前のなかに「魚の子ども」という凝縮された隠喩の次元を忍ばせておくことで、同じく水と深く関わった存在となる。このように、二人はそれぞれの名前のなかに水の青を共有することで、水を祖先にもった同族、同類となる。二人が自由に渡良瀬川という「聖なる空間」に出入りすることができたのも、その名前のなかに水の青が刻印されていたからである。そして二人が『対岸』の後半で本当の意味での冒険の旅に出かけるのも、同じくその名前のなかに水の青が書きこまれていたからである。要するに、『対岸』の構造の根底には、すべての色を収斂して統一し、それを一つの消失点へと向かわせる遠近法がある。それは青の意志によって捏造され、青の論理によって作動する遠近法なのだ。

「ねえ、川が空みたいだとは思わない？足元に空が流れている感じがして、ここでずっと川を見下ろしていると、空に立っているみたいな、自分がどこにいるのかわからなくなるような感じ、してくるでしょ」

ナナコが言い、葵はどこか必死になって川を凝視する。ナナコの言う「感じ」をぴったり同じように味わうために。(12)

ここには水鏡の有する「反映の美学」（ガストン・バシュラール『水と夢』）がある。この美学によって、空と川は位置交換をし、前者が下になり、後者が上になる。したがって、「反映の美学」を支配するものは逆さまの論理である。葵と魚子がここで「浮遊感」に似たものを覚えられるのも、このような逆さまの論理が働いているからである。それによって、空は足元を流れ、魚は空を泳ぎ、船は空を航行し、星は川底に輝き、雲は海底にたなびくようになる。これは、きわめてバシュラール的な夢想である。『対岸』において、葵と魚子がいつも手をつないだ存在としていられたのも、空の青と海の青（＝川の青）が溶け合っているように、二人の名前のなかに刻印された水の青もお互いに溶け合っているからである。

したがって、『対岸』のフィクション空間に陰画のようににじみ出ている同性愛の気配も、単なる人間の感情の泉から立ち昇ってくるエーテルのようなものではなく、テクストの構造と深く関わった共有された水の青が然らしめた結果にほかならない。また、二人の飛び降り自殺も、単なる垂直運動に身を任せる行為（＝死）ではなく、水の青の有する深さに対する礼拝と憧憬の念から運動エネルギーを獲得して敢行される無限下降の運動である。

『対岸』には、こうした垂直方向の動きに対して、水平方向の動きを同じく隠喩の次元で担っているものがある。タクシーとバスと鉄道である。言うまでもなく、この三者はいずれも旅の隠喩の次元を隠しもった存在である。その意味で、葵の父親がタクシーの運転手であることも、また葵が「学生たちを主な顧客にした旅行事務所」を作ったのも、水の青の有する論理が『対岸』の構造全体に支配を及ぼしていたからである。

さらに、『対岸』には、現実の旅へと二人を誘い、空の高みへと飛翔の軌跡を刻むように従湧するものがある。飛行機である。下降に対する飛翔、『対岸』はロマン主義の前期と後期を象徴するこのような二つの運動の軌跡を、テクストのフィクション空間に刻印することで、二人を水の青から引き離して、空の青へと拉致していく。

中国から香港へ、そこからベトナムへ飛び、スリランカを経てインド、インドからネパール……何を見てもどこを歩いてもカルチャーショックの連続だった。(14)

葵は最後にラオスへと向かう。そして、そこで魚子も自分と同じく、ラオスの地に足跡を残していることを知る。結局、二人のこうした偶然の一致を可能にしたのは、彼女たちの共有された運命、すなわち「固有名の詩学」が強いる美学的な義務と川と海と空の有する神話的な性格が強いる集合無意識的な使命と原色の青がかもしだす深遠なもの、遥かなものへの憧憬の念が強いる倫理的な意志である。

では、このような葵と魚子の物語に対して、葵と小夜子が織りなす擬似リアリズムの物語は如何なる貢献をしているのだろうか。既述したように、『対岸の彼女』には平行して流れる二本の物語の線がある。一つは「葵と魚子の物語」であり、もう一つは「葵と小夜子の物語」である。見ての通り、葵は二つの物語に同時に関わる登場人物である。こうした登場人物としての運命は、すでに彼女の名前のなかに刻まれている。「ブリッジの橋」が表象するイメージがすなわちそれである。境界線上に作られる建築物、それが橋であるとすれば、葵は名前のなかに「橋」を刻印された存在であるがゆえに、川のこちら側と川の向こう側をつなぐような役割を担っている。その意味で、小夜子は葵の名前に刻印されたこのような境界的性格が無理やりにたぐり寄せる登場人物である。そして、二人がつむぎだす物語は、「葵と魚子の物語」が語る川と空にまつわる擬似ロマン主義の高校生の冒険物語とはまったく無縁の、中年の擬似リアリズムの物語になる。

したがって、葵はその名前のなかに刻まれた「ブリッジの橋」が強要する意志を受け入れることで、二つの物語の世界で起きたすべての出来事、すべての事件を実際に生き、実際に経験するフィクション空間における実存になっているとしたら、小夜子はそのような葵の人生の物語を「遅れてきた者」として、いつもある種の好奇心をもって見ようとする探偵のような存在である。『対岸』の結尾において、小夜子が魚子が葵に寄こした手紙を盗み見する行為はまさにそれにあたる。彼女はフローベルの「ボヴァリー夫人」のように、日常が繰り返す毎日の退屈さに耐えて生きている存在のように見えて、実は物語の筋の展開に欠かせない重要な人物である。アウェルバッハがその著『ミメーシス』において指摘しているように、リアリズムには主に二つの側面がある。一つは「日常の現実を厳粛に扱う」ことであり、いま一つは「任意の人物や事件を同時代の歴史の流れ、流動する歴史的背景の中にはめこむ」ことである。ここに至るまで、われわれは、『対岸』における「葵と小夜子の物語」をリアリズムの物語ではなく、擬似リアリズムの物語として読んできた。それは、そこに「日常の現実を厳粛に扱おうとする姿勢はあっても、登場人物や事件をはめこむべき「同時代の歴史の流れ」も「流動する歴史的背景」も特になかったからである。にもかかわらず、『対岸』がわれわれに擬似リアイズムの物語としての印象を与えていたのはなぜか。それは『対岸』が、ロマン主義文学との近親性を誇示する「葵と魚子の物語」から始まっているのではなく、「ボヴァリー夫人」のように日常の退屈さに耐えて生きている小夜子の不安定な毎日の物語から書き出しているからである。

だとすると、『対岸』はもはや擬似リアリズムの文学でさえもないかもしれない。それもそのはず、平和な日々が続いて、だれかれの区別なく平和ボケを嘆く時代に、せいぜい起きたとしても、すべては偶然性の境域をはみ出ない、交通事故か殺人事件、あるいは窃盗事件か強盗事件かレイプ事件といった「小市民的」な日常にまつわるささいな事件であろう。それがアウェルバッハの言うような「歴史の流れ」や「歴史的背景」とまったく無縁のものであることは言うまでもない。そのような環境のなかでそれでも諦念を遠ざけながら小説を書こうとする作家は、フローベルの「ボヴァリー夫人」以上の忍耐力をもった超人でなければならない。角田光代もそのような作家の一人なのかもしれない。

（聖徳大学　准教授）

『この本が、世界に存在することに』――須藤しのぶ

本ある人生――まとわりつく本・追い求める本――

『この本が、世界に存在することに』は二〇〇五年五月二十一日にメディアファクトリーから出版され、二〇〇八年十一月一日、新潮社文庫出版時には、『さがしもの』と改題された。全九編の短編小説から成る。そのどれもが、主人公にまつわる本の話である。　私が角田光代の著書を買ったのは、『さがしもの』が二冊目だ。最初の本は、『恋をしよう。夢をみよう。旅にでよう。』（09・2・25、角川文庫）というエッセイである。私の母校の授業のことが書かれていると知ったからだ。角田光代とは小、中、高と、母校を同じくする。いわゆるミーハー精神から始まった、角田作品との出会いであったが、二冊目を『さがしもの』に決めたのは、七番目に収録されている「ミツザワ書店」だ。思い当たる二件の本屋が学校の近くにあった。二つの書店は、入口の番台のようなところに座っているおばちゃん、整理してあるとは言い難く積んである本、が思い浮かぶ、「書店」では無く、「本屋」だ。角田光代がそれらの本屋をイメージして書いたかどうかは、わからないが、〈退屈な町〉の〈覇気のない商店街の外れ〉にあった「ミツザワ書店」は、昭和という時代を過ごした人なら容易に記憶から喚起できる「本屋」だ。タイトルにある通り、この作品集は一冊の本の存在によって、物語が紡ぎ出されていく。マトリョーシカのような、本の中に本。実在の本のページを追いながら、物語世界の中の本のページも読者はめくっていくという楽しさがある。ただし、必ずしも「楽しい本」が描かれているわけではない。重苦しさ、因縁、不

幸、人間の業、などを象徴するものとして、その存在を主張して来る本なのだ。「旅する本」は、一人暮らしの大学生が、生活費の足しにするために、たまった本を古本屋に売り払うところから始まる。学生が本を売るのに、〈学生街の、ひっそりとした古本屋に紙袋〉で本を持ち込むこと。古本屋の店主に苦学生と見なされること。店主は〈銭湯の番台さんが座るような高座に座った主人〉であること。どれもが、昭和の終わりに学生時代を過ごした作者の、「本を売る」イメージによるものであろう。しかしこの条件だからこそ、〈あの本〉の物語が作られるのである。こぎれいな大型のリサイクル書店に比べ、古本屋は古くさい、かび臭い、しばらく居座ると体が痒くなる気がする。そして、店主との一対一の売り買いに関する駆け引きが行われる。

そして私をじろりとにらみ、

「あんたこれ売っちゃうの?」と訊いた。

意味がよくわからなかった。今は亡き作家の初版本でもないし、絶版になった本でもない。大型書店にいけば手にはいるような、それは翻訳小説だったのだ。

「え……価値があるんですか」

店主の言葉に引っかかるものを感じながら手放した〈あの本〉は〈私〉が旅をする世界のところどころに姿を現し、〈私〉によって、世界の古本屋で売り買いを繰り返す。〈あの本〉は予言者的な古本屋の店主とのやりとりがなければ再び出会わないであろう本であり、〈あの本〉とのめぐり逢いは、偶然のようで、古本屋の念押しによる必然として納得させられる。そして、〈あの本〉は、本は変わらずに、読者の〈私〉が変わり、同じ本と向き合うたびに、読者にとってその本の意味が、変わるという、読書の王道を語っており、この作品から、『この本が、世界に存在することに』は始まっていく。二編目の「だれか」では、恋人と出かけたタイで体調を崩した〈私〉に恋人がバンガローの食堂にあった日本の文庫本を持ってきてくれるが、それは片岡義男、星新一、村上龍の本であった。このあたりの著書は、角田光代の十代から二十代にかけて、若者を中心に読まれたものである。特に片岡義男を取り上げ、〈私〉に、片岡義男の本をタイに持ち込んだ人物を推測させる。

年の頃は二十七、八歳。高校時代、彼は片岡義男の愛読者だったのだろう。彼の描く世界にあこがれ、彼の描く主人公に共感し、主人公がつぶやくせりふにうっとりしたのだろう。けれど高校を出、育った家を出、働きはじめ、彼は片岡義男から徐々に遠ざかる。現実は片岡義男的ではないし、彼もまた、片岡義男の主人公でもない。

ここに描かれている〈彼〉は片岡義男の愛読者の若者であるならば、必然的な経験をしている。現実の虚しさの実感である。片岡義男の描く人間は男も女も格好良い。しかし現実は……。片岡義男の本は、恋人との海外でのバカンスの途中で痛い現実と向かい合った〈私〉に、〈彼〉の物語を紡ぎ出させるのである。三編目の「手紙」では、恋人と喧嘩し、一人で泊まった河津の宿の引き出しにあった本の中から、ある女が別れた男に宛てた手紙を見つけて、女の物語を楽しむうちに、〈女の文体が移ってしまった。〉とあるのが、オチとしておもしろい。

インターネットで旅館を予約したこと。喧嘩して、ひとりで宿に泊まったこと。

いつのまにか、手紙の女の口調が移っている。

「ばからしい」私は声に出してつぶやき、ぬる燗を飲み干し、手酌する。

夏の海辺で毎年花火をしていたこと。小銭がなくて一本の缶コーヒーを分け合って飲んだこと。

やばい。女の文体が移ってしまった。

同列内容のフレーズの羅列は、角田の短編小説の中でよく用いられるが、それは言葉の積み重ねによって、不幸の始まりを感じさせたり、重圧感を与えたりという効果を挙げている。

数人のグループでお弁当を食べる。お昼休み、こっそり学校を抜け出してコンビニエンスストアにお菓子を買いにいく。特定の女友だちと中庭の隅で内緒話をする。学校帰りにドーナツショップでおしゃべりする。友だちの恋愛相談にのってやる。憧れている男子生徒に話しかけられる。さりげない仕草で頭を撫でられる。ほかの男子に告白される。ちいさなプレゼントをもらう。笑う。泣く。悩む。喧嘩をする。仲なおりをする。ふざける。怒る。愛する。恋する。夢を見る。（「赤い筆箱」）

「赤い筆箱」は、実際の事件から発想を得た、『三面記事小説』（07・9、文藝春秋社）に収録されている。冒頭から悲惨な結末が予想されうる作品ではあるが、言葉の重層化に，脈拍が上がってくるのがわかる。〈女の文体が移ってしまった。〉という表現は、角田の文体の一つの特徴を獲得した瞬間の記述と思う。

九編のどの作品の〈本〉も、物体では無い。「彼と私の本棚」では、〈気配〉、「引き出しの奥」では〈記憶〉を持つものとして描かれている。この二作品を経て、「ミツザワ書店」、「さがしもの」へと作品集はまとめられていく。「ミツザワ書店」では書店は〈世界への扉〉であり、〈ミツザワ書店の棚の一部を占めるくらいの小説を書こう〉と駆け出しの小説家の決意表明を示し、「さがしもの」では本を探す楽しみと苦しみとが語られ「初バレンタイン」の贈り物としての本選び、で作品集は閉じられる。『この本が、世界に存在することに』。この題名の後には何が続くのか。それが改題されて「さがしもの」となったこと。この一冊で本にまつわる角田自身の経験を推測し、考えを整理しながら、角田光代という作家の誕生の過程を味わえる。「あとがきエッセイ　交際履歴」に〈本は人を呼ぶ〉と書いている。ひとりの人間にとって特別な本を探す、いや作家として自分の手で作り出し、人を呼ぶ。そういう角田光代の決意本と読み取れる。

（川端康成学会会員）

『Presents』——名前と涙——小林一郎

連作短篇小説集『Presents』は「小説推理」誌の二〇〇五年一月号から十二月号にかけて連載ののち、同年十一月に単行本として刊行された。完結と同時の書籍化からは、周到な準備と着実な進行が見てとれる。目次には「Present #」何番と番号が振ってあり、続けて標題の「名前」「ランドセル」「初キス」「鍋セット」「うに煎餅」「合い鍵」「ヴェール」「記憶」「絵」「料理」「ぬいぐるみ」「涙」と十二篇が並ぶ。小説は一篇あたり文庫版（08）で十二ページから十六ページ、各篇の中程に松尾たいこ作の一ページ大のカラーの絵が入る。

連載第一回の雑誌表紙には〈新連載　グラビア連動／物語とイラストのコラボレーション／「Presents」／角田光代&松尾たいこ〉とあり、巻頭カラーページに松尾による一ページ大のカラーの絵、めくった見開きに小説の冒頭と作者紹介があり、小説の続きはモノクロ本文ページで展開される。モノクロ本文は通常は四ページ分だが、角田が直木賞を受賞した直後の「鍋セット」「うに煎餅」「合い鍵」の三篇は五ページ分になっている。

こうした縛りのきつい連作は書き手の挑戦心をそそるとみえて、本書の連載に先だって『この本が、世界に存在することに』（メディアファクトリー、05。『さがしもの』と改題して新潮文庫、08）では「presents」の代わりに「本」をテーマにした九つの短篇が書かれている。ブローティガン詩集やマンシェット『殺戮の天使』など、題名の明らかな本も登場しないわけではないが、基本的に書名は注意深く避けられている。また各篇の扉のモノクロ写真からも、空高く投げ上げられた本の標題は読みとれない。それは、翔ぶ鳥のように無名である。

絵入り小説というと新聞小説やライトノベルを連想しがちだが、本書は違う。その説明のまえに、皆川博子著のその名も『絵小説』(06)を見よう。同書は六つの短篇小説ひとつずつに宇野亞喜良のカラーとモノクロのイラスト各一点を挿み、題辞には木水彌三郎、多田智満子の詩篇、コクトオ、ボンヌフォワ、アンリ・ミショーの訳詩など、韻文作品(の一節)が必ず引かれる。第五篇「塔」には、昭和後期を代表する詩人吉岡実の詩篇「僧侶」の第六節〈四人の僧侶／井戸のまわりにかがむ／洗濯物は山羊の陰嚢／洗いきれぬ月経帯／三人がかりでしぼりだす／気球の大きさのシーツ／死んだ一人がかついで干しにゆく／雨のなかの塔の上に〉を掲げるといった具合に、小説の発想の根、作者の手の裡を見せながら、作品に厳密なフォーマットを課している。『絵小説』は「小説すばる」誌二〇〇四年三月号から二〇〇六年二月号にかけての分載(『Presents』の連載期間を含む)で、こちらも初出誌には単行本と同じ絵柄のイラストが掲載されている。小説本文の脱稿まえに、タイトルと粗筋、皆川・宇野の場合は題辞の詩句、角田・松尾の場合は主人公の年齢が小説家から画家に提示されたようだ。完成した小説と絵は、二作品とも雑誌発表と単行本で内容に大差がないから、「まず小説があって、あとからそれに絵を付けた」のではなく、書き手と描き手が等しく同じテーマのもと、同時並行で作業を進めて締切時に「せえのお！」で見せあったと考えて読むほうが面白い。まさに「物語とイラストのコラボレーション」である。

『Presents』の話者はいずれも女性で、それぞれ別人の〈私〉である。基本的に名前が付けられていない。例外は「名前」の〈春子〉だが、これはテーマがテーマだけに名前が不可欠で、全体は十二人の無名の〈私〉のオムニバス物語といっていいだろう。現に『Presents』からは「合い鍵」(06)と「うに煎餅」(07)の二篇が映画化されている。しかしながら、作品として最も映画的な構成をとっているのは第七篇の「ヴェール」だ。

〈私〉（「サトちゃん」と呼ばれる）が一度は別れた恋人の一弥《かずや》と一緒に住み始めた新居に近い教会に三カ月通って（つまりキリスト教信者ではない）、結婚式を挙げる日の物語。父の史弘はすでに亡く、母はウェディング・ドレスのヴェールが届かないことにやきもきしている。親戚の明弘《あきひろ》おじさん、寿子《ひさこ》おばさん、蔦枝《つたえ》おばさんが感慨にふけっていると、ヴェールを携えて友人の千尋《ちひろ》・衿子《えりこ》・直海《なおみ》・友里恵《ゆりえ》が駆け込んでくる。今回のプレゼントは友人たちお手製のヴェールだ。一弥と別れてから付き合った勤務先の社員〈チュウト〉は女にだらしない男で、〈私〉の気持ちはつねに満たされない。だが、女友達にその荒んだ生活を知られるわけにはいかない。

〈そうしてあれはいつだったか――どこかのレストランだったか、それとも騒々しい居酒屋の片隅だったか、とにかく、深夜をとうに過ぎつつある時間だった、衿子が前後の脈絡なく言ったのである。どんなことをしても、どんなふうにしても、サトちゃんはサトちゃんで、サトちゃんの持っている美しさというのは、ぜったいに失われることなんかない、ただ私が許せないのは、その美しいところをだいじにしない人だ、踏みにじろうとする人だ。／なんのこと？　と私はそらっとぼけて言ったと思う。みんな衿子の言葉は聞かなかったふりをして、飲みものを追加したり、年若い店員の品定めなんかをしていた。／ねえ、たまたま席が近かったからにすぎない私たちが、なんでこんなに長い時間いっしょにいると思う？　それはね、きれいと思うこと、美しいと思いたいことが、みんないっしょだからだと私は思うんだよ。いっしょにお弁当を食べたあの三年間で、たぶん、私たちはおんなじものを見てきれいだと思うようになった、だからいっしょにいるんだよ。汚いと思うものがおんなじでもこんなには仲良くならない。きれいだと思うものがおんなじじゃなければ、いっしょに時間を過ごすことなんか、できないんだよ。〉

衿子たちと行ったベトナム料理屋で偶然（？）一弥と再会したサトちゃんは、みんなにたきつけられて、結局よりを戻す。引用した回想シーンは、教会の物置小屋のような部屋で身支度をしている最中になされる。〈物置部屋を出ると、反対の部屋から、一弥が出てきたところだった。タキシードを着た一弥は、ふだんより子どもっぽく見えた。私を見て「お」という顔をする。衿子が彼に向けてピースサインをすると、一弥もにっと笑ってピースサインを返した〉は、角田のペンが最も映像的に情景を切り取る場面だ。小説は終曲で熱を帯びる。〈白い布地の敷かれたバージンロードを母と歩くため、私はいったん教会の外に出る。梅雨の晴れ間で、空は夏みたいに高い。ゆるやかな風に、フリルやレースがたくさんついた真っ白いヴェールが静かになびく。陽射しを浴びて、まるでそれ自体が発光しているかのように、ちらちら、ちらちらと輝き続ける。陽射しのなかで縫い目がはっきりと見える。ミシンみたいに几帳面な縫い目はきっと衿子だろう。縫い目の大きさがばらばらなのは、きっと直海。アンティークみたいなレースを選んだのはきっと千尋で、工夫して生花をくくりつけたのは友里恵。彼女たちが大騒ぎしながら布地を選んでいる様が、まるで見たかのように鮮やかに浮かぶ。〉――このときヴェールは、地上の物体であることを離れて、後光のように輝く。そのプレゼントの「見えない場面」の鮮やかさ。

母から娘へ、祖母から孫娘へ、幼馴染の男の子から女の子へ、母から娘へ、別れかけた彼氏から彼女へ、別れた彼から彼女へ、四人の女友達から最初に結婚する友人へ、浮気した夫から妻へ、息子から母へ、夫から妻へ、結婚する娘から離婚を決意した両親へ。連作は回を追うにしたがって、沈鬱な色彩を濃くしてゆく。と言っても松尾のイラストがそうであるように、それは決して重苦しいものではない。人生の機微を知った女性が受け取るにふさわしいプレゼントが、物語とともに憂愁のグラデーションを深めてゆく。熟年夫婦の離婚の危機を描いた「ぬいぐるみ」など、わかっていても秀作だ。最後に、死に臨んだ女には、一族郎党からの涙が贈られる。〈名前とおんなじに、決して なくさない、最後の贈りものを受け取っていることを私は知る。〉

（日本文学研究者）

『森に眠る魚』あるいは虚構に宿る真実

波瀬　蘭

『森に眠る魚』（「小説推理」07・11〜08・10。双葉社、08・12）とは、一九九六年八月から二〇〇〇年三月までの繁田繭子・久野容子・高原千花・小林瞳・江田かおりという、五人の若い母親たちの子育てや受験をめぐるうんざりするような物語である。それは主人公の一人容子が〈きみのそういう話はもう聞きたくないと、容子は二度と言われたくないのだ。〉と恐れている夫の真一ならずとも、耳を塞ぎたくなるような話であるが、著者自身までが〈これはもう書きながら嫌で嫌で……（…）こんなくさくさした関係もう嫌、誰かさっさと出て行けばいいのに、誰か引っ越して！　とずっと思ってました（笑）〉（「〈book trek 著者インタビュー〉『森に眠る魚』」「別冊文芸春秋」09・3）と述べるぐらいだから、それは仕方がない。しかし〈森に眠る魚〉とは何とも奇妙なタイトルである。〈森に眠る〉とは何か。さらに〈魚〉とは。もしかしたら例えば聖書などに典拠が求められるのかもしれない、という評者としては無知を誇られる不安を拭えないが、仮にそういうことがあったとしても、そのことを博識でない読者にも分からせられなければ意味はない。そういう点ではやや閉じた部分を持つ作品ではあるが、しかし読者がそのことを考え、探し、不審や不満を持つのは読了して暫く経ってからで、読んでいる最中は読者はそのことを忘れて五人の女の嫌らしさにうんざりさせられながら、あるいは（とりわけ終盤では）どうなることかという不安や期待を持って、読み進めていたはずである。そうした読者を引っ張る力は確かに本作にはある。

さてしかしタイトルに話を戻して作品を再読してみれば、〈まるで迷子みたいだと彼女は思う。陽が落ち、温度の下がりはじめた森で、帰り道を見つけられずひとりさまよっているみたいだと。〉（傍点引用者、以下同様）という具合に、確かに〈森〉という言葉はつごう七回も出てくる。そしてその〈森〉とは、〈彼女は熱を発するような子どもの体をきつく抱きしめたまま、スカートの裾が便器の水に濡れるのもかまわず、声を限りに泣き続ける。そうしていれば、森の奥深くに迷いこんだ自分たちを、だれかが見つけてくれると信じて。〉という幼児殺人のシーンに続く、〈次第に歩く人もいなくなった、まるで木々に覆われたように暗い道を、背の高い雑草をかき分けるようにして彼女はひたすら歩く。今はもうはるか遠くに感じられる、あたたかく散らかった自分の居場所を目指して、歩き続ける。〉という箇所にも明らかなように、今自分がいるここを確かな居場所と認定できない思いの謂いだった。そしてそれは〈とたんに彼女は気づく。目指す場所などなく、こうして歩いていることに。かといって、帰る気にもなれない。〉という〈彼女〉のように目的地の無さだったり、〈私なんで今ここにいるんだろう。茜をあやしながら瞳は思い、そう思ったことにぞっとする。〉という瞳や、〈唐突に千花はわからなくなる。なぜ自分がこんなところにいるのか。なぜあんな（…）だれかを利用しようとしか考えてない人を友だちだなどと思ったのか。〉という混乱に陥っている千花のように、ここにいる理由のわからなさであったりもするのだ。

そしていま、〈森〉をめぐる思惟の代表例としてあげた〈彼女〉の具体例を他の主人公の女たちに広げていったが、そうした論の進め方を促すようなものとして、そもそも作品が〈彼女〉と語ったところに、さていったい誰を当てはめるべきかを考えさせられるような巧妙な展開を本作は持っているのだ。

そもそも〈殺意というものを、瞳ははじめて抱いた。もちろん本気で殺したいと思っているわけではない。ただこれほどまでの怒りを他人に抱いたのははじめてで、その、自分でも持て余すほどの怒りを殺意と呼ぶのだろうと瞳は思った。〉という具合に瞳が繭子や容子に〈怒り〉を向けているように、この幼児を殺そうとしている〈彼女〉のシーンが誰に当てはまってもいいような伏線的描写は随所にあった。読者はこの憎悪を殺意にまで高めていく〈彼女〉とは五人の女のうちの誰だろうかと考えながら（後述するCにBを当てはめていきながら）読み進める仕組みになっているのだ。〈あたたかく散らかった自分の居場所〉という表現は繭子から〈マダム〉と呼ばれているかおりには当てはまりにくいものの、いずれの女性のことであってもおかしくない〈彼女〉とは誰か。その最も大きな手掛かりは、〈彼女〉が〈何かが狂いはじめたその発端〉としての〈この暗い森の入口〉を〈生い茂る雑草をかき分けるようにして、さが〉しながら、〈そして彼女はふと顔をあげる。ある場面で、記憶はぴたりと止まったのだ。あの人に、声をかけたとき。〉と思い当たる場面にある。瞳と千花は作品の時間が流れ出す以前から知り合いだから二人の関係はここに当てはまらないとして、〈あの人に、声をかけたとき〉というような第一章でのそれぞれの初めての出会いが描かれた場面を振り返っていけば、〈「ほかにも受けます？」／声をかけられ顔をあげると、さっきの女性が笑いかけている。〉という千花が容子に声をかけた場面や、〈母親もふりむいたので、「こんにちはー」と繭子はことさら明るく言いながら、共同玄関の扉をくぐる。〉という繭子がかおりに声をかけた場面、そして〈「手続きにいらしたんですよね」／おずおずと声をかけてから、この人はだれかを待っていたのかもしれない、と瞳は思い当たった。声をかけられた女性が、瞳を見て、落胆したような気がしたからである。〉という瞳が容子に声をかけた場面、さらには〈「はい、これ、ぼくのだよね」スタジアムジャンパーの女性は光太郎にボールを差しだし、／「すみません、ありがとうございます」と頭を下げる瞳の隣にどさりと座った。〉という繭子が瞳に声をかけている場面まで作中に見出せるのである。やはり〈彼女〉が誰であるかの特定はできないのだ。そこだけで言えば、最も病的で〈彼女〉の可能性の高い容子はむしろ声をかけられる側であり、〈彼女〉に該当する可能性は低くなってしまうが、しかしこうした〈彼女〉がいったい誰なのかはわかりようがないということは、一見すると五人の女の誰が〈彼女〉であってもおかしくない、あるいは誰でも〈彼女〉でありうるということでもある。それを文庫解説のように〈最終章の手前、主人公たちは名前を失くし、「彼女」の呼び名で統一される。〉（朝比奈あすか）と（後述するBがCに変化すると）まで言っていいのかどうか分からないが、とりあえず読者の読書行為において考えれば、むしろ誰にでも当てはまりうることでスリルを増幅させつつ、結局は最終章で誰も子供を殺されていないようであることを知るに及ぶ。しかしそこで肩すかしをくらった気持ちになるというよりも、今まで読んできた〈彼女〉を読者は五人の可能態として読みつつ、むしろ五人の女とは全く無関係な、モデルとなった《お受験殺人》という現実の事件の犯人のことであろうと思い至るのだ。

ここにこそこの作品の面白さがある。本当は現実の文京区幼女殺人事件Aがあり、それに触発されて作者角田は千花たち五人の女の物語Bを紡ぎだしたわけであり、その、作者の構想レベルで言えば《現実》が《虚構》を生み出していったわけだが、描かれた物語内部にあっては、読者が読み進める五人の女の物語Bという作品内現実からは食み出した、五人のうちの誰かが起こしていたかもしれない惨事の光景Cという非現実が織りなされていたということになる。これは現実の犯人をモデルに容子でも瞳でも千花でもを作り上げたなぞというレベルよりも、はるかに面白いはずだ。つまり虚構作品の中において作中現実の中での非現実が実は作品の外側の（創作契機となったところの）現実そのものなのだという、メビウスの輪的に捻転する虚実の皮膜の問題だが、謂わば《虚構の中に眠る現実》あるいは《虚構の中に宿る真実》というテーマを《森》の出口に照らしだしているからこそ作者も先のインタビューで〈また何か事件に着想を得て書くなら、今度は何が元か分からないくらい切り離してみたい。事実に負けないところまで到達できる小説を書きたい〉と述べていたのである。

（現代短歌研究者）

「ドラママチ」――移動と内省のドラマ――

杉井和子

・「ドラママチ」の旅

「ドラママチ」（06・6、文藝春秋刊）は、『オール讀物』連載（03〜06）のコドモマチ、ヤルキマチ、ワタシマチ、ツウカマチ、ゴールマチ、ドラママチ、ワカレマチ、ショウカマチをまとめたもの。「マチ」とは、待つことと町のことか。人が待つのは主体の期待や情熱があるからであろう。何を待つのか曖昧な題名だが、子供、夫、恋人、プロポーズなどと推察できる。実態は朧げでもともかく「待つ」ことに未来への夢が込められていることは確かだ。

角田光代は、以前の自分が〈自身による内省や観察〉によって〈私はこのような人間である〉と理解していたのに、最近は〈観察も内省〉もせず〈意図せず出くわしてしまう〉「私」に変貌したと語る。（『文藝春秋』12・3）しかし、この自己理解の仕方が小説の定着した型となって、確かに連綿と書き綴られている。予想外の出来事に遭遇し、内省に光が当てられ、自らの決断の方向性が一瞬開示されるという型である。「ドラママチ」の全篇では、JR中央線の駅（緩行と快速電車の止まる）とその周辺、そしてそこに在る喫茶店が二つの条件である。その中で、「私」は、夫、恋人、母、友人、子供などの極く平凡な人間関係と絡みながら、待つ情念を辿る。電車は移動の喩、喫茶店は制止する空間の喩として、「私」の内面の動的、静的な動きが語られる。結局、夢によって未来を志向する「私」は、脱出を経過し、日常的で具体的な生活の場にふと立ち返る。まず契機として「私」の過去の想起があり、遂には偶然が拡散していた意識を収束させるのである。

そのようなスタイルは旅に似ている。日常からの解放、好奇心と冒険に充ちた旅を装いつつ角田はさらに独得の狙いを込める。日常性の中では見えなかった「私」の立ち位置の確認である。場の風景は過去に引き戻して想起される。過去を〈思い起こし〉、未来は〈思い描く〉と書かれる。大森荘蔵が言う〈想起体験の中でのみわれわれは過去を体験できる……想起とは知覚の再生体験でなく過去の風物の初体験〉である（『時間の変遷』）。父と娘の逃避行を扱った「キッドナップ・ツアー」（00・11）は、日記的に時系列を追い、山の天辺のお寺で見た蛍の光に小一の頃のぬいぐるみを想い出す。スーパーのガラスに映る〈どの子供より汚らし〉い自分と、母の拘束から解放された筈の自分の母への回帰。初期作品群から「ドラママチ」までは、すべてこのようなスタイルをとった「私」の旅である。即物的な旅行記「恋するように旅をして」（01・3）でさえ、東南アジアを一人旅するスリルに重ねて、旅の風景の中で具体的な過去の記憶が掘り起こされる。〈赤土の道を歩いていると、自分が向かう先が、まるで空間という横軸ではなく、時間という縦軸で過去に旅行している〉とあるように。「私」は空に神を感じ、母の姿を追って遡行する過去の記憶の中から人間の営為を生活の中に浮き上がらせる。〈母の日傘〉〈寝転がった父の姿〉〈空のコップ〉……といったモノに幼い自分を映し出す。未知の旅の過去への舞い戻り。それを角田は〈前へ前へと進んでいると錯覚しながら、円の縁をぐるぐるとまわっている〉と書き、反覆による円環構造を小説中に定着させようとしていた。「ドラママチ」までの顕著な型である。

•「ドラママチ」全篇―時間の円環運動

六年付き合い二年同棲する男との結婚待ちの話は、彼の実家から東京に帰った瞬間の女の悩みで始まる。これまではつまらない物ばかり拾ってきた。醜い蛙のように眠る彼。一人で中野の裏通りを歩き、お酒を飲む自分はドラマを待っている。が、自分の夢見る結婚とは、日常のなかの小さな喫茶店で老婆と出会った事件のようなものか。〈私〉はこれから住む部屋を見て将来が簡単に〈思い描けてしまう〉ことに失望したが、喫茶店をまるで外国を旅するように巡る老婆に結婚を祝福された。そこに小さなドラマがあったのだ。先に夢見た未来とは違い、ドラマとは〈起承転結〉の〈承のリフレイン〉だ。飲み屋で喋る若いカップルとのギャップを見る〈私〉の成熟した眼によって、自分の立ち位置が見えてくる。やがて日常に回帰していく発見の旅は、未来を見通す〈時間〉を、せいぜい中央線の快速と各駅停車の差ほどにする。相手を待ち焦がれる夢の時間を与える喫茶店は、瞑想する〈承〉の時間を生きる喩の場所となり、改札口でプロポーズを受けるという思いがけない結末も、偶然が日常に回帰させたドラマとなった。恋人を待つ女の喫茶店と中央線の喩によって、緩急の時間、いや時間そのものに注目した「ツウカマチ」。電車のスピードに眼をつけ、この世には正しい時間というものはないとし、それを「ゴールマチ」で、〈人生の制限時間が終わ〉ると焦り、〈電車が走り出す、ゴールなのか、見当違いの場所なのか〉とする恋人を待つ自分の混迷の様相に繋ぐ。「ワタシマチ」は、小さい頃家族三人で行ったレトロな喫茶店を焦点化し、美人コンテストに選ばれた〈私〉の自分探しの物語だ。周囲との違和をきっかけに悩み始めた自分は、男に無理にホテルに連れ込まれた時、予想もしなかった〈馬鹿馬鹿しさ〉を痛感した。〈自分が何ものかなんてまったくわからなくてもよかった〉頃、それは〈お漏らしをしたのにそれを言い出せず股間に広がる冷たさにじっと耐えていた〉幼いころの自分だ。この汚いホテルの部屋から甦るあの喫茶店の記憶が、伝線したストッキングをカメラで覗く今の〈私〉の行為を揶揄的に笑う。妻子ある男に恋した〈私〉が妻を追い、男と行った喫茶店を探りながら、夢の錯覚を〈目の前の男とともに暮らすというのは、焦がれて待つ未来ではなくて、とうに手に入れた過去である〉と言葉にしてみる「ヤルキマチ」。未来を過去にきっぱり〈私〉は断定できた。やがて母親ものへと発展する芽は「コドモマチ」や「ワカレマチ」にあった。夫が密会する女を喫茶店で張り込む〈私〉は、愛と嫉妬を行動のエネルギーにして子供の誕生を待っている。愛人を眺める〈私〉は、愛人に向ける夫の目線を意識しながら自身の内面を見つめていく。母もかつて自分と同じようなことをしたというエピソードも、「ワカレマチ」の姑の話に通じる過去との接続である。殺したいほど嫌った姑が喫茶店の東郷青児の絵の下で語る過去と、自らの幼い頃が重なり、未来の母なる我を思い描いて受け入れる。今、夫の咀嚼音を嫌悪する私は、小さな赤ん坊の咀嚼音を待つ私に変化し、親から子、子から母という日常が期待される。二度の流産による〈本物の家族〉への期待と、不倫の後に待つ夫のもとに帰る〈私〉に昇華する「ショウカマチ」。燃え上ることは元に帰ることなのだ。

・旅の意義

結局〈私〉はどんな心の旅を生きたのか。鴻巣友季子は、前四編の〈生きることの閉塞感、焦燥、虚脱〉が、後半では〈最後に雲間からさす光のようなひとときの明るさ、希望〉になるとし、この間に書かれた「対岸の彼女」の〈ポジティヴなエンディング〉に繋いだ。（文庫本解説）が、問題は〈ポジティヴ〉の実態である。「対岸の彼女」は二人の女の子を合わせ鏡のように対照化させて、友情の喪失から再生への決意を語る。居場所がないと思っていた少女が、子育てと掃除婦の労働によって、働く母である〈私〉と夫とのリアルな相剋を体験し、仲立ちをする娘との関係性によって日常の〈秩序〉に価値を見出した。自立の方向が、ともすれば他への不寛容になりがちな場から、爆発物を内包したまま日常に戻って来れたのは何故か。いや、戻るのではない。円環構造の中を恰も前進するように移動するという先の作者の言葉が答である。未来は過去に、否定は肯定にといった流動性と、それを内省させる喫茶店という喩が〈待つ〉意味を語っている。

（元茨城大学教授）

失われた「楽園」を求めて――『夜をゆく飛行機』論――岡崎晃帆

『夜をゆく飛行機』は「婦人公論」の二〇〇四年八月二十二日号から翌年十一月七日号にかけて掲載された。物語は昭和の下町の風情を残す谷島酒店を中心に、そこに暮らす家族の一九九九年から二〇〇〇年にかけての約一年間の生活を追う。語り手の里々子は谷島家四姉妹の末っ子で、ぴょん吉という〈ふざけた名前〉の弟がいる。もちろん末っ子に弟が存在するはずはないので、ぴょん吉は架空の存在だ。里々子は幼いころ母親が流産してしまった子どもに自ら名前を付け、心の中でだけ弟のいる家族を思い描く。そんなとき次女の寿子が描いた小説が文芸雑誌の新人賞を受賞したことを発端に、谷島家の日常は徐々に変化しはじめてゆく。

永江朗は執筆時の作者の実生活上の変化を指摘し、〈角田は母を亡くしている。彼女は若いころに父を亡くしているから、両親を失ったわけだ。(…)作家自身の家族が大きく変化した。〉(「家族は脆くはかない。ただ、逃げても捨てても家族はある」「中央公論」06・10)と述べている。永江は『夜をゆく飛行機』は、〈家族の脆弱さや流動性〉に着目した作品だと評しているが、谷崎由依はさらに里々子が末っ子であることに注目して、〈末っ子にとって家族は、生れたときすでにそこにあるものだ。(…)うつろいゆく家族写真が、だからいちばんよく見える。〉(「遠ざかる家族、あるいは残像としての家「ユリイカ」11・05)と言及している。

本作が変化する家族とその喪失感を描いた作品であることは、結末部における〈なつかしくなって戻ろうとしても、けれどもう、戻れない〉という里々子の語りから明らかだ。さらに里々子は自身の郷愁の対象である〈好きな人も嫌いな人も、全部いなくならずに揃っている場所〉を、三女の素子の言葉を借りて〈中間みたいな場所〉と表現する。〈私は去年まで、そんな場所に、実際にいたのかもしれないと思った〉という里々子は、まるで〈中間みたいな場所〉＝「楽園」を追われた者のようである。一方、里々子以外の谷島家の人々は寿子の小説に代表されるように、〈谷島家の時間を止め〉るためさまざまな形で行動する。里々子が「追放された者」であるとすれば、彼らは楽園を求めて彷徨う「開拓者」だと言えよう。本論では里々子とぴょん吉の関係を中心に、谷島一家それぞれの「楽園《ユートピア》」との関わりを繙いてみたい。

〈我が家は（…）十三年前から欠け続けている〉という里々子にとって、家族はすでに「損なわれたもの」だった。それはぴょん吉（もちろん、これは生まれなかった子どもの本当の名前ではない）が〈この世から永遠にいなくなった〉ことに原因がある。自分の泣き声に慌てて階段から足を踏み外した母親に、思いがけずにっこりと笑いかけられた里々子は〈激しい恐怖〉を覚える。それ以来里々子はきょうだいの死に対し責任を自覚するが、彼女の思いに反して家族はまるで生まれるはずだった子がはじめからいなかったかのように振る舞う。そのような状況に違和感を覚えた里々子は自身の心の空白を埋めるためぴょん吉を創造し、〈谷島家の本当の末っ子〉と呼んでその存在を想像のなかで生かし続けるのである。

〈祖母やおばのミハルちゃんが私たち姉妹を動物園や海に連れていってくれたとき、ごくたまに両親に連れられ家族旅行に出かけたとき、親戚が集まるお正月、私はいつもそこにぴょん吉を思い描いていた。心のなかだけで話しかけるのだ。〉このような里々子とぴょん吉の関係は、そのすべてが里々子の一方的な語りかけであり、ぴょん吉は決して姿を現すことがないにも拘わらず、読者は思わずそこに仲睦まじい姉弟の姿をありありと思い描いてしまう。自身の幼少期にぴょん吉のような心のなかで語らう相手を持った経験のある者も多いだろうが、〈私ってなんでもない〉と繰り返し自らの存在の空虚さを語る里々子も、ぴょん吉へ語りかけるその言葉のなかでは自分の心情を饒舌に語ってみせたり、周囲に対し冷静な考察を述べたりするのである。

里々子にとって弟のいる家族は決して手に入れることのできないものだった。その実現不可能な現実を、彼女は自らの想像力によって自己の内部に現出させていた。そして、受験に失敗し浪人生となった里々子はアルバイト先の先輩・篠崎怜二に初恋をする。自分は寿子に近づくために利用されているのだと気が付きながらも、〈怜二といるかぎり、(…)怜二の望むことをするしかない〉里々子は、〈彼が私に恋する気配はない〉にも拘らず不毛な片思いをやめることができない。やがて里々子は〈篠崎怜二が私の前にあらわれてから、今ここにいないぴょん吉なんて、まったく無用になっていた〉ことに思い至る。家族に抱いた心の空白をぴょん吉の存在によって埋めていたように、想像力によって不都合な現実を補完し内的な虚構の現実を生きていた里々子にとって、初恋という経験がもたらしたものは、誤魔化しの利かない現実の圧倒的な不条理という厳然たる事実だった。

理不尽な初恋を経験する前、失うことを前提に行動する家族に対し〈何かが増えたのは何かが増えたんであって、これから何かが減るって考えるのは間違ってる、不健全だよ〉と憤る里々子を、長女の有子は〈賢くて強い〉と賛嘆する。〈生活は好きって気持ちをすり減らす〉という有子は、感情を摩耗したくないがため、駆け落ちしてまで一緒になろうとした恋人の的場くんを捨て、現在の夫と結婚した。しかし、寿子の小説に描かれた過去の自分自身に触発された有子は、今度は夫を捨て、かつての恋人と二度目の駆け落ちを決行する。

また、里々子に〈愚妻になる夢に邁進〉する姉と評された素子は、町の商店街を脅かす大型ショッピングモールの進出を契機に、谷島酒店の新装を計画し店の経営に積極的に参加するようになる。里々子はそうした姉たちの行動を、〈有子が的場のヤローと失踪したのも、素子が合コンをやめ家にいるようになったのも、寿子が書いたあののっぺりとした永遠に、まぎれこんでしまいたかったからではないだろうか〉と解釈する。寿子の書いた小説は谷島家の日常を題材にした私小説風の作品とされているが、有子はそれを〈アルバムみたいなもの〉だと言い、さらに里々子は〈だれも年齢を重ねていかないアニメ番組だ〉と言葉を重ねる。

谷島家の変化のきっかけに寿子の小説があったことは疑いようのない事実だ。しかし、ぴょん吉を失った里々子は寿子の執筆の動機を、〈谷島家の時間を止めてみたかったんだ。（…）私たちのすることは全部、はじめたときから終わっている。（…）その反対のことをこそ寿子はやりたかったのだ。はじまりも終わりもない永遠のくりかえし〉だと推察する。叔母のミハルや祖母の死に際して父が〈ごくふつう〉の日常を装い続けたことも、〈なんだかすべて理解できるような気持ちになっている〉と、かつては愚かだとしか考えられなかった家族の振る舞いに共感を示すほどに、里々子自身も変化しているのである。

里々子にとっての「楽園」は〈実際にはいない〉ぴょん吉が〈生き生きと笑って動いている〉場所だった。有子にとってのそれは恋人と一緒にいる時間であったろうし、寿子や素子にとっては〈祖母の谷島酒店〉そのものであった。しかし現実は夫と離婚した有子は一人暮らしをはじめ、素子たちが新装した谷島酒店も依然として閑散とした客入りのままである。寿子もデビュー作以来作品は発表していない。里々子も今は〈ぴょん吉のいないひとりきりの場所〉にいる。結局、彼らは自身の楽園を夢想しながらその幻想に敗れたのだ。しかし、里々子は〈いつかひょっとしたら、寿子が、言葉でその場所をありありと存在させてくれるかもしれない〉と僅かな可能性を示唆する。失われた楽園を取り戻す装置としての「虚構」の意義を問う里々子のこの言葉は、ぴょん吉という虚構の実在性《リアリティ》を信じていた彼女だからこそ、発することの出来たものだと言えよう。

（明治大学大学院生）

『彼女のこんだて帖』――小説のレシピ――

小澤次郎

角田光代の小説『彼女のこんだて帖』は、雑誌「月刊ベターホーム」（二〇〇五〔平成一七〕年四月号～二〇〇六〔平成一八〕年三月号）に一年間にわたり「1回目～12回目のごはん」の一二話が連載された。二〇〇六（平成一八）年九月に単行本『彼女のこんだて帖』がベターホーム出版局から出版され、その際に「13回目～最後のごはん」の三話が書き加えられるとともに、作者自身の後書き、また、写真つきの「料理レシピ」が新たに作成された。いかにも《料理のレシピ本》のスタイルを模したヨコ組のこじゃれた装幀である。二〇一一（平成二三）年九月に講談社文庫『彼女のこんだて帖』として、タテ組などの変更を施し、井上荒野の解説をつけて刊行され現在に至る。

『彼女のこんだて帖』は連作短編小説の形式で書き継がれた。具体的には、前のエピソードにかかわる人物が、つぎのエピソードの主要人物となって、新たな物語が展開されてゆく一話完結の形式である。最後のエピソードに出てくる人物の場合は、最初のエピソードの主要人物とすることで、物語の《円環》をとじる趣向となっている。

『彼女のこんだて帖』を考えるうえで看過できない特徴は、この連載小説の執筆が比較的あわただしいうちになされた事実である。この頃を回想して角田光代（青土社、二〇一一：p. 120）は、「今短篇を書く力を貯えないとやばいという思いもあって、当時何を考えていたとかよく覚えてなくて、ひたすら千本ノックのように書いていました。…中略…その時は短篇を書く筋力が必要だと思っていたんですよね。」と率直に吐露している。

本稿では、このことから派生する『彼女のこんだて帖』の問題を検討してゆきたい。第一の問題点は、小説の題名の整合性にかかわるものである。題名の『彼女のこんだて帖』という《彼女》とは、そもそも誰のことだろうか。この小説の各エピソードには「誰々のこんだて帖」という副題がついている。ところが、副題のすべてが必ずしも女性というわけでもない。たとえば、第八話の副題「増淵正宗のこんだて帖」、第一一話の副題「星野秋男のこんだて帖」というように、《男のこんだて帖》が存在するのだ。ここで興味深いのは、第七話における副題の改変という事実である。もともと単行本の時点では、第七話の副題は「山田菜摘のこんだて帖」となっていた。しかし、第七話の内容は、思春期のコンプレクスから拒食症になった高校生の菜摘のために、兄尚哉が妹を誘い、かつて妹の好きだったピザを一緒につくるというものである。当然のことながら、この内容に即してみれば「山田尚哉のこんだて帖」とあるべきところであり、実際、文庫の副題ではそのように改められた。

『彼女のこんだて帖』全体からみると、《男のこんだて帖》は全一五話のうち三話で、全体の二割を占めることになる。もっとも小説の題名を今さら全面的に改めるわけにもいかないだろうから、小説の題名は『彼女のこんだて帖』のままとなっているものの、整合性の上での不備は否めぬところだろう。加えて、単行本では本文の奇数ページごとのヘッダに副題の「誰々のこんだて帖」と示してあり、人物名の箇所を色刷りにしてあった。それが文庫になると、各エピソードの題目の「こんだて料理に基づく名称」へ変わり、副題の「誰々のこんだて帖」は各エピソードの扉のページにそれとは目立たないように配置されるようになる。これも整合性の上での不備による措置とみることができる。

つぎの第二の問題点は、各エピソードをつなぐ「こんだて帖」の人物設定のパターンが反復してみられることである。すなわち《第一話の立花協子と第二話の榎本景》、《第五話の円山知香子と第六話の葉山ちかげ》、《第一二話の野坂すみ子と第一三話の玉乃井珠希》という三組の共通点として、職場での同僚か先輩後輩という関係にある、二七〜八歳程度のOLという設定があげられる。（ただし、葉山ちかげは職場の先輩という設定のためか、三二歳と高めの年齢である）。この二七〜八歳程度という年齢設定は、この小説の読者層をターゲットに感情移入しやすい境遇の人物設定にした作意によるのだろうが、それだけではなく、小説の後書きにおいて、小説がスランプだった二六歳のときから料理を始めたとある、作者の内面の境遇とも深くかかわるものと推定される。

加えて、この三組の《反復パターン》が、小説全体の構成上それぞれ《始め》《真ん中》《終わり》という重要な位置にあることも看過できない特徴である。《始め》の位置の第一話〜第二話で基本的な作品の骨格をつくり、読者をひきつける。そして雑誌連載時には一二話で終わるため、ちょうど《真ん中》の位置にある第五話〜第六話で作品の流れがマンネリに陥らないように、読者を退屈させないような変化をつけて山場をつくる。その意味で、つづく第七話〜第八話が《男のこんだて帖》であることは象徴的な現象である。最後に単行本にまとめるにあたって全体の構成のバランスを考えながら、《終わり》の位置にくる、雑誌連載時の最終話つまり第一二話につなげて第一三話以降を書き足すことで、読者の満足を得るように小説を完結させる。こうした観点で、小説の構成上、重要な位置を占める《反復パターン》の意味を検討することは、この作品の核心を解明するための不可欠な指針となるはずである。言い換えれば、《反復パターン》を否定的に評価することよりも、むしろそこに角田光代の《小説のレシピ》を解読する鍵が存在するということである。それは児玉清との対談における角田光代のつぎの発言（児玉、二〇〇九：pp. 68-69）からもうかがうことができるだろう。「私は、むしろ主人公と距離を取って書くほうです。…中略…私の感覚では、小説を書くのは自分の何かを削るというよりも、「仕事をする」という感じですかね。」という、この発言が『彼女のこんだて帖』とほぼ同じ時期の小説『八日目の蝉』の話題のあとの箇所で語られたことはすぐれて示唆に富む。

この角田の発言で、テクニカルに「仕事をする」のに対するかたちで《自分の何かを削る》と述べたことにも注目すべきである。『彼女のこんだて帖』の各エピソードには、通奏低音のように日常生活での《喪失感》または《満たされぬ思い》が響く。たとえば、第一話の立花協子は恋人との《失恋に苦しむ》が、それすらも獲得だとの思いに至る。第五話の円山知香子は垢抜けず《都会人になりきれない劣等感》をもつけれど、恋人から「かっこいいばかりでもなく、かっこわるばかりでもない」豊かさを悟らされる。第六話の葉山ちかげは《恋人がいないから不幸》という考えにとまどうものの、《幸せや満足のかたちは人によって違う》と確信する。第一〇話の山根麻衣は一五年の間「運命の人」に出合うたびにクッキーをつくって《失恋》するが、結局クッキーと同じように失敗を重ねるうちに成功することの意味を知る。第一一話の星野秋男は妻に死なれた《喪失感》を感じ料理教室に通い料理をすることで、今まで当たり前に思っていた妻の料理が実は《こんなうまいものを食っていた》ことに気づく。――このような登場人物たちの《喪失感》や《満たされぬ思い》を対象化することで、《豊かさ》の意味を日常生活の中で肯定的に評価しようとする姿勢は、《自分の何かを削る》ことの否定と、テクニカルに「仕事をする」という、角田光代の《小説のレシピ》を解明する重要な手がかりと言ってよいだろう。

（北海道医療大学准教授）

〈参考文献〉
児玉清（二〇〇九）：『児玉清の「あの作家に会いたい」』（二〇〇九年七月、ＰＨＰ研究所）。
青土社（二〇一一）：「ユリイカ　詩と批評」（二〇一一年五月号、青土社）。

『薄闇シルエット』——大野祐子

『薄闇シルエット』は、「野性時代」に二〇〇四年五月号～六年六月号にかけて不定期に掲載された「ホームメイドケーキ」「月とハンカチ」「薄闇シルエット」「ホームメイドケーキ、ふたたび」「記憶の絵本」「ウェディングケーキ」「空に星、窓に灯」の七編から成る長編小説である。当初は、「野性時代」の「負け犬生活」向上講座という特集に、「ホームメイドケーキ」のみが読み切りとして執筆されたものだった。

タイトル中の「薄闇」とは、ものの形がどうにかわかる程度の暗さを指す。すなわち、完全な闇ではないが、明るいわけでもない。それは、主人公ハナの置かれた状況を端的に表している。ハナは、親友チサトと古着屋を経営している三十七歳、独身である。物語は、二十九歳のころから交際しているタケダくんから〈結婚してやる、ちゃんとしてやんなきゃ〉と言われたことに、〈なんかつまんねえや〉と鼻白むところから始まる。タケダくんとは、一時期別れていたこともあったが、すでに五年も付き合っている。結婚は当然のことのように周囲に受け止められるが、ハナは、なにか違和感を抱き、結婚しないことを選択する。結婚を拒まれたタケダくんの〈遠ざかる〉後ろ姿を見送りながら、〈私は今、何を失いつつあって、何を得つつあるのだろうか?〉とハナは自問する。タケダくんとのことを皮切りに、この後ハナの周囲は変化していき、否応なく自分の置かれた立場や状況を思い知らされることになる。

ハナとともに古着屋を共同経営するチサトは、学生時代からの友人である。〈私よりはよほどしっかりしているチサトが、けれど根底では私と同じく、何かやりたいが何をすればいいのかはわからない二十歳過ぎの娘だったからこそ、私はチサトに親近感を抱いた〉とある通り、二人は同類であった。バブル時代の消費社会に異を唱える形で、〈やりたいことだけをやりたくて〉古着屋を営んできた。流行り廃りの激しい町で、店を続けていられるのは、〈やりたいことしかやらない〉からだとハナは考えていたが、チサトは〈すごい人になりたい〉と言い出した。〈こういうことをやりたいって思ったときにそういうことがすぐできるくらい、有名になりたい〉と。共同経営者であるハナに相談せず、これまで遠ざけていた中古ブランド品を扱っていこうとするチサトの変化に、ハナは動揺を隠せない。

チサトと別々になり、ひとりぼっちになったらと考えるだけで、ハナは自分がすでにすべてを失ったかのようにぞっとする。さらには、そもそも失うものすら持っていない、〈作り出すことも、手に入れることも、守ることも奪うこともせず、私は、年齢だけ重ねてきた〉ことに気づいてハナは愕然とする。このハナを蒼ざめさせた現実は、特にハナと似たような境遇で過ごしてきた同年代の読者に、思わずわが身を振り返らせるほどの焦燥感を与えるのではないか。角田の作品には、たとえば『八日目の蟬』の〈空っぽのがらんどう〉という言葉のように、〈何も持っていない〉、あるいは〈すべてを失った〉という空虚な喪失感がたびたび描かれているが、本作においても、〈何も持っていない〉焦りにハナはこのあとずっと苛まれることになる。

そんな時、突然ハナの母親が心筋梗塞で倒れる。何でも手作りでなくては気が済まないハナの母親は、〈手作り教の教祖のよう〉であり、母親が手作りするケーキや洋服を、〈押しつけがましくて、ださい〉とハナは嫌悪していた。倒れる前の母親が、帰省する自分たちのために作るつもりだったケーキの材料や、整理して押し入れにしまわれた数々の古い服を見て、ハナは、母親の欲していたものが何であったかを初めて理解する。だが、母親はそのまま目覚めることなく、息を引き取ってしまう。

このように、近しい人々が次々と離れていってしまうなか、自分も何かをしなければと、ひとり進むべき道を模索していたハナは、母の遺した古着で布地の絵本を作ることを思いつく。きっかけは、〈母が作ってくれた服をどうにか生かしたい〉という思いと、タケダくんとの思い出だった。これまでの物語が集約されていく形で、ハナは本当に自分がやりたいことを見つけ出したかに見えた。

この布絵本は、つてをたどって、上条キリエというデザイナーの協力を得ることができ、思いのほか好発進を切った。キリエは、以前チサトがなりたいと言った、何かをやりたいと思ったときに、すぐそれをかたちにできる人物として描かれる。キリエがまるで自分の思いつきのように布絵本を宣伝したことに対して、ハナは小さな違和感を抱くが、そんなことは忘れてしまうくらい順調に事が運んだ。チサトやタケダくんと距離ができてしまったハナだが、今度はキリエと親しくなっていった。

チサトは〈みっともないとかやりたくないとか思うことも、やんなくちゃなんないときもあるよ〉と言い、タケダくんは〈したくないことじゃなくて、したいことをさがすべきだ〉と言って、自ら進むべき道に向かって歩き出した。いつも過去ばかり見て、変化のない、外気に触れない金太郎飴の真ん中に居続けたかったハナは、キリエに刺激される形で、〈無関係な他人の才能に打ちひしがれることのない傍観者〉をやめ、〈自分ひとりで勝負に出よう〉と意気込む。〈世間の目も利益も関係ない、やりたいというシンプルな気持ちからはじまった〉布絵本という自分だけの何かができたハナは、〈腰に手をあてて、天を仰ぎ笑いたい〉くらい得意になる。しかしこの布絵本も、ハナの思惑とは別の方向に走り出してしまい、結局、ハナは何も得ないまま、何も決めることのできないまま物語は終わる。

ハナのように、大学を出て就職し、結婚、出産を経て子育てをする、という世間一般の流れにあらがうとき、では、流れにあらがってどう生きるのか、あらがった対価は果たしてあったのか。『薄闇シルエット』は、そんな問いかけをする。あらがってもあらがわなくても、明るいわけでもなく、しかし完全な闇でもないこの世の中を、私たちは生きていかなければならない。

本作の主人公であるハナは、角田の原点を背負っている感じがあるのでは、というインタビューに対し、角田は、もし最初から長編として書いたなら、〈組み立ててから自分と離れたところに離れたものを書けたと思う〉が、〈短編を書いたつもりが長編になっちゃったので足をひきずられた〉と答えている（『本の旅人』二〇〇六年十二月号）。物語中には、ハナと母親との関係などをはじめ、作者の実体験が投影されていると見受けられる部分はあるが、だからこそ、一つ一つのエピソードや表現が身につまされるリアリティを帯びて読者に迫ってくる。

最終的にハナは、〈なんにもつかみとっていない、なんにも持っていない〉―それはつまり、これからなんでもつかめるということだ。間違えたら手放して、また何かつかんで、それをくりかえして、私はこれを持っていると言えるものが、たったひとつでも見つかればいいじゃないか〉と自分自身に確認して物語は終わりを迎える。〈もっと小気味いい、たとえば主人公が何かを得たりとか大逆転があったりとかっていうふうにはどうしてもできなかった〉と角田は言うが、ラストのハナの心境は、楽天的なハナらしく、至って前向きである。最終章の「空に星、窓に灯」というタイトルの通り、薄闇の中、さまよい歩き続ける人々の行く先を、ほのかな光となって照らしている。

（東洋大学非常勤講師）

「八日目の蟬」――「母」と「母性」をめぐる物語――

清水 均

劇場アニメ『ももへの手紙』（二〇一二年四月二一日公開）は、作品の根幹に「母と娘」の関係性を据えている。ここ数年、ドラマ、映画（アニメを含む）では〈家族モノ〉が一つの流行りとなっているが、「母と娘」に焦点をあてたものは意外に少なく、それは小説も同様である。そうした中、角田光代はしばしばこの関係性をモチーフとした小説を描き、『八日目の蟬』でも特異ともいえる「母と娘」の関係を描いている。かつて角田光代は「母性」について次のように述べていた。

母性、にしてもそうだ。女は女と生まれただけで母性を持っていると、無意識にだれもが思っているが、本当にそうなのか。ならばなぜ、虐待や子殺しがあとを絶たないのか。この小説（注：『八日目の蟬』）を書きながら考えたことのひとつに、母性というのは才能なのではないか、ということがある。サッカーやピアノに必要とされるものと同じ力のことである。その才能にしたって、環境や資質がそろわなくては、発揮されることはないのである。（『何も持たず存在するということ』）

角田は「母性」は女性であるということだけで必然的に備わっているものではなく、才能だと言う。それも、それが発揮されるには環境、資質といった条件が付与されることが必要であるとする。今これを敷衍して「母という存在性」に言及すれば、「母」はある条件において「なる」ものであって、更には、出産すらも必ずしも

「母」であることの前提条件にはならないということだ。だから、角田が別の所で「母は、私の母である以前に、ひとりの人間であると気づいたのは、三十歳を過ぎてからだった。……そのときから母は私にとって謎の存在になった。」「母の死をまたいで書いた小説が、『マザコン』という本になった。……私は、聖でも俗でもなくて、もともと母ではなかったがたまたま母になってしまった人を書きたかった。」（前掲書）と言うように、実の母であっても「子（娘）」にとって「母」が「母である以前の謎の存在」と感じられてしまう感覚、また、「母になる」にしても誰かが「たまたまなってしまった」としか言いようのない事態というのは確かに有り得るのだ。

ところで、『八日目の蟬』は原作小説と映画とが、その出来の良さにおいて拮抗していると言える稀なケースである。その要因としては、キャスティングの妙ということが指摘できるが、「豪華なキャスト」にも関わらず失敗している例を挙げることは容易く、この映画の成功はそれ以外の要因にも求められるべきだろう。そもそも、『八日目の蟬』においては、小説と映画とで作品構成が異なり、それゆえに結末が異なったものになっている。これは文字表現である小説と映像（音声を含む）表現である映画との表現の質の違いを考えれば至極当然のことで、映画はキャスティングも含め、映像という独自の表現方法を十全にいかすことで初めて原作小説と拮抗乃至はこれを超越することが可能になる。では、具体的に原作小説と映画の構成上の違いはどこにあるのか。

まず映画であるが、「希和子と薫（＝恵理菜）の逃亡」と「現在の恵理菜」とを、即ち「過去」と「現在」とを交互に映し出す手法にこの映画の特色を見出すことができる。しかし、「過去」の場面の持つ意味が途中から変容することで、最終的に映画の方は「現在の恵理菜」の視点でストーリーが展開しているような印象を観客に与えることになる。どういうことかと言うと、映画のちょうど半ばくらいに岸田と別れた恵理菜がアパートの自室で千草と会話を交わす場面があるのだが、これを挟んで、それ以前においては、「過去の映像」は観客に対しての情報提供（希和子と薫がエンジェルホームに辿り着く経緯と誘拐以前に希和子と秋山夫妻との間に何があったのかという事実を伝える）として機能しているのに対し、それ以後は、例えば「現在」において恵理菜たちがエンジェルホームを訪れればそれに続いて希和子たちがホームから脱走し希和子が薫に星の歌を歌う「過去の場面」が挿入され、更にそれを受けて恵理菜が星を見つめる「現在の場面」へと展開する、といった具合に、「現在」と「過去」の双方の場面がその都度関連づけられて展開していくことになる。その後のフェリー、小豆島での〈希和子・薫〉の映像と〈恵理菜・千草〉の映像とが交互に挿入されるのもこれと同様の手法である。しかし、やがてそれは単なる「現在と過去との関連づけ」というのに留まらず、「虫送りの場」において恵理菜が「ここにおったことある」と思わず漏らしたように（既に方言で語っている）、ついには「過去の場面」が恵理菜の記憶そのものとして恵理菜自身に意識されることになる。それゆえ、「過去」の最後の場面である希和子逮捕の映像は、フェリー乗り場に佇む三歳の自身（薫）をフラッシュバックさせる場面として表出され「現在」の恵理菜と重ねあわされることとなる。つまりは、ここに至って観客は「過去の場面」を恵理菜自身の記憶そのものとして観ることになるのだ。それゆえ、映画はその直後、恵理菜をかつて希和子と撮った思い出の写真館に向かわせ、結末では小説と異なり、「ほんとはここに戻って来たかった」「もう、この子が好きだ」と語る恵理菜を描くことになる。この時恵理菜は、一方で自分が希和子に愛されていたということを確認し、「母」としての希和子の存在を受け入れ、その一方では、既に岸田の子を身ごもっていながら完全には認めることができなかった自身の「母性」を認知し、「母になる」決心をするに至ったのである。映画の構成は、そのような彼女の浄化と希望に焦点をあて、全体を通じて恵理菜が「母になる」ストーリーとして完結させている。

これに対し小説は、まず構成上の肝とも言える語り手の存在に注目すると、「0章：第三者」「一章：希和子。

最後の部分だけ恵理菜」「二章：恵理菜（折々に公判等で明らかになった事実の記述が織り込まれる）。最後の部分だけ希和子を語る第三者」となる。

小説の方も恵理菜が「母になる」経緯そのものは基本的に映画と同じであり、また千草という存在が恵理菜のそうした変容に対して担う役割も映画同様に大きい。それまで「あの女（希和子）を憎むこと」「両親を憎むこと」、いわば「ドミナント・ストーリー（支配的な物語）」を生きることで自身を封じ込めて「孤独なかなしい八日目の蟬」として「狭く窮屈な場所に閉じこめ」て生き延びてきた彼女を、「ほかの蟬には見ることが出来なかったものを見ることが出来る八日目の蟬」という「オルタナティブ・ストーリー（新たな物語）」に変換してくれたのが、恵理菜と一種の共同体を形成した千草なのである。無論、「私にはこれ（注：きれいなもの全部）をおなかにいるだれかに見せる義務がある」と恵理菜が言うように、彼女自身の意識においては当所から既に「母性」の萌芽はなされていたのだが、それを確信に至らせるためには「あんたは母親になれるよ」「自信がなかったら私がいっしょに母親やってあげてもいいよ」「心臓の音が聞こえるけど、あんたのか赤ん坊のか、わかんないな」という千草の言葉の後押しが必要であった。しかし、小説における千草の役割は、このように恵理菜を「母」とするだけではなく、「母親でないだれかの影」でしかなかった希和子と、「母らしくない母」であった実母恵津子に対し、二人が「まったく等しく母親だった」と恵理菜に認知させることにも重要な役割を果たす。千草はエンジェルホームの女性たちについて、「あそこでは大人はみんな母親だった。好きな人も苦手な人もいたけど、全員母親だった。」と言ったのだった。千草の言葉はまさに「母」というものは「たまたまなってしまった人」がなり得るものであり、「母性」は「環境や資質」においてこそ胚胎するものだということを言い当てているのだ。特に、憎むことで自身の気持ちを保たせてきた希和子に対し、これを「母」として認めるに至った経緯については、この小説独自に配された「みんな母親だった」という千草の言葉は決定的に機能している。

けれども、これについては小説の語り手の配置に工夫が凝らされていることも見逃せない。先に見たように一章の最後の部分は、それまで希和子の語りによってストーリーが展開してきたのに反し、唐突にも恵理菜が語り手となっている。そして、そこでは逮捕された希和子が最後に叫んだ言葉が「大声で何か言った。」と、その言葉が何であったのかは記憶にないものとして語られているのだが、二章の終わり近くでは、恵理菜が自身を「母」として受け入れた時に、かつて発せられた希和子の言葉が鮮明に蘇る。「その子は朝ごはんをまだ食べていないの。」という希和子のその言葉は、恵理菜が自身に対してだけでなく、希和子を「母」として認めるに至ったことを象徴的に示すものとなっているのだ。そして、同時にそれは希和子自身が我が子でもない恵理菜（薫）に対し、自身が「母」であることを示し、期せずして「母性」を顕現させた場面でもあるということができる。だからこそ、小説は映画とは異なり、結末部において出所後の希和子を語る第三者の語り手を置くことになる。

なぜだろう。人を憎み大それたことをしでかし、人の善意にすがり、それを平気で裏切り、逃げて、逃げて、そうするうちに何もかも失ったがらんどうなのに、この手のなかにまだ何か持っているような気がするのはなぜだろう。（中略）海は陽射しを受けて、海面をちかちかと瞬かせている。茶化すみたいに、認めるみたいに、なぐさめるみたいに、許すみたいに、海面で光は躍っている。

これは「０章」の「腕のなかで赤ん坊は、あいかわらず希和子に向かって笑いかけていた。茶化すみたいに、なぐさめるみたいに、認めるみたいに、許すみたいに。」という記述と遠く呼応している。即ち小説の構成は、恵理菜の変容を間に挟みつつも、全体の枠組みとしては希和子の「母性」を保証することで完結しているのだ。

最後に、『八日目の蟬』と同様、「母と娘」が逃亡生活を余儀なくされ、その逃亡の渦中とともに、「その後の娘」をも描いた桜庭一樹の小説『ファミリーポートレイト』について付言しておく。奇しくもこの作品の文庫版の解説を担当しているのが角田光代なのであるが、角田はその中で「彼女（注：娘コマコ）を傷つけ、苦しめているものは何か。母に捨てられたこともそうだが、しかしそれより何より、彼女が浸ってきた幸福なのだと知るとき、私たちはある衝撃を受ける。母子一体の、母の所有物であったことの、その幸福。幸福が、私たちを傷つけ、損なわせることがある。そのことに。この非常に奇妙な小説は、じつにまっとうな母と娘の物語だと私は思う。母親から生まれ、母を愛し、母を赦し、母を恨み、そして私たちは母を克服する。……まっとうでかなしい壮大な、母と娘の物語だと思う。」と記している。既に明らかだが、『八日目の蟬』はそのような「まっとうな母と娘の物語」ではない。『ファミリーポートレイト』はどこまでも娘を産んだ母とその娘という通俗的な意味での「母性」「母娘関係」が前提となっている。それに対し、希和子は「母」ではなく「あの女」であり、実際は「心から愛された」事実はあっても恵理菜にはその記憶が残っておらず、だからこそ恵理菜は希和子を「母」として認められるはずもなかったのである。「幸福」が恵理菜を傷つけているのではなく、それが幸福であったことを認めるようになることで恵理菜自身が「母」に変貌することが『八日目の蟬』のストーリー構造の目指す方向性なのである。角田光代は、この解説において、そうした「母」「母性」の通俗的な神話が、自身の描く「母」「母性」とは異質であることを自ずと指し示しているのだ。『八日目の蟬』は、「恵津子＝母であるにも関わらず母たりえなかった母」と、「希和子＝母ではないのに母になった母」、そして、「恵理菜＝母を忌避していたのに母へと変貌する母」という、この女性三人における「母」と「母性」を巡る稀有な作品なのである。

（聖学院大学教授）

『ロック母』論——家族間における他者性の承認——

稲垣裕子

わたしたちは、家族を自分の分身、あるいは身体の一部のように認識していることが多い。そのため、厳密な意味では、家族は既に他者性を失っているともいえる。しかし『ロック母』（「群像」05・12、第60巻第12号）において角田は、近親憎悪とも受け取られかねない家族の他者性を打ち出す。この小稿では、母娘の関係性から生じる葛藤に着目し、家族が個人にとって、どのように承認され得るか、という過程を明らかにしたい。

〈十年前とまったく何も変わ〉らない生まれ故郷の島に、〈私〉は〈スイカほども突き出た腹〉を抱えて独り帰ってきた。実は〈夫となるべきだれか〉の代替として、生まれてくる子供を祝福し、妊婦の〈私〉を労り慈しむ役割を、両親に求めて帰郷したのである。ところが、その期待はあっさりと裏切られてしまう。父母は〈私〉に対して無関心を装い〈見てはいけないものを見るように私の腹を盗み見〉るだけなのだ。ようやく口を開いた母には〈で、あんた、どこで産むつもりなん〉と〈迷惑そうな表情で〉訊ねられる始末である。翌朝〈私〉は〈家を揺するような爆音〉で目覚める。母がニルヴァーナの「ブリーチ」と「ネヴァーマインド」を大音量でかけながら、人形に着せる小さな和服を縫っていたのだ。ニルヴァーナの「Smells Like Teen Spirit」が流れる居間で〈ちょこんと〉正座している母に、〈私〉は〈なんでこんなものを聴いてるの?〉と状況を把握できないまま質問する。母はそれに何も答えず〈驚いたことに〉〈デナイ、デナイ〉＝否定、拒絶と曲に合わせて口ずさむのである。

本作は『群像』の特集号「ロックと文学」に掲載された短編である。この特集は〈過去五十年、われわれの意識のあり方に確実に影響を及ぼしてきたロック〉が〈同時代の表現として〉どのように文学と接点を結んできたのか探る目的で編まれたという（前出「群像」05・12）。つまり、本作においてロックと母親は、唐突のようでありながら、物語に必要不可欠な設定として結びついているのだ。母が口ずさむニルヴァーナとは、いうまでもなく80年代後半から90年代前半にかけて、型にはまらないオルタナティブ・ロックの先駆者として活躍したアメリカのバンドである。〈私〉が高校時代〈外界と自分を隔てる〉ために聴いていた数々のロックの中でも、グランジ（＝薄汚れた）・バンドと呼ばれ、自分と世界との違和感を吐き出す音楽として、若者に多大な支持を受けていた。そのニルヴァーナを大音量で聴きながら、家事を全て放棄し、せっせと和人形の着物を縫う母、かなり異様な光景であることは想像に難くない。思わず〈私〉は母が見せる他者性におののき、そっと観察を続けるが、なぜ母がロックを聴くのか一向に理解できない。高校時代の〈私〉なら、ニルヴァーナの音楽は〈島の狭さ〉いわば、地方特有の閉塞感からの逃避として〈もっと美しいはずの遠い世界を思い描く〉手段として有効だった。しかし〈Nirvanaという単語も読めない〉母にとって、ロックはどのような意味を持つのか、〈私〉には全く思い至らないのだ。ただ〈私〉は、母が〈ジャケットの好みから〉延々とロックを聴き続けていると推測するのみである。

ここで、本作が平成十八年に第三十二回川端文学賞を受賞した際の「受賞のことば」を参照したい。角田はあるとき、六十歳になる母に突然、ピアスの開け方を尋ねられたそうだ。それは〈突拍子のない意見〉であり〈母とピアスというのは幼児と拳銃ぐらいかけ離れた組み合わせ〉に思えたらしい。さらに、角田は〈ピアスを開けたいと願った母は、私の知らない母だった〉ともいう。本作の〈私〉が、十年ぶりに帰宅した実家で目にした母の突飛な姿は、まさにこの〈私の知らない母〉そのものであったろう。また「NHK 出版 WEB マガジン」の対談で、角田は〈ある程度の年齢になるまで、母親は最初から母親だ〉と思っていたが〈母親になる前の母親がいた〉と察し、大変〈不思議な感じがし〉たと語る（角田光代・斉藤環「母は娘の人生を支配する」08・10）。くわえて〈母親〉が一人の女性でもあるという〈部分は絶対に自分はわからないだろうと〉愕然とした角田は、以来〈人のもっているもののシンプルじゃなさ、わけのわからなさに惹かれたという。この発言に対し斉藤環は、娘にとって母もまた〈不自由さをもった一個の人間だ〉ということを意識し、一個人として受容する大切さを語っている。このような〈私の知っている母なんて、母の一部〉でしかなく〈本当はよく知らない部分をもった一人の人間だった〉のではないか、という疑念は、本作『ロック母』のライトモチーフとなっている。

やがて〈私〉にはカートの〈歌声が母のシャウトに聞こえ〉始める。〈私〉は改めて〈母の音楽〉が〈何からの防御なのか、今ひとつわからないにしても〉〈攻撃ではなく防御らしい〉ということに気づくのである。さらに〈私〉は産院で〈あんた、さみしゅうない？〉と問う〈私の知らない母〉にまた出会う。〈臨月のとき、そりゃあさみしかった。まだ妊婦なのに、もう妊婦のころがなつかしゅうなっ〉たという母に、〈私〉は〈何がさみしいの、産むのが？〉と訊く。母は〈そうよ、自分の体のなかにだれか入っとることなんか、そうそうないもん、出ていかれるのはさみしかったよ〉〈このまま一生この子がどこにもいかずに、おなかの中に入ってたらえのに、と思うた〉と語る。ここから想起されるのは、大音量でCDを聴く母を〈私〉が責めるように嗜めた場面である。母が〈あんたは置いてったんじゃないの。置いてったものどうしようが、うちの勝手でしょう〉と怒鳴った言葉の裏には、十八歳で故郷を飛び出した娘に伝えられずにいた〈さみしかった〉という思いが秘められているのかもしれない。なお〈母のお気に入り〉アルバム「ネヴァーマインド」のジャケットは、透き通るように青い水中で、一ドル札に釣られるように泳ぐ赤ちゃんの写真が用いられている。『全曲解説シリーズ　ニルヴァーナ』（sinko music、06・3）よれば、企業からの金銭を喜ぶバンドと、金銭に取り憑かれた社会への寓意と批判が含まれているというが、母は単に、無邪気に泳ぐ赤ちゃんの構図を愛おしんでいるようにも思える。そのような母が縫う和人形の小さな着物は、既に自分の手から離れた子供の形代のようで痛々しい。

いよいよ分娩室に入った〈私〉は、出産の痛みで朦朧としながら、母も〈閉じこめられ〉〈この島のこの町のこの家のなかにしか私の世界なんかない〉と観取した一人だと悟る。そのとき〈私〉の耳に爆音のイヤホンがねじ込まれた。傍らで見守っていた母だ。カートが〈ハウロウ、ハウロウ、ハウロウ〉＝やあ、なんて最低、酷い気分と絶叫する。〈私〉は荒い呼吸の中、ただ唸るしかできない。耳元で「Negative Creep」が始まり〈お父さんのちっちゃい女の子はもう女の子じゃない〉成長しちゃった、手に負えないと歌う。続く「Scoff」は、本作では〈酒返せ〉の歌詞のみ引用される。その大意は、僕の見たところ僕は怠けちゃいない、だけど、君の目には僕は価値なしというものだ。その「Scoff」に合わせて母はラマーズ呼吸法を促す。〈酒返せ、ひ、ひ、ふー〉ニルヴァーナで出産、あまりに滑稽な状況である。〈私〉は〈間抜けすぎて笑いたくな〉る。〈馬鹿みたいじゃないか〉と思った矢先、赤ん坊が〈高らかに泣〉いた。今〈私〉の右には赤ん坊の、左には〈母の絶叫に近い泣き声〉が響いている。不完全な母を一個人として承認し得た〈私〉と、娘から自立した母に、ここではないどこかへ〈連れ出してくれる〉ロックは、もう必要ないのだ。このように、角田はニルヴァーナの歌詞を、非常に効果的に利用する。換言すれば、ロックはかつて母の娘だった〈私〉に、母が感じた憤りや悲哀などの心情を、雄弁に伝える装置として作用するのだ。角田は「受賞のことば」で、何者か〈わからない母とこの先もずっと〉〈関わっているべきなのだ〉と許容されたように感じ〈うれしかった〉とも語る。この経験が、程なく「八日目の蝉」（読売新聞夕刊連載、05・11〜06・7）の特異な母娘像として、親子の定義とは何かという問題に発展するのである。

（大阪府立大学大学院博士後期課程院生）

『予定日はジミー・ペイジ』――深沢恵美

朝日新聞の正月版に、予定日になっても子供が産まれてこないという掌編小説を発表したところ、角田のもとに沢山のお祝いが届いた。なぜなら、多くの読者が小説ではなく随筆と勘違いしたためである。また、正月版を読んだ白水社の編集者からも、妊娠の体験談を綴らないかと打診を受ける。そこで角田が実体験ではないことを訂正すると、新聞に載せた小説に至るまでの小説を書くことを提案された。最初に完成された終わりの部分があり、その終わりに至る経緯を遡って書かれた小説が「予定日はジミー・ペイジ」である。単行本が二〇〇七年に白水社より、文庫本が二〇一〇年に新潮文庫から刊行された。

主人公のマキが初めての妊娠に戸惑いつつも、新しい命を受け入れ、夫とともに家族を作ってゆく「マタニティライフ」が、日記形式で綴られている。角田自身には、妊娠、出産の体験は無い。しかし、妊婦の不安定な心模様があまりにもリアルため、雑誌などでも紹介をされ、参考にした妊婦も多い。挿入イラストは角田自身によるもので、物語の世界に彩りを加えている。

タイトルの中のジミー・ペイジ（イギリス、'44・1・9〜）は、レッド・ツェペリンのリーダーで、エリック・クラプトンやジェフ・ベックと共に、一九七〇年を代表するギタリストである。

煙草も吸うし、ビールも飲む、特に妊娠希望の無かった三十代のマキは、四月×日の性交の晩に、流れ星を見る。〈流れ星、と思うのと、子どもができたかも、と思うのと、ほぼ同時〉で、そう思うことに不思議さを感じるが、予感は的中し六月十日に妊娠を告げられる。しかしマキは、〈喜んでいいのかそうでないのかよくわかっていない〉ため、ぱっとはなやかな気分にはなれない。その晩、マキは〈おなかに手をあてて、ごめんとちいさく言ってみる。あんただって、「やったあ」と叫んでくれる女の人のおなかに入りたかったよね。でもさ、言い訳じゃないけどね、うれしくないんじゃなくてわかんないだけなんだと思うよ。だってはじめてなんだもん。自分の体に自分以外の何ものかが入ってるなんてさ〉と戸惑いを隠さない。夫のさんちゃんやマキの母をはじめとするマキの周りの人々は、当然妊娠を喜んでいる。周りとの温度差を感じながらも、徐々にマキは母親としての自覚を持ち、夫と〈二人でする最後の～〉から〈三人でする初めての～〉と子どもの誕生を待ちわびるようになってゆく。

結婚、仕事、妊娠……、それらは女性の人生の中でとても重要な位置にある。とても重要であるはずなのに、なんとなく選択をし、流れるように日々を過ごしていることも少なくはない。マキも大失恋の後、夫のさんちゃんと〈腑抜けたまま、流されるように交際をはじめ〉、〈ただ、試してみたいだけ、と思い〉結婚をした。それは、〈生活とやらをふたりで引き受けてみて、それで好きという気持ちはなくなるのか、なくなったら私たちは婚姻届なんかとまったく関係なく離れていくのか、そのことを知りたかった〉からで、夫に対して熱い思いがあったわけでもない。また、仕事についても〈妊娠前、いや、結婚前から、母性(注)に欠けるのと同じように私にはやる気がなかった〉ため、妊娠を機に辞めてしまう。そして、マキは〈今まで、すべてに自信がなくて、失敗するたびにくよくよ落ち込んで、前向きになったことなんかかつて一度あるかないかで、なんでも人のせいにして、怒り散らかして、手に負えなくなると背中を向けてしらんぷりして、そうやって三十数年間生きてきた〉のである。マキのように、人生に対して特にやる気を持たない、ある意味欠けた感覚を持って生活をすることは決して珍しくはない。だからといって、別に不幸なわけではなく、ありふれた日常が繰り返されていくだけである。そんなマキは、妊娠を通して自分の人生と対峙してゆく。妊娠に対する戸惑い、それは〈今まで失敗は多くしたけれど、そのすべて、なかったことにできることだった〉、〈けれど子どもは、子どもだけは、なかったことにできない〉からだと気が付く。結婚も仕事も上手くいかなければリセットすることを選択できた。しかし、子どもの誕生はなかったことにはできない。親として一生責任が付いてまわるのである。親としての責任、それは自分の人生はもはやリセットできないもの、逃げられないものとして受け入れてゆくことなのである。

角田は『異性』（穂村弘と共著・河出書房新社）で、「私には出産の経験がないが、しかし、自分ではないだれかを腹の中で育て、世に送り出すというのは、想像を超えた何かであるとは思う。恋愛の絆を女性が求めるのは、それと関係しているのではないかな。つまり、私たちは産んだ産んでいないにかかわらず、遺伝子の段階で「孕む」「孕んだものと、離れる」の両方をいやというほど知っている。離れる、のは文字どおり身を切られるくらいかなしくつらいことなのではないか。」と述べている。言わずもがな、人間は生を受けるといつかは離れて（究極の別離は死）いく。それも否応なしにだ。離れるのに対して、孕む（産む）こと、それは新たな生命の誕生であり、かけがえのない大切な存在ができることなのである。それまでのマキがもっていた、誰といても〈自分がひとりぼっちである〉という孤独感は妊娠を機に〈安心感〉に変化をする。それは、マキが〈おなかのなかの生きものは、私たちが幾度もくりかえしてきた祈りみたいな気分でできている〉と感じることで、自分とまだ見ぬ子どもとの絆を得られたのだ。
しかし反対に、親と子の絆があるが故に、期待をしたり、衝突をしたり、はがゆかったり、欠点が目についてしまったりすることがある。そして必要以上に相手を意識してしまい、負の感情を向けてしまったりする。マキの父はあまりにも破天荒だったため、マキは父の死後も嫌悪していた。しかし妊婦になると、家族旅行で行った海水浴の一場面や、マキの父が〈もうすぐおまえんとこにいく〉と告げるなど、父の夢を頻繁に見るようになる。けれど、父を許せないまま、マキは〈いちばん生まれてきてほしくない日に兆候〉を迎えてしまう。予定日より遅れた父の誕生日の一月十一日に陣痛を迎えたり、病院に向かうタクシーの運転手がマキの父の笑顔や声で励ますなど、これからマキの許に生まれてくる子どもは、確実に父と繋がった存在であり、且つ、父の生まれ変わりであるかのようなイメージを読者に与え、物語は幕を閉じるのであった。

妊娠報告をしたマキがマキの母に、母になることが楽しいかと尋ねる件がある。その問いに対し母は、楽しくはないが、子どもはいいものだ、どのようにいいものかとは説明できないし、一年もしないうちにわかる、と答える。出産までの間、十月十日かけて子どもはお腹で育まれ、生まれてくる。そして、子どもと共に、母も大きく成長をしてゆく。母になること、それがどのようにいいものか、その答えは妊娠、出産を通して発見してゆくものなのではないか。

（埼玉県立坂戸西高校教諭）

注　角田は「母性、という言葉が私はあんまり好きではなくて、女性はだれしも母性を備えていて、母になったとたんその母性は発揮されるという考えが、「前提」となっていることにたいへん懐疑的ではあった。」（『異性』穂村弘と共著・河出書房新社）と述べている。

他者の欲望を生きること――『三面記事小説』の倫理――

田口律男

よく知られるように角田光代の小説は、小さな共同体を好んで描く。それは家族、身内、友人、恋人、クラスメイト、同僚……といった身近な他者によって構成されている。しかし、それらが無条件に親密なものとして表象されることは滅多にない。むしろ多くは、モダニティが要請する都市化、個人化によって、土台を浸食され、得体の知れないものに変容していく。こうした傾向は、社会学のディシプリンになじみやすく、現にそうした分析も多いのだが、いうまでもなく小説は、社会学の事例研究とは異なる。

たとえば、『八日目の蟬』（中央公論新社、07・3）において、希和子と薫が逃げこむ〈エンジェルホーム〉（宗教施設）の設定に、〈オウムの出家集団のコミュニティとか、ヤマギシ会とかを連想〉したと発言する社会学者に対して、角田はつぎのように応じている（大澤真幸『THINKING「0」』7号、10・10）。〈この連載のかなり前半の段階で、担当の編集者に、このままだとすぐ捕まっちゃうよ、と言われて、なんとかしなきゃということがまずありました。〉――これは、プロットが要請する実践的なタスクである。角田は新聞連載をつづけるために、なんとしても二人を匿う必要があった。（名古屋のゴーストタウンも、地上の楽園のごとき小豆島も同様である。）もっというなら、希和子と薫を生き延びさせるために、あるいは、その希和子の欲望を満たすために、現代版アジールが必要だったのであり、その逆ではないことに注意が必要だ。角田にとって重要なのは、出来事を分析したり、問題解決を図ったりすることではない。その出来事にかかわった人間を根底から衝き動かした力——それを欲望と呼んでおこう。——に密着することだったのではないか。「知ったような気がするものでも、知っているとは書かない。」（「読んでもらう」、『何も持たず存在すること』所収、幻戯書房、08・6）——という角田のマニフェストも、同じことを語っているのだろう。知ることではなく、他者の欲望を生きること。その倫理が、角田の小説を駆動する。

そのことは、『三面記事小説』（文藝春秋、07・9）に収められた連作短編小説を読むと、さらに明らかになる。これは角田が、じっさいの三面記事を「ほぼ100％想像力」（「読売ADリポートojo」インタビュー）で再生させたものである。たとえば、「彼方の城」（「別冊文藝春秋」06・7）では、〈16歳男子高生にみだらな行為 38歳女逮捕〉（新聞記事の見出し）という事件がとりあげられる。愛子（38歳女）は、夫の浮気が原因で離婚。慰謝料と養育費で暮らしているが、思春期を迎えた息子と娘は気持ちがはなれ、ともに自堕落な日々を送っている。〈どこでも何も間違っていない。二者択一を迫られれば、確実に正解を選んできたという自負が愛子にはある。（中略）／なのにどうしたことだろう。私がいる場所から光は消えている。かつて開け放たれたドアはすべてかたく閉ざされている。私のあとを追いスカートの裾をつかんで放さなかった拓磨は、マットレスに身を沈め口をきかず、ぞっとするような絵柄の女の子をなめまわすように眺めている。〉——こうした自意識がとくに目新しいわけではない。そんな自覚があるにもかかわらず、五感・体感・気分の身体領域で、愛子がずるずると日常から逸脱していくところが肝要なのである。愛子は家事育児をネグレクトし、漫画喫茶で怠惰な時間を過ごす。そこで顔見知りになったアルバイトの隼人（16歳高校生）と性関係をもつと、自宅に呼び入れ、グロテスクな共棲を始める。

息子とほぼ同年代との性行為は、とりわけ読者の興味／反発を誘うところだろう。（それが三面記事になった所以でもある。）ここで角田は、あからさまな性描写のなかに、異質なものを混入させている。〈愛子はそっと性器を口に含む。性器の表面はすべすべとしていて、赤ん坊の肌を思わせる。まだ赤ん坊だったころの拓磨に、くちびるで頬ずりをしたことを瞬間思い出す。きゃっきゃっという澄んだ笑い声がかすかに聞こえる。〉――これは男女の性愛であると同時に、母子の癒合的エロスの表象でもあるだろう。幼かった息子との親密な母子一体感は、愛子にとって唯一の成功体験だった。隼人との性交は、それへのおぞましい回帰とも読める。〈赤ん坊のような声を漏らす隼人を愛子はきつく抱きしめる。おおよしよし、いい子いい子。どこにもいかないで。ママのそばを離れないで。〉――この母性に内在する欲望は、ほぼ同時期に執筆された『八日目の蟬』のネガとしても読める。希和子にとって僥倖だったのは、薫が他人の子であり、かつ女の子であり、しかも期間限定（四年間）だったことである。愛子にとっての拓磨も、ある時期まではそれと大差なかった。しかし息子は、母性を拒む不気味な男に成育する。とすれば、隼人はその代償として誘拐されたのではなかったか。ともあれ、角田の母性神話への疑いは深い。しかし、母性の欲望そのものが否定されるわけではない。角田はその欲望に密着するのだ。

『三面記事小説』には、他に五つの短編小説が収められている。いずれも、小さな共同体の内部に発生する、得体の知れない欲望が中心になっている。簡単にみておこう。「愛の巣」（「別冊文藝春秋」06・3）では、二十六年にわたって死体を隠匿してきた男に連れ添う妻のふるまいが、妹の視点を通して語られる。妹は〈姉より自分の方が幸せであると思う優越感〉を抱いてきた。しかし姉は、夫の犯行を確信したうえで、世間を敵にまわし、夫とともに〈要塞〉にたてこもって生きてきた。いっぽう妹は、自分の夫がべつの女と息子までもうけていた事実を突きつけられ、打ちのめされる。角田は、姉妹の関係性をとおして、小さな共同体にしがみついて生きる狂気じみた欲望に肉薄している。

姉妹という関係性は、「赤い筆箱」（「別冊文藝春秋」06・11）でもとりあげられる。立場としては優位なはずの姉が、遅れてきた妹に負けつづけ、追い詰められていく。それは、能力や性格の問題ではない。〈時間が流れ出したときから、もう役割分担が決まっていた〉からである。これは、〈二個の者が same space ヲ occupy スル訳には行かぬ〉という漱石的主題とも遠く繋がる。偶然にすぎない姉妹の関係の絶対性。そこに胚胎する破滅的な欲望のなまなましさ。ちなみに角田も二人姉妹の妹だが（「ひどく近しい恋人みたいな」、『何も持たず存在するということ』所収、前出）、だからといってだれもがこのなまなましさを触知できるわけではないだろう。

姉妹の関係性にも似た、女子中学生の小さな共同体をとりあげたのが「永遠の花園」（「別冊文藝春秋」06・9）。あやういバランスで成り立っている少女たちの「花園」を脅かすのは、理不尽な大人や学校ではない。少女たちの身体が、外からの誘惑におびき寄せられ、内側からひび割れていくのだ。それを食い止めるには、外からの誘惑を排除し、みずからの成長を止めなければならない。少女たちが考えだした〈永遠に今にとどまることのできる魔法の薬〉は、結果として犯罪を構成する。しかし角田は、彼女たちを裁かない。最後まで、少女たちの身体感覚に寄り添おうとするのだ。

恋愛のなかに潜む権力関係と、破滅へ突き進む欲望とを追った「ゆうべの花火」（「別冊文藝春秋」06・5）は、もはや角田の十八番といっていいし、認知症の母親を介護する独身初老男性の限界状況を描いた「光の川」（「別冊文藝春秋」07・1）も間然するところのない逸品だ。とくに後者は、極限まで追い詰められた男が、母に手をかけた後、どこかへ向かって歩きつづける姿が、比類のない強度をもって表象されている。

多くの読者は、これらの小説に表象された、現実以上に苛烈な現実に圧倒されるに違いない。しかし、それは絶望のみを意味しないはずだ。なぜなら、私たちはその瞬間だけ、善悪の彼岸を垣間見ることが許されるからである。

（龍谷大学教授）

『マザコン』――〈ちいさな母〉である私と、〈不完全な女〉である母が共振する時――

原田　桂

ジョン・アップダイクらによるアンソロジー『母の魂』（飛鳥新社、99・3）は、母と息子の交錯する〈魂〉の記録である。〈大人になるために、私をこの世に送り出した母という女を、傷つけ、拒否せざるを得なかった〉（サミュエル・G・フリードマン「母の存在」）息子の葛藤にはじまり、〈僕は母だった。僕は今、母の魂〉（ガーディナー・ハリス「僕は何者だ。僕は母の魂だ。」）であると、母の存在を自己の内に見出し、〈魂〉の共鳴をはかる。

母親の死を介在させることで、息子たちは母の存在を〈母の魂〉へと昇華させ、母亡き自己の人生に還元するのである。では、娘にとって母親とは、どのような存在なのか？　また母親という存在とは何なのか？　この問いを底流させながら、母の死を介在させるのではなく、ひたすら母の生と併走してみせたのが『マザコン』（集英社、07・11）である。

二〇〇四から〇七年にかけて発表した八編を収録した『マザコン』は、母親の死を介在させないところにある息子と母、娘と母のそれぞれの関係を描いている。例えば「空を蹴る」の息子は、徐々に〈珍妙ことを言い出し退行する記憶の中で生きる母の姿を目の当たりにした。だが、〈あまりにもお決まりすぎて、演技してんのかって思っちゃう〉と茶化して、直視することを回避してしまう。〈何か知るということは何かを負うことと同義で、自分はなんにも背負いたくなんかないのだ〉と。「クライ、ベイビイ、クライ」の息子もまた、現実の母親を許容しない。仕事を辞め、小説を書いて生計を立てようと奮闘する滋は、妻から三下り半を突き付けられて行き詰まる。そんな時、母なら自分を励まし、寄り添ってくれるだろうと妄信的な確信を持つ。幼い自分を捨てて再婚した母が、毎月食料を送ってくるのは、母親を放棄したことへの謝罪であり、息子である自分との繋がりを求めているのだと思っていた。しかし電話口での母は幼い頃に自分を守ってくれた母ではなかった。母が再婚したときに〈母もまた女である〉ことを理解したはずが、もう自分の庇護者ではない現実を突き付けられ、母にオレオレ詐欺まがいの電話をしてしまう。そして〈母を相手にした賭けには、どのように転んでも負けがない〉と自身に言い聞かせ、安堵するのであった。「初恋ツアー」の息子・洋文は、昔の交際相手に会いたいという母に嫌悪感を抱く。〈処女だとか初体験だとか堕胎だとか〉生々しい話を聞かされ、母になる前の母の、女としての生態を拒否する。表題作「マザコン」の息子は、浮気を妻に問い詰められ、その言い訳をしながら、母に許されるために必死に嘘をついた幼い頃の情景を重ねる。そして妻が母と融合し、子どものようにただ〈ごめんなさい。〉という言葉だけを吐く。自分を無条件に許してくれる母だったが、しかし実際は死に際の父が差し伸べた手を払いのけ、父の死後すぐに再婚したのだった。母が〈ぼくの知らない女性〉になっていくことが不気味であり、そのような母を未だに受け入れられない。〈ぼくのなかで母は永遠に何が食べたいかと訊き続ける〉存在でなければならないのだ。

息子たちにとって母親は、いつまでも自分を守ってくれる砦であり、自分が知っている母以外の側面は拒否する。〈母もまた女である〉ことなど認められないのである。一方、娘たちはどうであろうか。〈死をもって完結する、美しき母像の保全などまったくの不要といわんばかりに、母の〝現在〟をじろじろと観察し、ずけずけとものの言ってかきまわす〉（江南亜美子「安っぽい「物語」を拒絶する身振り　角田光代『マザコン』を読む」（「ユリイカ」08・12）

娘たちの姿がそこにはある。

「鳥を運ぶ」の娘は、離婚したことを母に伝えられないでいた。母の入院は娘にとって〈母に怒られない、母を失望させない、母に非難されない、母に呆れられない〉救いとなった。入院した母が飼っていた鳥を元夫と運ぶ共同作業を通して、〈ちいさな光〉を見出す。「雨をわたる」の娘は、セカンドライフとして東南アジアへ移住した母に言い知れぬ苛立ちに覚える。〈世界のいっさいが悪意を含んでいるよう〉な〈愚痴と呪詛〉に満ちていた母は、まるで〈知らない女〉になってしまった。そんな母ではなくなってしまった母に戸惑うが〈次第に開く私たちのあいだの距離〉と〈母はどこに向かっているんだろう〉という漠然ではあるが、しかし現実を見据えようと目を凝らす。決して私の母であった過去の母に回帰することはない。「パセリと温泉」の娘は、母の入院をきっかけに、今まで擦り込まれてきた母の呪縛に慄然とする。〈他人の悪意〉に因果関係を見出し、常に世界は醜悪なものだという視点が揺らがない母が、別人のように世界を肯定しはじめる。すると、今まで自分は母の妄想を生き、何かを否定することで自己を肯定できるという〈母の思考回路とまったく同じであること〉に気づく。「ふたり暮らし」の娘もまた、母の呪縛を生きていた。世間を見下した母の視点が心地よいとさえ思え、〈母が私を自分だと思いこんでいたように〉〈私も自分を母だと思いこ〉む。斎藤環による文庫「解説」（『マザコン』集英社文庫、10・11）では、〈母殺し〉というセンセーショナルなキーワードで話題となった『母は娘の人生を支配する――なぜ「母殺し」は難しいのか』（ＮＨＫブックス、08・5）を踏まえて、母と娘は身体的同一性を持つがゆえ、その〈同一化すら、支配の手段〉となり得るのだと指摘している。この一卵性母娘が陥った〈マゾヒスティックコントロール〉とは、奉仕とそれに対する罪悪感の支配と被支配の関係であるという。しかし同一化できない感覚もある。母が死んだときの想像を巡らし、その感覚は寂しいというよりはむしろ、〈私は勝ち誇った気分になるのだ。母に、ではなく、なんというか、自分の人生に〉と。高級な下着を身に付け、〈鏡に映す自分の姿〉を眺めながら、そのような感慨になるだろうと想像する。決して母は娘の鏡ではなく、互いを映し出すことはない。むしろ母と娘の間には硝子が存在し、その硝子は拡大鏡となって鮮明に母の生を映し出す。それを娘はじっくりと観察するのである。

先に挙げた「初恋ツアー」の息子・洋文に寄り添う妻・匡子からは、現実に根差す娘たちの在り方の他に、もう一つ、母の呪縛の解き方が見てとれる。匡子は母になる前の母・幸子を拒否する洋文を〈力の限り胸に抱きしめてやりたい〉衝動に駆られる。その衝動は洋文の妻としてのものではなく、母性に近いものであった。〈母になったことなどないのに、またなるつもりなど毛頭ないのに、私は自分の内にいるちいさな母を知っているような〉感覚である。血を交えていない他人の母から見出された感覚から、〈実の母に反発しているのはきっと、このちいさな母なのだ。母が支配しようとしているのも、私ではなく私の内の母なの〉であると、その茫洋とした正体の輪郭を浮かび上がらせている。女という身体に潜む、母になる可能性が〈ちいさな母〉の存在を生むのである。

前掲『母は娘の人生を支配する』の表紙画は、よしながふみが手掛けている。母は娘を固く抱きしめ、まさに完全な母像である。しかし、そこに潜む身体的同一性からの呪縛やマザコンの支配関係に陥った場合には、よしながふみの『愛すべき娘たち』（白泉社、03・12）にあるモノローグ〈母とは要するに一人の不完全な女なのだ〉という自覚が鍵となる。完全であった過去の母を聖母化する息子たちの傍らにいる女たち（娘たち）は、いずれも現実を生きる母を見据えている。そして、母の内に潜む〈不完全な女〉と、娘の中に芽生えた〈ちいさな母〉が出会えた時、完全な母なるものの呪縛を乗り越え、母と娘の魂は共振するだろう。そこに、女性版〈母の魂〉が完成するのである。

（白百合女子大学研究員）

連作短篇集『福袋』の世界――異物からはじまる物語――山田吉郎

角田光代の連作短篇集『福袋』は、日常の唐突だが何気ない事象が物語を構成する要をなしている。その思いがけない事象は、概して箱や紙袋、犬など一時的に遭遇した事象であって、登場人物の日常を大きく転換させることはないけれども、微妙に歪ませるところがあり、そこにこの連作の持ち味がある。

『福袋』は二〇〇八年二月、河出書房新社より刊行された。収録された八篇の小説はいずれも雑誌『文藝』に発表されている。「箱おばさん」（05年春号）、「イギー・ポップを聴いていますか」（同年夏号）、「白っていうより銀」（同年秋号）、「フシギちゃん」（06年春号）、「母の遺言」（同年夏号）、「カリソメ」（同年秋号）、「犬」（07年春号）、「福袋」（08年春号）の順に掲載され、単行本『福袋』でも同じ順に収録されている。

「箱おばさん」では見知らぬおばさんが預けていった段ボール箱をめぐってその顛末が語られ、「イギー・ポップを聴いていますか」では家の前に置かれた紙袋をめぐる顛末が語られ、「白っていうより銀」では離婚届けを出したばかりの男女が突然見も知らぬ赤ん坊を預かる顛末が語られる。いずれも事件自体は大事《おおごと》に至ることはなく、登場人物たちの人生もそれによって大きく変わることはないのだが、微妙な心理的波紋を投げかけている。「フシギちゃん」では同棲相手の男の部屋の天袋に隠された缶が語られ、「母の遺言」では死期の近づいた母が隠した箱のことが語られる。「カリソメ」には直接にそうした物自体は出て来ないが、離婚直前の女性が夫の同窓会に代理で出て夫の得体の知れない一面をのぞき見る構想になっており、「犬」では同棲生活をはじめたばかりの男女が犬を拾いそこから心理的歪みを生じさせてゆくさまが描かれている。そして、最後に置かれた「福袋」では母が性懲りもなく買っていた福袋の得体の知れなさに触発され、そこから次のような人生観に及んでいる。

ひょっとしたら私たちはだれも、福袋を持たされてこの世に出てくるのではないか。福袋には、生まれ落ちて以降味わうことになるすべてが入っている。(略)袋の中身はときに、期待していたものとぜんぜん違う。

この一節は連作短篇集『福袋』のライトモチーフを語った重要な部分であり、その何が出てくるか分からないさまざまな断片が連作全体にちりばめられているということであろう。ただ、八篇の小説を見てゆくと、そうした得体の知れない何かとの遭遇のエピソードと、登場人物の境遇の絡め方には微妙な違いがあるように思う。後半へ読み進めるほど、人生の切なさが読者に迫ってくるようである。たとえば「犬」は、最初は初めて女性とともに住む歓びに浸っていた主人公が、一匹の得体の知れない犬の出現から女性の狂気じみた一面をかいま見るという、ひやりとする話である。河出文庫『福袋』(10年12月)の解説「愛のまんまんなか」で栗田有起は、「犬」の空恐ろしさや不気味さを指摘しつつ、「と同時に、読んでいるこちらの、ひとにはいえない黒い好奇心が満たされる快感」に論及しているが、このあたりにこの作者が深く支持される理由の一つがあるであろう。

ところで、物語の造りとして八篇を見ていったとき、私はむしろ連作の最初の方に置かれた作品に注目したいと思う。唐突にあらわれた異物と登場人物との間合いがつかず離れずの位置にある作品に、読者としての好奇心がかきたてられた。その意味で、「箱おばさん」「イギー・ポップを聴いていますか」に心惹かれたが、中でも、巻頭の「箱おばさん」は異物との遭遇譚をユーモアを交えて語りつつ適度に人生模様を絡めたそのブレンドの仕方が絶妙であると思われる。以下、この「箱おばさん」を立ち入って見てゆきたいと思う。

主人公の「私」は葛原という三十三歳の女性で、駅ビルの地下の洋菓子屋でアルバイトをしている。

やばい人は二十メートル先にいてもわかるようになった。いくらやばくても、キヨスクや、みどりの窓口に向かっていってくれるならまったくかまわない。それでもときおり、一週間に一、二度の割合で、やばい人はまっすぐこちらに向かってやってくる。一ミリも迷いなく歩いてきて、私の前で立ち止まり、かならずへんなことを言う。生クリームをひとなめさせてほしいとか、ここから一番近い猿屋（猿を売っている店のこと らしい）はどこかとか、五千円でかまわないので貸してほしいとか。

冒頭の一節である。ありふれた日常の中にありながら、どこか奇妙に歪んだ物語の雰囲気に引き込むみごとな書き出しである。この流れの中で、「箱おばさん」が主人公の「私」の前に不意に出現する。その日、大きな段ボール箱をかかえながら改札を出てきたおばさんが、まっすぐ「私」の前に歩いてきて、いきなり段ボール箱を預かってもらいたいと言う。この不意打ちに似たできごとにとまどいながらも、「箱おばさん」の有無を言わさぬ強引さに、「私」の前にはとうとう箱が置き去りにされてしまう。この辺のくだりが軽妙な筆致で描かれている。

おばさんは財布から千円札を抜き出し、押しつけるように渡して、

「お釣りはいらないから。あなたがとっときなさい。じゃ」品物の入った袋をむんずとつかんで「すぐ戻るから」二、三歩後ずさり、「よろしくお願いします」ぺこりと頭を下げ、背中を向けてタタタと小走りに去っていった。

ああああ。置いていってしまった。

この短いやりとりには、「箱おばさん」の人柄や「私」のやや状況に流されやすい性格が、ユーモラスな雰囲気の中に生き生きと描出されている。とくに「あああ。置いていってしまった。」という慨嘆は、三十三歳で現

在もアルバイト生活をつづける「私」の前半生の閲歴さえも暗示しているかのようである。ただ、そのモノローグはどこかしら軽みが感じられ、それが読者の苦笑をさそうところがある。それがこの作品の魅力だと思う。

このエピソードの中で「私」は、洋菓子屋の店内に異物感をただよわせる箱をめぐって、店長（かつて「私」とつき合っていた時期があった）やアルバイトの琴ちゃん（今後、店長とつき合うかもしれない）を巻き込んでの経緯が語られてゆく。得体の知れない箱をめぐって彼らの想像はふくらみ、果ては爆弾や嬰児のミイラだのと想像がよぎってゆく。その異物をめぐるエピソードをたどる中で、「私」や店長、琴ちゃんの人柄と人生が適宜織り込まれている。かつては漫画家をめざしていたという店長や、「ものごとになんの対処もできず、なんとかなるだろうと思うばかりでなんにもしない」生き方をしてきた「私」の人生もそれぞれやりきれない重いものなのだろうが、箱おばさんのエピソードがコミカルな筆致でつづられる中で、適度にその重さが減じ、読者は箱の謎への関心と軽快なリズム感を帯びた文体に惹かれて快く読み進めてゆけるのである。素直に小説を読む楽しさを実感できる作品であろう。結末では、交番で箱を開けるとさまざまな靴ばかりがはいっていたと語られているが、その不可解さもこの作品の閉じ方としてふさわしい。「いっさいの物語を拒絶するような靴」と表現されたところに、むしろ新しい小説の方向がかいま見られるように思う。一脈フランツ・カフカの文学にも似た不可解さを想起してしまうところがあるが、むろんその深層は異質であろう。

連作短篇集『福袋』全体を見わたすと、先述のように深刻な作品も存在し、その場合はむしろ一種の滑稽味をまじえた文体によって、先に栗田有起が指摘したような物語の空恐ろしさや不気味さを堪能させるものとなっているようである。いずれにしても、小説家としての角田光代の技術が冴えわたると同時に、現代文学へのある種の可能性を秘めた短篇集であると言えよう。

（鶴見大学短期大学部教授）

わちゃわちゃした人間関係――『三月の招待状』――安田 孝

蒲生充留《みつる》、坂下裕美子、松本麻美《あさみ》、澤ノ井正道は、大学生のころ知り合い、グループで学生生活を送り、三十四歳になる現在もつき合いつづけている。というと、親密な関係を保っているように思われるが、一人一人の思いは微妙にずれている。本作は、「三月の招待状」に始まり、「五月の式典」で終わる十二のパートから成り立っているが、それぞれのパートでは、作中人物のうちの一人に寄り添う語りによってその人物の思いが述べられている。読者はそれぞれのパートで述べられているある人物の思いをたどるだけではなく、あるパートとほかのパートとを照合することによって、ある人物の思いとは異なる解釈を引き出すよう促されている。例えば、「三月の招待状」では、毒舌コラムを一冊の本にまとめ、次々と執筆の依頼がある充留は、決してそのことに満足していない。自分はもともとノンフィクションライターになるつもりだったと思うからである。ところが、次の「四月のパーティ」では、裕美子は充留が〈好きなことをやって、同世代の人よりもたくさんお金を稼いで、未来のビジョンがあり、恋人に依存していない〉から成功していると思っている。お互いをよく知っているはずの充留と裕美子の間にさえずれがある。

こうしたずれは、麻美が、やはりグループの一人だった宇田男《うたお》と十五年ぶりに再会し、夫に隠れて交際し家出するという出来事を通して次第にはっきりしてくる。麻美は、このグループの中でほかの者とは異なる存在だった。地方の女子校を卒業し東京の大学に入学すると、クラスメイトの女子は麻美の知らなかったブランド店や化粧品メーカーや小説家や映画などを話題にした。麻美は話に出るひとつひとつを学習していったが、自分が身につけたものを〈ださい〉と言われないかとたえず気にしていた。同じ講義を受けたことから充留や裕美子と知り合った麻美は、〈好きなものを着て好きなように振る舞っている〉彼女たちと一緒なら安心だと思った。けれども、充留は麻美のことを次のようにけなしている。

こういうことがおもしろいのだと説明されてはじめておもしろがれるような、生真面目で単純なところが麻美にはあった。出会った当初からそうだった、

夕方、新宿のデパートの入り口に立っている麻美を見かけた正道は、「段田さんじゃん。どうしたの」と呼びかける。麻美は二十五歳で結婚し、結婚式には正道も出席したのに、正道は結婚する前の姓で麻美に呼びかけたのである。一方、麻美が失踪した後、充留と裕美子と正道は相談するために集まるが、麻美の夫の姓を誰も思い出せない。ほかの者から麻美が軽んじられていることがわかる。

グループの中における麻美の立場を理解したのは、野村遥香だった。遥香は、正道が妻の裕美子に隠して交際していた二十五歳の女性である。宇田男に待ちぼうけをくわされた麻美は、正道と遥香と一緒に居酒屋で飲み、正道のマンションに泊まり、翌朝、遥香に送られて家に帰る。遥香は一度会って少し話しただけなのに麻美の立場を理解したのである。先に述べたように、それぞれのパートでは作中人物のうちの一人に寄り添う語りでその人物の思いが述べられる。それぞれのパートの人物を順に挙げると、充留、裕美子、麻美、正道、充留、裕美子、麻美となり、八番目のパート「一月の失踪」は遥香になる。ついで、充留、裕美子、麻美、充留とつづく。グループに属さない遥香に寄り添う語りによってこのグループのありようが外側から捉えられる。

わちゃわちゃと人と関わりながら成長し、そうして大学という場で似た人間をさぐりあて、寄り集まってわちゃわちゃと過ごし、そうして今もなお、わちゃわちゃと関わり合っているのだろう。好きも嫌いも超えたところで。彼らにとって好きはどこまでも肯定で、嫌いは無関心、それだけなのに違いない。

遥香が見抜いたように、充留も裕美子も正道も学生時代の思いを抱え込んだまま現在に到っている。裕美子と正道が知り合って一年たったころ、裕美子は、正道から好きな女がいるから別れてくれと言われる。結局、正道はその女に相手にされなくて、また裕美子とつき合うようになる。正道にほかの女ができて別れ、また一緒になるということを、十五年間で五回繰り返した。三年前、三十代になったからか二人は結婚した。裕美子は、〈正道といっしょにいない〉自分を考えるために離婚して、合コンで知り合った男性三人とデートするが、それ以上の関係に進もうとしない。そうしたデートで初めて知った経験を裕美子は心の中で正道に話しかける。正道も、充留と北川重春〈充留が一緒に暮らしている八歳年下の男〉と一緒に食事をしたとき、〈充留の男〉〈名前をすぐに忘れたのだろうか?〉の印象を心の中で述べるが、その聞き手として思い描いているのは遥香ではなく、裕美子だった。

充留や裕美子が失踪した麻美のことよりも〈パーティかなんかをはじめるみたいにお酒のことばっかり心配して〉いるのが、遥香には気に入らなかった。裕美子は初対面の遥香を〈遥香ちゃん〉と呼ぶ。二十五歳で自活している女性を子供扱いしているのである。裕美子と別れた正道は一緒に暮らそうと言うが、遥香は、〈別れてすぐに別の人と暮らすっていう感覚が私にはよくわかんないわ。別れた奥さんにも気の毒だし、私にたいしても無神経だと思う〉と言う。正道は、つき合おうとした女性にふられてはまた裕美子と暮らすという体験しかしたことがないので、遥香の拒絶を理解することができなくて、〈窮屈な場所に、理不尽に閉じこめられた〉と感じる。社会人としての分別をわきまえた「大人」であるのは、遥香の方ではないだろうか。

充留は宇田男を忘れることができない。宇田男は大学一年生のとき、創作科の授業に提出した小説が有名な文学賞の候補になった。それには落選したが、大手出版社から原稿の依頼がくるようになった。充留にとって宇田男は初めて本気で恋をした相手だったが、宇田男には充留のことが見えていないように思われた。三年前に重春と暮らすようになって宇田男の名前さえ思い出すことはなくなっていたと言うが、裕美子が企てた離婚パーティのとき、裕美子に近づいてきた充留はフロアに目を凝らして〈宇田男がきてた〉と言い、離婚の理由を聞かれるのだろうと心の中で返事を用意していた裕美子をあきれさせる。麻美から宇田男と恋愛していると聞いたとき、充留が思わず〈宇田男ォ?〉と大声で言ったのは、パーティの会場で宇田男には充留が見えていなくて（裕美子はこういう場所でも充留は格段に華やかに見えると思った）、よりにもよって麻美を誘ったからである。

充留は、麻美の手がかりを得るという口実で宇田男を訪ねる。やはり宇田男には充留のことは見えていない。帰り道で充留は、二十二歳のころ、〈宇田男に絶対馬鹿にされない大人になろう〉と考えたことを思い出す。宇田男にこだわりつづけたこれまでの人生に訣別しようとして充留は重春と結婚する。結婚式で宇田男が詩の朗読をすることになる。充留は、〈それがどんなにすばらしい詩であっても、言葉であっても、おそらく宇田男の存在に圧倒されることはないだろう〉と思う。宇田男自身から〈才能とか、おれ、最初からなかったよ〉と聞かされたのにも関わらず、まだ朗読されていない詩を〈すばらしい〉と決めてかかっている。充留も過去を清算することができない。〈充留は息をひそめ、かつて恋した男が声を出すのをじっと待つ〉という結びの一文は、宇田男の現実が明らかになるかもしれない直前でストップしている。ハッピーエンドといえるのか定かではない。

（神戸女子大学教授）

そのバスは悪意へ――『おやすみ、こわい夢を見ないように』――

原　善

『おやすみ、こわい夢を見ないように』（新潮社、06・1）所収の諸作はいずれもテーマが（表題作タイトルとは裏腹に《こわい夢》と言いたくなるような）《悪意》だとされている。文庫解説では〈本書に限らず、角田の描く人々は、日常や家庭がもたらす閉塞感とそこから発生する殺意を頻繁に口にする。〉とある。しかしそれぞれの短編ごとにその悪意ないし殺意を紹介していくのも少ない紙幅では勿体ないし、そんな悪意がどこから生まれてくるのかについて考えてみたい。そもそも頻繁に「死ね！」と口走ることはあっても本当の殺人を犯すわけにはいかない我々の日常においてと同様に実際には角田作品のなかでもそうは殺人が起きてはいないなかで、〈殺意というものを、瞳ははじめて抱いた。もちろん本気で殺したいと思っているわけではない。ただこれほどまでの怒りを他人に抱いたのははじめてで、その（…）持て余すほどの怒りを殺意と呼ぶのだろう〉という具合に、単に〈口にする〉だけでなく、その悪意や憎悪を本当の（幼児殺人に至る）殺意にまで高めていく経過を描いたかの『森に眠る魚』（08・12）という作品では、〈唐突に千花はわからなくなる。なぜ自分がこんなところにいるのか。〉（傍点引用者、以下同様）、〈私なんで今ここにいるんだろう？　茜をあやしながら瞳は思い、そう思ったことにぞっとする。〉という具合に、主人公の女たちの何処にいるか分からず、何処に向かっているか分からない不安や焦りが描かれていた。そうした作品について著者自身も〈きっと居場所が分からないとか、分かっていても選べないとか、こんなにも選べないとき人はどうするんだろう、ということに元々興味があるのかも知れないですね〉とインタビュー（「別冊文芸春秋」09・3）で答えていたとおり、悪意の巣食う〈森〉のごとき場所で迷うかのように、何処にいるか分からず、何処に向かっているか分からない覚束なさは、角田の初期から一貫して描かれていた。

例えば最初期の「ピンク・バス」（93・6）では、〈足を踏み出す段になって、サエコはどこへ帰ろうとしているのかわからない自分に気が付いた。どの部屋へ？　どの時間へ？　どの現実へ？〉という思いが描かれるが、『庭の桜、隣の犬』（04・9）では、まさしく「どこでもない場所」という章の中で〈木目模様の天井を見上げ、自分は今どこでもない場所にいるのだと、眠り落ちる瞬間に房子はそんなことを考えていた。〉と主人公夫婦の妻の方の房子は考えているし、夫の宗二の側でも、〈会社に向かって歩き出しながら、いき先もわからないツアーに申しこみ、嘘とわかっている芝居の謎をわくわくと解く、つねづね阿呆と思っていた人々のひとりになったような気分を〉味わっていたのである。〈愛でもないしっとでもない、なにかもっと厄介なものをど真ん中に抱えて、私たちはどこへ向かうのだろう？〉（文庫本裏コピー）と言われるとおり、この作品の夫婦の問題は何処へ向かうかということの分からなさにある。『ピンク・バス』（93・8）に併載された（その〈たくさん〉の夢ははたして《こわい夢》だったのかどうか、「おやすみ、こわい夢を見ないように」の中で使われる悪夢を退ける合言葉〈ラロリー〉の効果がどれほどあったかはさておき）「昨夜はたくさん夢を見た」（92・8）という作品でも、〈香子の見た紫のカーテン、イタガキの聞いた世界の果てのかすかな音、いったい私たちはどこにいるのだろう？〉という思いが描かれるが、そういう思いは、〈笑い声も轟音もすうっと遠ざかり、底のない澄み切った空が頭の下にあったとき、一つの問いが頭の中にぽんと投げ出された。ここってどこだっけ？〉というジェット・コースターの中や、〈浅い眠りからは目を覚まし、一瞬ここはどこだっけと思い、もたれ掛かる香子を見て車の中だと思い出す。〉という自動車の中で、多く抱かれるのだ。自分で歩いていれば立ち止まることで、その不明の場所に進み続ける不快や不安を停止できるが、乗り物に乗っていればそうはいかないのだ。そうした乗り物に乗っての不安は、『おやすみ、こわい夢を見ないように』に収められた「空をまわる観覧車」（03・11）の中でも、〈このバスはどこへいくのかと、ふいに不安になる。亜佐美はおれをどこに連れていこうとしているのか。〉、〈この乗り物はいったいおれをどこに連れていくのか――バスのなかで思ったのと同じことが重春の頭に浮かぶ。〉とバス以外の乗り物にも広げられ繰り返されているが、他の乗り合わせた乗客との対比という意味でも《バス》が最たるものだろう。

そのバスがどこへいくのか、宗二は知らなかった。（…）夜の住宅街を走るこのバスに乗っている自分以外全員が、家路を目指しているのだと宗二はふと気づく。このバスのたどるルートのどこかしらに、彼らの住まう家があり、ひとりずつバスを降りて彼らはそこにたどり着く。電車とは違うやわらかい振動を足に伝えながらバスは走り、ときおり突然停まって乗客たちをつんのめらせる。バスのなかは、宗二の知らない種類の熱気に満ちているように感じられた。〉（『庭の桜、隣の犬』）

こうして角田作品にはたくさんのバスシーンが出てくることになるのだが、まさしくそれをそのままタイトルにした「このバスはどこへ」（03・5）という作品は、『おやすみ、こわい夢を見ないように』の巻頭に位置づいている。そしてその作品が、〈あたしですか、あたしはこれから人を殺しにいくんです。〉という科白から始まるということで、本作のみならず、最初に述べたような所収作品集全体の《悪意》のムードを決定づけているのだ。すなわち《このバス》は《悪意》へ。その科白は東京に向かう高速バスの中で主人公くり子が偶然に聞いた乗り合わせた後ろの乗客のものだったのだが、そこから〈自分にとって殺したいと表現したくなるような人間はだれか。〉を考え、小学校の時の担任〈サル山〉を施設に訪ねていくくり子の、〈殺したいと冗談でも言うような、憎悪〉が描きだされていく。そしてその憎悪が、理由は不明ながら〈サル山〉がくり子に向けたものへの復讐であるように、くり子が卒業写真の中に〈間違った場所に居合わせてしまったと言いたげな〉当時の自分自身を発見していることの裏返しとして、〈サル山〉も〈「あんた、迎えにきたんでしょ。これから帰るのよね。すぐ支度するから待ってて、すぐだから」〉と言い募るほどに、自分がどこにいるか分からず、しかしどこかに行こうとしているのだ。こうして、高速バスの車中から始まっていた作品は、うんざりするほどの両者の《悪意》の時を超えた交響を描いたあげくに、施設からの帰りに乗り合いバスに乗りこむ場面で終わる。その意味ではまさしく文字どおりの具体的な〈このバス〉が特定できるのだが、その終結直前に〈向かう先が決められないということ〉を、〈サル山を嫌悪しながら自分を覚えていてほしいと願うことに似ているように〉思い、〈今いる場所を好きになれず、かといって、あらたな足場を捜すこともできない。許したくて、受け入れたくて、先へ進みたくて、それがかなわないのなら、拒絶したくて、無視したくて、断ち切って終わりにしたい、しかしそのどれもできない。いつかそのどれかを選び取ることができるのか、それともその全部を自分は抱えていくのだろうか。〉とくり子が思いを巡らしているように、実際のバスに乗るかどうかではなく（述べられているような両義性というか可逆性というかや、受動性といったものも含意として）人生そのものがバスなのである。そして人生がまさにそうであるように、角田作品には暗澹としたまま終わる作品と明るい未来が展望できる作品との二種類があるが、居場所の無さの決着、あるいはバスの乗り心地というものについても、見てきたような重苦しいものだけではなく、『空中庭園』（02・11）の終結部のように、ある種の明るさを予感させるものもある。うんざりした気持ちもやや立て直せられる角田自身の言葉を最後に紹介しよう。〈バスがどこへいくのか私は知らない。けれど私はかつてのように絶望しない。〉（「Where are we going ?」『恋愛旅人』01・4）

（現代短歌研究者）

「くまちゃん」――〈ふられ〉て成長する大人の物語――

堀内　京

角田光代の小説「くまちゃん」は、雑誌「yom yom」に連載（二〇〇七年二月号～二〇〇八年九月号）され、二〇〇九年三月に短編小説集『くまちゃん』として新潮社から刊行された。二〇一一年に文庫化もされている。刊行された際「あとがき」が付されており、〈この小説では全員がふられている。私はふられ小説を書きたかったのだ。〉（角田）と紹介されている。作者の言の通り「くまちゃん」は換言すると〈ふられ小説〉である。また、「角田光代作品分類座標軸」（「Feel Love」vol.7 二〇〇九年八月号）によるとこの作品は〈純愛〉というカテゴリに分類されており、〝純愛ふられ小説〟といっても良いのかもしれない。

「くまちゃん」という作品は、「くまちゃん」（表題作）「アイドル」「勝負恋愛」「こうもり」「浮き草」「光の子」「乙女相談室」の七つの短篇から成っている。その一つ一つは独立した短篇としても読めるが、次の短篇では〈ふられる〉という設定になっており〈前の物語で勝者に見えた人物は、次には敗者になっている〉（山崎まどか「時代の終わりと恋の終焉が交錯する物語」「波」二〇〇九年四月号）という面白い構成になっている。この小説の登場人物たちは、〈大体二十代の前半から三十代半ば〉であり、〈一九九〇年代から二〇〇〇年を過ぎるくらいまでの時間のなかで、恋をし、ふられ、年齢を重ねていく〉（前掲作者「あとがき」）のである。

さて、読者は作品を読み進めていくと、先の構成に気づき、〈ふった〉人が次の短篇では〈ふられる〉ということがわかってくる。登場人物たちは、誰かを〈ふった〉物語では、好きな人を思い生き生きしているのに〈ふられた〉物語では、同一人物とは思えないほどに〈ぼろぼろ〉になっている。この〈恋愛〉における心の変化は誰しも共感するところだろう。

こればかりではなく、恋愛には必ずさまざまな変化が伴う。社会人になって間もなく、学生時代の仲間たちと花見に参加した苑子は、〈世界的に有名な総合アーティスト〉に憧れて根なしの生活をする〈くまちゃん〉（持田英之）に出会う。苑子は、英之が〈くまのついたトレーナーを着ていた〉ことから彼を〈くまちゃん〉と呼んでいる。苑子をふった英之は、次の短篇「アイドル」では自然食品を扱う会社の〈正社員〉に採用される。が、その途端、恋人のゆりえに別に好きな人ができてふられてしまう。英之をふったゆりえは、「勝負恋愛」のなかでパンクバンドのボーカル保土谷槙仁（注：マキト）と恋仲になり、それまでのアルバイトを辞めてしまう。〈仕事がおもしろくなりはじめたころだったが、拘束される時間が長すぎた。仕事場にいるということはイコール、マキトに会えない〉というのが理由だった。ある程度の年齢の読者は、恋愛の波長によって仕事にやる気が出たり、逆に全く手につかなくなるということも、経験済みである。〈仕事と複雑に絡み合った恋愛〉（前掲作者「あとがき」）のなかで登場人物たちは少しずつ成長していくのである。

一度はふられて〈ぼろぼろ〉になる登場人物たちであるが、「くまちゃん」のなかの彼・彼女らは、決して〈ふられた〉からといってそのまま失恋を引きずりじめじめと生きているような人たちではない。失恋を乗り越え前へ前へと進んでいく。そこまでに要する時間は個々人で異なるが、それぞれの別れを苦しみながら乗り越え、一回りも二回りも成長する。

そのほとんどが男女の恋愛であるにも拘わらず「光の子」は、男性が男性を思う物語である。その点『くまちゃん』のなかでは特異なものに感じられ、印象深い。三十四歳でプロのイラストレイターの林久信は、十四歳の夏休みに同い年の野坂文太に出会った。久信は、当時不良少年であり、〈更正施設を兼ね〉た河口湖の牧場にある〈青空教室〉で一夏を過ごす羽目になった。そこでは〈ほとんどの男女〉が〈悪態〉をつきたげに過ごしていたが、〈やけに生き生きとしている男がい〉た。それが野坂文太であった。彼は、〈率先して働き、みずから進んで料理班の主任になり〉毎日〈立派なメシ〉を作っていた。その頃から文太は〈天才料理人〉であった。彼は、十代の後半、料理の修業のためスペインやイタリアを放浪し、二十代の前半で帰国してからは〈移動屋台〉や〈無国籍料理店〉などを持った。しかし、バブル崩壊後文太の料理店はうまくいかなくなった。それに反して久信の仕事は順調に軌道に乗っていった。

久信は自分がふった希麻子に〈自分の目的地をいつのまにか彼女のそれにすり替えられているような、不快感〉を感じ、彼女に自分の未来が〈永久にハンドリングされ〉るのではないかとも感じた。そんなとき〈唐突かつ強烈〉に〈自分がずっと本気で一緒にいたいのは〉〈自分よりも興味が持てるのは、文太ひとりではないか〉と思い、〈自分が文太に向けた気持ちは尊敬でも感謝でも憧れでもなく、恋にひどく近しいものだ〉と気づく。文太はこの五年間ほど何もする意志を見せなかったが、恋人の苑子と結婚し、熱海にあるホステスの住む女子寮で〈賄い〉を作る仕事に就くという。文太がそのような仕事に就くことに納得できない久信は、京橋で子ども服の会社に勤めている苑子を呼び出し、文太を熱海に行かせたくないと胸の内を語った。以下は久信に対する苑子の言葉である。

「私ね、子ども服の会社にいるの。つまんない仕事ばっかやらされて、自分が地味でみみっちく思えて、格好悪いなあってずっと思ってた。だけどそれでもちょっとずつ仕事はおもしろくなっていって、地味とかみみっちいとか、人生にぜんぜん関係ないじゃんって思うようになったの。入社してからずっと希望してた部署に配属になったのが二年前。今は本当に仕事が楽しい。熱海から通えないこともないから、仕事続けようかって最初は思ってた。でもねえ、今いっしょにいる人が何かやりたいって言うんだから、私、そっちをとろうと思うのよ。キャリヤも無駄になるしお給料だって馬鹿みたいみたいに減るだろうけど、私はもう知ってるんだもの、地味とかみみっちいとか、キャリアとかお給料とか、人生になーんにも関係ないんだって。なりたいものになるにはさ、自分で、目の前の一個一個、自分で選んで、やっつけてかなきゃならないと思うの。文ちゃんも今、そう思っているんだと思う」

久信は苑子の言葉に何も反論することもできず〈「文太のことよろしくお願いします」〉と言うことしかできなかった。苑子は、過去に〈総合アーティスト〉に憧れていた〈くまちゃん〉こと持田英之にふられた女性である。しかし、三十代半ばになった彼女はこのような考えを持つ女性になっており、〈今一緒〉にいる文太を受け止めることができる存在になっている。文太と苑子が熱海に越して七年後、二人に子どもが生まれた。その年の七月、久信は彼らを訪ねた。久信は〈十四のときからいっこうに変わらない文太への気持ちがなんであるのか〉〈相変わらずわからなかったけれど、恋だとか尊敬だとか、そんな名前を当てはめなくてもいいのだと思うようになっ〉ていた。赤ん坊の名前は久信から〈一字もらっ〉て〈久太〉と名付けられた。それを聞いた久信の足は〈かすかに震え〉〈油断をしたらその場に泣き崩れそう〉だった。久信と文太の字を一字ずつもらった赤ん坊は、久信の今後の人生の〈光〉となっていくだろう。

このように「くまちゃん」は、〈ふられ〉た大人たちが、本気の気持ちで好きな人に向かっていったからこそ得る成長を描いた〝純愛ふられ小説〟である。

（北海高等学校講師）

『ひそやかな花園』――〈だから私たちは話そうとするのではないか〉――仁平政人

〈待ち遠しかったのはいつだって、クリスマスじゃなく夏のキャンプ〉――おそらくは多くの読者にとってもノスタルジーを喚起するだろう、ささやかにして幸福な夏休みの〈キャンプ〉の記憶から、長編小説『ひそやかな花園』は幕を開ける。樹里、紗有美ら七人の子どもたちは、夏休みごとに親に連れられてある別荘で数日間を過ごし、あたかも兄弟姉妹のように（もしくは、幼い恋人のように）親密で楽しい時間を送る。その幸福な経験は、しかしある年に、大人たちの不穏な雰囲気とともに唐突に断ち切られる。以降主人公たちは、濃淡はあれ〈キャンプ〉の記憶を心にとどめたまま、それぞれの人生を歩むこととなる……。

『ひそやかな花園』は、七人の主人公が幼少期～青年期を送った一九八五～九九年（第一章）と、彼ら／彼女らが三十歳前後になり、再会することとなる二〇〇八～九年（第二～第四章）という二つの時間から構成されており、短い節ごとに異なる人物に焦点化する語りを通して、〈ばらばらの人生〉を歩むそれぞれの物語を織りあわせる様式を持っている。結婚生活と仕事の双方に充実しつつも、不妊の可能性に悩む樹里や、ミュージシャンとして活躍している波留、夫に強く縛られた専業主婦の紀子、将来父親が経営する会社を継ぐだろう弾、企業で働く賢人、そして非正規雇用やフリーターとして生きる雄一郎や紗有美……。主人公たちの姿が示すのは、「ロスジェネ」と呼ばれる世代の若者たちの多様な生の様相だと言っていいだろう。そしてこうした階層も立場も大きく隔たる七人を結びつけるのは、彼ら／彼女らが共有する〈キャンプ〉の記憶であり、その背後にある境遇の共通性、すなわち、全員が非配偶者間の（第三者から提供される精子による）人工授精により生まれた子供であったという事実である。

この小説において、角田が以前から関心を抱いていたという非配偶者間人工授精（ＡＩＤ）の問題――また作中で小説家・野谷光太郎が語るように、日本においてそれが強くタブー視されているという事態――が、中心的なテーマをなしていることは明らかだろう（主人公たちが生まれたのが、日本で一般にＡＩＤが行われる大学病院ではなく、アメリカの精子バンクとも似た架空のクリニックだと設定されていることは、この問題がはらむアポリアを捉えようとする小説の志向性を示すものだ）。ただし、それはこの小説が何らかの社会的な問題提起や主張を目的としているということを意味するものではない。この小説の方向性は、あくまでＡＩＤにより生まれた子供たち、またＡＩＤによる出産を選んだ親たち（そこには、血縁のない子どもの〈父〉たることを引き受けることができなかった弱い男たちも含まれる）の、様々な思いや人生の歩みを一元化することなく描き出すことにあるのだと見られる。斎藤環氏の言葉を借りれば（「母と女とがらんどう」、『ユリイカ』11・5）、〈人工的〉な家族の設定を通して、家族の根本的な不自然さ・人工性を問うてきた角田作品の系列の、ひとつの極点としてこの小説を位置づけられよう。

以上の点に関して、注目したいのは、主人公たちの中に、ドナー（精子提供者）＝生物学的父親に会いたいという切実な思いを抱く人物が基本的にいないことだ（例外として、病との関わりでドナーの病歴を探ろうとする波留がいるが、彼女は元ドナーを名乗る妄想的な男と出会った際に激しい身体的な拒絶感に襲われる）。ＡＩＤという出生の秘密を知ることは、樹里のケースをはじめとして、自己の存在や家族をめぐる自明性を解体し、深い戸惑いや欠落感などをもたらす。しかしその困難を、主人公たちは実体的・生物学的な〈父〉の追求を通して解決しようとすることはない。むしろこの小説に示されているのは、「家族」や「血縁」をめぐる通念的な物語から、主人公たちを解き放とうとする方向性であるように思われる。例えば樹里の母である涼子は、ドナー選びを通して子供の〈しあわせ〉の条件をそろえようとしていた若き日の自分たちを誤っていたとし、〈その子は私たちと違う世界を生まれた時から持っていて、その世界では何がしあわせか、わからない〉、〈善きことは、生まれてからでないと与えられない〉と言う。生れてくる子どもは、それぞれに固有の世界を持つ単独的な存在としてあり、誕生以前の親の意図や、血縁を含めた出生のあり方によってその世界が縛られることはないということ。こうした語りは、作品の後半にかけて、形を変えて繰り返されていると見ることができる。終盤で元ドナーの男性が語る、〈ともに過ごした時間を共有することが家族〉であり、〈どう生きてきて、どう生きているか、知らない場合、やっぱりそれは他人〉だという（見方によっては無責任とも取れる）言葉が主人公たちにとって救いになり得ることも、以上の文脈と対応している。

ところで興味深いのは、次の樹里の言葉が示すように、作中ですべての行為や決断に（言わば子どもを産むことと同様に）新たな〈世界〉を生み出す性格があると語られていくことである――〈すべて、誰かが何か思ったり、決めたりして、そこから現実が変わっていく〉〈なにかをはじめることでできるのは、結果じゃなくて世界なの。いいことだけでできた世界も、悪いことだけでできた世界もないと思わない？〉何かを〈はじめる〉ことは、常に当初の意図や文脈を抜け出て現実に変化を及ぼし、新たな世界を開いていく――例えば賢人が偶然のきっかけを得て樹里にふと連絡を取り、弾が確たる目的もなく昔の別荘を買い戻したことが、やがて七人の再会を導いていったように。あらゆる行為にまつわる、こうした（ある意味で途方もない）性格を、困難や厄介さも含めて力強く肯定すること、小説のベクトルはそこにあると言っていい。

振り返るならば、そもそも主人公たちの共有する〈花園のような〉記憶そのものが、意図せざる贈与のようにもたらされたものだったのではなかったか。もともと夏の〈キャンプ〉は、ＡＩＤで子どもを出産した母親たちが互いに支え合うコミュニティとして計画されたものであり、子どもたち同士の結びつきは、いわばその副産物でしかなかった（ゆえに、親たちの意図や都合によりあっけなく引き裂かれることになる）。しかしその子供たちの幼い友愛は、親たちのコミュニティの夢想が崩壊したはるか後に、彼ら／彼女らが再びつながる可能性をもたらしていく。むろん、〈ばらばらの人生〉を歩んで大人となった主人公たちはもはや昔のように親しくなれる訳ではなく（むしろ相手への強い違和感が作中では繰り返し示される）、お互いに十分な理解や共感ができるということもない。それでも、彼ら／彼女らは共有する〈小さくて美しい記憶〉を手がかりに緩やかに触れあい、少しずつ歩み寄っていくのであり、そしてそのつながりは、それぞれの人生になにがしかの変化をもたらすこととなる。言い換えれば、主人公たちの共有する〈花園のような記憶〉は、大きく隔たった人生を歩む七人を、隔たりや異質性を持ったままに出会わせ、触れあわせることにおいてこそ貴重な意味を持つのだと言えよう。

〈出て行って人と会うことが物事を変えていく。会わなかった人たちがひょんなことで出会い、もう一回、はじまる〉（大澤真幸との対談「欠損していく愛を取り返してくれるもの」（『THINKING O』二〇一〇年）における角田光代の発言）――何がはじまり、それが何を帰結するのかを問わず、意図や根拠にも縛られることなく、出会いがもたらすものを受け止めること。それは、本質において無根拠である私たちの生を受容し、肯定することと深くつながっているのではないか。角田作品中もっとも〈前向き〉とも評されるこの小説の、希望の核心はおそらくそこにある。

（弘前大学専任講師）

『なくしたものたちの国』――喪失の寂しさとの付き合い方――

西村英津子

私たちは、人生の中で出会いと別れを繰り返す。人生とは《生者必滅会者定離》であり、そして別れは他者との別れだけを意味しない。思い出の品や写真など日々の生活の中で忘れてしまうことが多々ある。そして、私たちは、節目節目に、自分の人生を振り返り、懐かしく思い出す。このような誰しもが知っている、懐かしさ、喪失や別れの寂しさを題材として書かれた作品が、『なくしたものたちの国』である（集英社、10・9）。この作品は、イラストレーター松尾たいこの作品が挿絵となっており、角田光代がこの挿絵を元に執筆した五章構成の作品である。作品は、主人公の雉田成子の少女時代、思春期、青年期、壮年期のそれぞれの時期の出会いと別れ、喪失の体験が、成子自身の語りによって語られていく。

成子は、〈八歳まで、いろんなものと話ができた〉。例えば、飼い猫のミケの言葉は分からないが、トカゲの言葉は分かったり、小学校で隣の席だった男の子の言葉は分からないけれど、小学校が飼っていた山羊のゆきちゃんの言葉は分かる、といった具合だ。そして、成子が小学校に入学して〈いちばん最初にできた友だち〉は、山羊のゆきちゃんであり、少女時代の成子に大きな影響を与えたのもゆきちゃんだった。ゆきちゃんは、成子が二年生の一学期を迎えた時に、飼育担当だった音楽の先生に恋をしていることを教えてくれた。成子は、恋が一体なんなのか分からなかったが、ゆきちゃんの恋を応援した。しかし、二年生の夏休みが終わった後、成子は突然

〈いろんなものと話すことができなくなった〉。そして、成子が四年生の夏に、ゆきちゃんはいなくなった。

少女時代の成子にとって一番大きな存在は、両親でもなく、学校の友だちや先生でもなく、ゆきちゃんだった。成子は、作品全体を通して、現実社会の諸集団――家庭、学校、会社――に属しきれていない。かと言って、成子は、集団の中で可もなく不可もなくというポジションにいて、集団内部において成子の存在はぼんやりとしている。そのことは、成子が本当に心を開いた対象が誰（何）であったかを見るとよく分かる。

成子が、ゆきちゃんの次に心を開いたのは、成子が高校生の時に出会った《再会》、中学生の銃一郎である。銃一郎は、成子の母親が結婚前に拾ってきて、成子が小学生にあがる頃まで雉田家で飼っていた猫のミケである。成子と銃一郎は、電車に乗って海に出かけるが、その間に成子の母方の祖母は他界していた。この時も成子は、祖母の死を看取れなかったことに涙を流すが、それはゆきちゃんとの別れに感じた〈いくどもせりあがってくる苦い後悔〉に匹敵するものではなかった。嘘をついて家を留守にしていた成子を叱る母に対しても、〈人の気持ち、たとえそれがともに暮らしている母親であっても、人の気持ちはわからない〉と成子は冷静に語る。

そして、三十三歳になった成子は、既婚男性と恋愛をするが、その男性と成子を恋愛関係へと繋いだのも、ペットショップで売られていたオウムが発した〈「愛してます」〉という言葉だった。挙句の果てには、この不倫に疲弊した成子は〈生き霊〉になって、自分からも距離を取り、嫉妬に駆られる三角関係の情念を客観視し、現実社会で生きて行くためのバランスを保つ。結局、不倫相手は妻と離婚するのだが、その時も成子は、不倫相手から離婚の知らせを受けた時には、〈わたしたちも終わりにしましょう〉と言うだろう、と思うのである。

このように、成子は現実社会の中で生きるうえで、人間以外の魂を持った何かと繋がりを持つことで、それを媒介として現実の社会や人間関係と繋がっている、そういう女性である。成子は、自分の内面を生身の他者に語ることを回避し、幼い頃から期待もしていない、言わば、臆病で懐疑的なタイプの人物である。成子のような人間像は、現代社会において特異なものではないだろう。精神科医の香山リカは、『イヌネコにしか心を開けない人たち』（幻冬舎新書、08）で、ペットを溺愛する現代人を、愛すべき人の代替として溺愛するタイプ、愛情の対象がいてもペットに愛情を注ぐタイプ、結婚せず子どももいらないという生き方を選択しペットに愛情を注ぐタイプの三つのパターンに分けて分析している。また、V・J・デルレガ、A・L・チェイキンは共著『ふれあいの心理学　孤独からの逸脱』（有斐閣選書R、83）で〈自己開示〉について考察する中で、〈打ち明ける相手がだれもいない孤独な人びとの中には、ペットを話し相手としている人〉がいる例を挙げ、これについて〈動物に話すことは、人間に話すよりもある意味で利点があ〉り、それは〈ひとの話を聞いて犬が笑うとか、打ち明けた内容を他人に言いふらすとかいう心配をする必要がないからだ〉と指摘している。これは、成子が山羊のゆきちゃんと飼い猫だったミケの魂を持った銃一郎にだけ心を開いた内実を説明してくれるものだろう。

そして、成子は、〈好きで好きでしょうがなかった〉不倫相手と別れてすぐに、ある男性と交際を始め、約二か月後には結婚し、二児の母になる。成子は、四歳になる娘と電車に乗っている時に、居眠りをし、大好きだった不倫相手の夢を見る。降りる駅に着いた時に成子は目を覚まし、娘を電車に忘れて降りてしまう。娘を母親らしく必死になって捜す成子の慌てぶりに嘘はない。しかし、娘をも忘れてしまう成子、そのような失態をしでかした成子を〈よくあることだよ、大丈夫〉と言って受けとめる夫には、どこか現実の生活の中にある空虚さのようなものを感じさせる。話が前後してしまうが、成子が高校生の時、母が銃一郎を〈養子にしたい〉と言い出すのではないかと成子は心配するが、実際、母は、銃一郎がミケだと分かって、銃一郎を抱きしめ涙を流す。この場面は、銃一郎と成子の母との間に、成子も成子の父も介入できない絆の強さがあることを感じさせ、それは裏を返せば、現実の家庭生活に潜む関係の間隙、空虚さがあることを暗示している。

成子は、ゆきちゃんと会話ができなくなった八歳の夏から、〈わたしはさみしさと戦わなければならなかった〉と語っている。ゆきちゃんは、成子の話を〈わかるわー〉と共感してくれ、成子が母の愚痴をこぼした時も〈わかるわー〉と言い、〈でもねナリちゃん、いつかきっと、なつかしくなる日がくるわ〉と話してくれた。〈なつかしくなる日がくる、というのは、ゆきちゃんの口癖〉で、これを聞くと成子は〈どんなにうんざりしていることでも（略）まあ、いいか〉と思えた。そして、成子が銃一郎にゆきちゃんのことを打ち明けた時、銃一郎は、〈なくしたものたちの国っていうのがあるんじゃないかな。（略）見あたらないってものはみんな、消えるんじゃなくて、そこに移動してるんだ〉と話してくれた。

中年になった成子は、ゆきちゃんと再会し、ゆきちゃんに連れられて、あの〈なくしたものたちの国〉に行く。〈なくしたものたちの国〉にある部屋の中へ一人で行くことに不安を感じている成子にゆきちゃんは、〈大丈夫、いなくなるわけじゃないんだから。ちゃんと会えるから大丈夫よォー〉、〈こんなことも、いつかなつかしくなるのよォー〉と言って送り出す。成子が入った部屋には、成子が赤ん坊の頃から〈なくしてきたもの〉で溢れていた。そして、物語の最後に成子はこう思う、〈わたしは死んでしまったのか。それとも、これから産まれようとしているのか。そう考えて、そのどちらも、同じだと思っている自分に気づく。（略）どこからここにきたか、ここからどこかにいくか。それはまったく等しいことのように、わたしには思える〉、と。

角田光代の作品は、人生における喪失を抱えて生きる現代女性が描かれることが多いが、『なくしたものたちの国』は、埋めることのできない喪失のドラマの一つの答え、落ち着く場所を提示した作品だと言えるだろう。

（神戸大学大学院生）

『ツリーハウス』論――「逃げる」という生存の哲学をめぐって――

李聖傑

角田光代『ツリーハウス』は、産経新聞大阪本社夕刊に二〇〇八年一〇月から二〇〇九年九月まで毎週土曜に連載され、二〇一〇年一〇月に文藝春秋より単行本として刊行された。本作は第二二回伊藤整文学賞（二〇一一年）の受賞作でもある。この小説は西新宿にある小さく古びた中華料理屋「翡翠飯店」を営む祖父母と親兄弟、子の三世代をめぐる藤代家の年代記を中心にし、広島・長崎の原爆、東京タワーや新幹線の誕生、東京オリンピック、連合赤軍事件、学生運動の盛り上がり、上野動物園のパンダ、あさま山荘事件、ノストラダムスの大予言、新宿西口バス放火事件、オウム真理教および地下鉄サリン事件などの色々な事件が書き込まれており、日本の昭和・平成のクロニクルというような壮大な作品である。祖父（藤代泰造）の死を受けて、めっきり様子が変わった祖母（ヤエ）は「うちに帰りたい」と呟く。その「うち」が満州のことではないかという叔母の指摘から、孫（良嗣）が祖母と「無職人間」の叔父（太二郎）を連れた三人で、語られることのなかった祖父母の過去を知るために大連へ旅立つことを決める。物語は昭和一五年に遡ることとなる。生きるために必死に働くヤエは旧満州の新京（中国の吉林省長春市）で泰造に出会い、恋も愛も知らずに一緒になった。時代に翻弄された二人は第二次世界大戦の終りごろにソ連軍の満州入りに追われて命からがら大陸から引き揚げ、新宿の角筈（現在の新宿区南西部）に辿りついた。終戦の混乱期を生き抜き、戦後の高度成長期やバブル崩壊なども様々経験した二人は、深い過去を背負いつづけてきており、そこに本作のテーマがある。その過去の実体とはなにか。

祖父泰造は長野の中学を卒業後、進学に恵まれなかった。家業の養蚕の手伝いをしていたが、養蚕業はいつまで続くかわからず、たとえ続いたとしても、継ぐのは長兄と決まっていた。自分で身を立てなければならないという状況に置かれた泰造は昭和一五年のある日、公民館で国策としての満州移民募集の説明会を聞いた。〈神武建国の五族協和〉というスローガンのもとに、泰造は故郷を捨てる覚悟をして満州開拓団に参加し大陸に渡り、新しい人生を出発しようとした。しかし、満州の村での厳しい生活に耐えられず女装して新京に逃亡し、〈憲兵の姿があちこちに見られ、満人を殴りつけている姿などもよく目にする〉という政府の宣伝とは異なる実態を自分の目で見てから、また徴兵から逃げるために脱走する。戦争の末期に〈進め一億火の玉〉と聞かされる泰造は、自分自身を「火の玉」であると思えず、また満州から内地に逃げていくというような「逃げ」の人生を繰り返す。田川ヤエは静岡の小学校を卒業後、その他大勢の男女とともに東京に出た。浅草の料理屋で働いてから、キャバレー勤めを始めた。そこで知り合った画家を名乗る男から満州の話を聞いた。この男に一緒に満州に行こうと誘われたヤエは、貯めていた給金で二人分の費用を出したが、彼に騙されて「無一文」のまま満州に逃げ、泰造に出会うと〈自分と泰造は、頭が悪いからこの戦争について分からない〉と感じて、終戦時に泰造とともに旧満州から内地の日本に逃げる。一般的には、「逃げる」というのはマイナスのイメージがあるが、戦争という大きな時代に置かれている若き彼らは、国家や時代に逆らえないので、「逃げる」しかないのだ。こうした「逃げる」という行為は、自分が生きている証といえよう。一方、「逃げる」彼らは時代の犠牲者といってもよかろう。二人の人生における「逃げ」のＤＮＡが藤代家の子供や孫の身にも脈々と受け継がれている。慎之輔は元々漫画家志望であり、原稿に向かいながら恋愛したり貧窮したりしていたが、うまく行かず「翡翠飯店」を手伝うようになった。真面目だった太二郎はトラブルを持ち込んで、学校を首になり無職のままである。学生運動に身を投じることになる基三郎は、朝鮮の男との世間に認めてもらえない恋に絶望して自殺した。「逃げる」しかわからない祖父母は子供に対して、何も教えることができないと思い、結婚に破れ実家に戻ってきた今日子に、泰造が〈そこにいるのがしんどいと思ったら逃げろ。逃げるのは悪いことじゃない。逃げたことを自分でわかってれば、そう悪いことじゃない。闘うばっかりがえらいんじゃない〉と生き延びるために逃げ続けてきた自分の実感を伝えた。

こうした「逃げ」の意味については、作者自身によっても語られている。二〇一一年九月二七日に日本国際交流基金の主催の「Japanese Book News サロン　現代日本作家と語る」に角田光代が招聘され、『ツリーハウス』扱われた。作家と外国の翻訳者や将来翻訳をしたいと考える人が作品について語り合う場としてのそのサロンで、角田は「祖父母の世代は戦争に背を向けるというのは非情なる戦いであって、時代に対して抗う、逃げることが抗うことだったと思います。ただ、今の時代に逃げることがどういうことなのか。もしかして、不況だから、仕事がなくてしょうがないと言っているのも、今の時代から逃げてない、ただ流されているのかも」しれないと述べている。ここでの「逃げてない」というのは、積極的に逃げていないという意味である。そこで、角田はこの作品の創作動機も語った。一九九〇年にデビューしてから、現代の日常的な小さな物語を中心に描き、視野がどんどん狭くなってきた。彼女自身だけでなく、「日本の文芸界全体でも、小さなものに目を向ける傾向があり、そういう作品が読者に共感を呼びやすいから」と角田が指摘している。一方、「ただ増えすぎるとつまらないというか、日常をみんなで書いてどうするのだという気持ちになった」とも述べている。それゆえ、「日本の現在の文壇におけるある種の閉塞感から脱するために、その正反対の日常のところではない話を書きたい」と話した。確かに、終戦から六七年が経つ今、戦争の厳しさを実感していない若い世代には、戦争に関する感覚も鈍くなっている。「日本でこの時代のことを書くと、戦争を体験している七〇、八〇代の人が「こんなものじゃなかった」と言うから、書かなくなる。このままでは私より若い人はもっと書かなくなってしまうという思いがありました」と角田が明かしている。

作品の結末で、〈逃げてよかったんだって、あなたがた（筆者注：満州で二人を助けた料理屋の家族）に助けてもらってよかったんだって、こんなに長く生きて、はじめて思ったんです。何をした人生でもない、人の役にも立たなかった、それでも死なないでいた、生かされたんです〉と、祖母は祖父を失ってから出向いた中国で自身の人生に関する回答のようなものを語っている。さらに、同じ逃げていても私たちの時代の逃げると、あなたたちの「逃げる」は意味が違うと祖母が孫に言っているように、同じ「逃げる」といっても、祖父母は保身のため逃げているが、子供の世代の「逃げ」は、困難に立ち向かえない意識的な逃避の身の処し方といえよう。これについて、中国古代の兵法「三十六計走為上計」（三十六計逃げるに如かず）が想起される。不利な形勢に置かれている時、あれこれ思案することや戦うことよりも、逃げるのが得策であるということである。祖父母の「逃げ」は、積極的に生きていこうという行為であるのに対し、子供の「逃げ」は、困難に背を向けるという消極的な姿勢であり、強いて言えば自己破滅につながる行為である。つまり、「逃げる」という両義性のある生存の哲学が提示されており、角田が読者に積極的な「逃げる」という生き方をすべきではないかと訴えているといえよう。この「逃げ」の生き方について、「非生産的逃避」（初出『暮しの手帖』第4世紀55号、後『ベスト・エッセー2012』日本文藝家協会編）という角田の随筆にさらに語られている。「完璧に逃避できると、何かから逃避していることをすっかり忘れて、なぜそこにいるのか、なぜそれをしているのかわからないながら、何かたのしいという軽いトリップ感が味わえる」と、角田は「逃げ」の到達する最高の境地を敷衍している。

（早稲田大学大学院生）

「かなたの子」――母子未分に死生未分――　小林幸夫

子が生まれる。それは喜ばしい、明るい出来事である。だが、この明るさの周囲には常に〈闇〉がひっそりと控えており、生まれる、そして育つということは、案外、偶然のことであり一種の奇跡かもしれない――。こんな思いを惹起させる小説が、角田光代の「かなたの子」（「文學界」二〇一〇年三月）だ。

文江は夫真一の子を身籠ったが、その子は生まれる前に死んでしまった。八月《やつき》腹の中にいたということから流産したものと思われる。ここにある〈闇〉は、人間の統御が及ばない、いわば自然という〈闇〉である。つまり文江は、生まれることをめぐって存在する自然の〈闇〉に子を持っていかれてしまったのだ。

この、生まれる前に死んでしまった子の一方に、生まれてすぐ死んでしまう子がいる。文江が流産して二年の後に村で生まれた二人の子のうちの一人である。この村では、そのような子を「鬼に魅入られ食べられた」としている。この話に、隣り村から嫁いだ文江は不信を抱くが口には出さない。やがて文江は、その生まれてすぐに死んでしまう子が、「ひと思いにいらない子を消しているのだ」と気づく。間引きであったのだ。これは、生まれる前に死んでしまった子が自然の〈闇〉に拉し去られたのに対し、人為の〈闇〉に葬り去られた、と言える。

この、「鬼に魅入られ食べられた」子が間引きであると文江が知る瞬間に、この小説の第一の問題が明確なかたちをとって姿を現わす。子殺しの問題である。最初の子を身籠ったとき、文江は子を食べる鬼の話を聞き「おそろしい」と言うと、真一も義母も「うちはだいじょうぶ」と笑った。そして、鬼に食べられた子は、真一や義母が言ったとおり七人目の子であった。この二つの事象は、初めのうちの子は人為的に生かし、後の方の子は人為的に殺すというこの村の習慣を明示していたのだ。「子を食べる鬼の話」はこの村のひとつの知恵であった、と見てよい。人間の子殺しという殺人を、人間が手を出すことのできない鬼という超自然を持ち出して、それが食うという鬼の自然な仕業《しわざ》に転移し、人間による殺人を隠蔽し消去しようとする知恵である。悲しい知恵――、これを創出しなければ生きてゆけない人間の生きるということの難問《アポリア》がここに提出されている。

間引きという殺人行為は、傷ましくも衝撃的だ。そこには人間による人間の排除がある。この点に注目すると、私見では、〈間引きの系譜〉と呼ぶべきものが歴史的に存在し続けて来たと考える。子を遊女として売り、芸者置屋に売り、奉公人として出す。いずれも親が子を家から排除し、子の生を操作し、親が優先的に生きのびるという点において、間引きと同一なのである。親が子を直接殺さないためにその衝撃性は低いが、これらの子を売る行為は間引きと同根であり、これを間引きと同一の次元の問題として捉えないと、その非人間的な扱われ方における身体的・精神的な傷みは封印されてしまう。さらにこの〈間引きの系譜〉には、里子や、幼児のうちに出された養子・養女も含まれるのであり、貧困や家の都合によって歴史・社会が生みだしてきたシステム（慣習・制度）そのものを、間引きの線上にあるものとして見直さなければならない。

間引かれしゆゑに一生欠席する学校地獄のおとうとの椅子（『田園に死す』一九六五年）

寺山修司は、東北地方の貧困と土俗を背景にこう詠んだ。間引かれた弟は学校に行くことができない。ありうべき未来はすべて閉された。角田光代の小説「かなたの子」も、寺山のこの歌とともに、記憶に残さるべき間引きの、優れた文学である。

生まれて生きることは、自然の〈闇〉、人為の〈闇〉を突破することである。そして、自らにその力を持たない子にとっては、生まれて育つということは偶然であり、奇蹟である。では、その偶然と奇蹟の源である、〈生まれるということ〉とはどういうことなのか。これが、この小説が語りかけてくる第二の問題である。

文江は、真一や義母たちの、子が〈生まれるということ〉に対する考えについて、次のように思う。

このあたりの人たちは、生まれなかった子は次に生まれてくると信じている。けれど文江はそう思わない。死んだ子と、次に生まれてくる子は別の子なのに違いない。

文江は、村の人たちの考えである、生まれなかった子は次に生まれてくるということを否定し、腹の中にいた子の存在を肯定する。前者は習俗がもつ迷信と科学的知の対立の問題を提示しており、後者は〈生まれるということ〉をどう考えるかという問題を提起している。前者は、信仰や世界観の相違という大きな問題なのでひとまず置くとして、後者は生命の誕生とそれにともなう人権という今日的な問題であり、焦点がはっきりしているのでここで考えてみたい。

現在、人の誕生は、社会的には子が母体から外界へ出たときを以て認知している。従って、外界へ出る前に死んでしまった子は社会に存在しなかったことになる。たとえ、母の胎内にいるときすでに名前がつけられていたとしても――。しかし、人は、発生学的には精子と卵子が合体したときに誕生する。この発生学上の誕生は、認識上の知見に止《とど》まっていて、社会上の誕生のみが事実上機能している。さて、はたしてこれでよいのか。この問題をこの小説は突きつけてくるのである。フェミニズムの理論のなかには、産む性としての女という観念を否定して、精子と卵子の合体を以て誕生とし、産むのは男も女も産むのだ、という考え方がある。これは理論であり認識であるが、これを文江は、実感として生きている。ここに注目しないわけにはゆかない。

文江の実感では、とにかく八ヶ月、子は自分のなかに存在した。子の足が内側から腹を蹴るのも感じた。しかし、外界へ出る前に死んだこの子は、葬式もされずに先祖の墓に埋められ、名前をつけるな、墓参りをするな、菓子も玩具も供えるな、と言われた。にもかかわらず、文江は密かに如月と名づけ、隠れて墓参りをする。この行為には、子は誕生し、この世に存在したと考える文江の強固な認識が表出している。つまり、実感の思想に立てば、身籠ったことにおいて子は誕生しているのであり、母体から外界へ出ることを以て誕生とする社会上の認識は誤っていると言わねばならない。女性の実感を無視した社会上の規約としての誕生は、間引きと同様、生存者優先の〈生きるということ〉をめぐる都合のよい観念であることが、ここに暴露されているのである。

文江はこの二年後、再び身籠る。腹の蹴り方から、いま腹のなかにいる子は如月とは違うと確信する。そんなある夜、如月が夢に出てきて「くけど」にいると言う。その「くけど」が実際にある場所であると聞いた文江は、晴れわたった秋のある日、ふらりと家を出て「くけど」へ向かう。紙幣の他は何も持たず、列車を乗り継ぎ、翌朝、駅に着く。そこには彼女と同じように子に会いにゆく女たちが大勢いた。海に出、お椀のような船に乗り、洞窟に着き、中へ入ってゆく、すると、子どもの笑い声が聞こえるものの、如月の姿は見えない。そのうち水かさが増えてきて、「あたたかくやわらかい水」に漬かり「心地よさ」を感じながら、文江は次のように思う。

如月は自分ではないか。私はこれから生まれるのではないか。この腹に、かなしみやよろこびや、ねたみや、笑いや、くるしみや許しを詰め込んで、これから生まれていくのではないか。

ここには、母子未分と死生未分を感じている文江がいる。母も子も女の子宮のなかで同時に生まれ一緒に生きてゆくものであり、子が腹のなかで生まれるごとにその生成が繰り返される。こういう認識をこれらの言葉は表出している。実感の思想は理性による思想より強い。それを指し示すためにこそ、文学はある。

（上智大学教授）

『曾根崎心中』論——初の聖痕《スティグマ》をめぐるドラマ——

佐薙昌大

角田光代の「曾根崎心中」は、近松門左衛門の浄瑠璃「曾根崎心中」を原作とした翻案小説である。曽根崎新地にある天満屋の遊女である初と、醤油問屋平野屋の手代である徳兵衛はほとんど一目惚れに近いかたちで恋に落ちる。互いに結婚の約束を交わすが、徳兵衛に叔父の妻の姪との結婚話が持ち上がる。これを拒否した徳兵衛は叔父の逆鱗に触れてしまい、大坂の地を二度と踏むなと勘当を言い渡されてしまう。徳兵衛は継母のもとからやっとのことで持参金を取り戻すが、今度は親友であったはずの九平次にその金をまるまる騙し取られてしまう。それればかりか、偽判の罪まで着せられる始末である。行き場を失った徳兵衛は翌晩、とうとう覚悟を決め初のもとへと向かう。夜も更けた頃、二人は曽根崎新地を抜け出し、暗い曾根崎の森へと駆けて行く。そこで二人は来世でもまた結ばれることを約束し合う。そして、徳兵衛は初が持っていた剃刀を初の喉へと突き立てる……。

翻案のため物語の大筋はほぼ原作通りであるが、原作では徳兵衛の視点であったものを、角田は女性作家らしく初の視点から描き直している。そのため、原作には描かれていなかった初の過去、つまり初が遊廓の世界へ足を踏み入れてから、徳兵衛と出会うまでの過程が詳細に描き込まれている。はじめ初は、京都の島原にいた。その天神である青柳の禿として働いていたが、青柳の故意によって右内股に火傷を負わされる。その火傷がもとで、初は堂島新地の天満屋へと遣られてしまう。それは初自身が安くなったことを意味した。しかし、天満屋では島という遊女が初をたいへん可愛がった。初にとって、天満屋はとても居心地の良い場所であった。そして病によって島が去った後、初は徳兵衛と運命ともいえる出会いを果たすのである。

この角田の創作による挿話のなかで、もっとも重点の置かれている人物こそ、遊女島である。初にとって島は姐さんであると同時に、遊女としてのいろはを教えてくれる姉のような存在でもあった。また島は客のない夜などがあると、初を抱きしめて眠った。島の〈あたたかさ〉や〈やわらかさ〉は、初に安らかな眠りを与える。その意味で島は、母親のような存在であったともいえるだろう。しかし、〈島は最初に会ったときからうつくしかったが、何か、内側から強烈な光が発する〉存在でもあった。むろん、初にとって島は憧憬の的であったろう。しかし、これを単なる憧憬と言ってしまうことはできない。

というのも、この光は本作を読み解くうえでのひとつの鍵《キー》とも言えるのである。事実、この光を放つもうひとりの人物に徳兵衛がいる。生玉神社にほど近い茶屋に腰掛けていた初は、往来を行き交う大勢の人のなかから〈光に包まれるようにして、おもてを行き過ぎようとする徳兵衛の姿〉を見つけ出す。当然、原作にこのような描写はない。ここで角田は、徳兵衛にも島と同様の光を付与しているのである。しかしその二人が、物語内において顔を合わせることはない。では、島と徳兵衛とを結ぶ光とは一体何を意味するのだろうか。

初は新地の往来を歩く徳兵衛と目が合ったとき、初めて見るのにもかかわらず〈この人を知っている〉と直感する。その後、徳兵衛を客とした初は〈知っている顔だが知らない人だ、会ったことはない人だ〉と理解する。ひと目見ただけで〈知っている〉と〈わかって〉しまうカタチは、初がまだ幼い頃にお玉という遊女から聞かされた運命の人との出会いの構図そのものである。つまり初と徳兵衛は宿縁で結ばれた、いわゆる運命の人同士と言い換えることができるのだ。さらに初は〈長く細い爪で背中をすっと引っ搔かれた〉感覚を覚えている。ここに島の影を見出すことができる。この独特の感覚は、初が〈まだ見習いのころ、島が酔っぱらってふざけてよくやった〉行為であった。ここで注目すべきは、このとき島がすでに〈老いた両親やきょうだいに疎まれながら死ん〉だ後であると読むことのできる点である。ならば徳兵衛の放った光は、島の宿縁を照らしだす光源ではなかったたか。

ここでもうひとつの原作との差異である、初の火傷の傷について言及しておかねばならない。はじめてそれを見た〈徳兵衛は指先でやさしく傷を撫で、姐さんの言ったとおり、きれいやとうっとりとささやいて、身をかがめて傷を舐めた〉。ここにも島の影が見え隠れする。島は初の傷を見つけたとき、運命の人が〈きっとあんたの傷をきれいやと言うてくれる〉、〈それまで、ほかの男には見せたらあかんよ〉と教える。そのとき、島の目に初の傷は聖痕《スティグマ》として映ったのではなかろうか。事実島の体には、初のような傷はおろか心中立ての痕さえも見られない。島は遊女として〈美しい〉。それに比べ初は聖痕《スティグマ》によって遊女としての〈美し〉さ、つまり太夫になる資格を奪われている。だがその代償として、運命の人と結ばれるという一種の聖性が約束されるのである。言い換えれば、島はその〈美し〉さゆえに運命の人と巡り会うことさえ許されない存在なのである。ゆえに島は初を聖なる存在へと導くために、徳兵衛に姿を変えて初の前へと示現した。徳兵衛の口にした〈きれいや〉は、島の願望をあらわす合図であった。この初と徳兵衛の出会いは、島の願望が二重に写された一種神秘的なロマンであったのだ。

しかし島の死は徳兵衛の生まれた後の出来事である。いくら島が徳兵衛に姿を変えて示現したといっても、徳兵衛には初と出会うに至る過去が存在するはずである。一度死んだ人間がまた新たな生命として生まれてくるという一般的な転生の構図が、島のそれにはあてはまらない。

再度、徳兵衛に焦点をあててみよう。徳兵衛の過去は、物語中幾度となく語られるが、それらはすべて初の伝聞もしくは、徳兵衛自身の語りによる。つまり作中で語られる徳兵衛の過去の内実は、徳兵衛のみぞ知るというわけだ。不遇の幼少期を過ごしたことにも、九平次が旧来の友人であることにも、また九平次に騙されたことにも、何ら確証は得られない。この事実は、それらすべてが徳兵衛の騙りであることを暗に示す。この徳兵衛の過去語り（騙り）は、島との共通点とも相まって、徳兵衛の非人間性をより一層強める働きを担う。むろん非人間というのは、近世に見られた階級制度のことを指すのではない。つまり生まれてから今までの過去そのものを持たない徳兵衛は、無念を抱えた島の魂が姿を変えた、いわば霊の化身だったのである。

この転生示現の構図は、能のそれとよく似ている。そもそも能の多くは、非人間（鬼、亡霊、獅子、杜若《かきつばた》など）と、人間（僧侶、山伏、漁師など）とが織りなす夢幻のドラマである。梅原猛氏も『地獄の思想』（中公新書、67・6・26）のなかで、〈能はけっして勧善懲悪の劇ではなく、むしろ救われざる霊のウメキの劇である〉と指摘している。つまり本作を能として読むことはいささか難しいが、物語内に能的主題を見出すことは十分に可能といえよう。つまり角田の「曾根崎心中」は、初の聖痕《スティグマ》をめぐる〈救われざる〉島の〈霊のウメキ〉のドラマであったのだ。

物語の末尾において、初と徳兵衛は互いのくちびるをなぞり合う。この仕草は男女間の接吻というよりも、両者の黙契を連想させる。また原作では徳兵衛自身の持ち物であった脇差しで初の喉笛を切るのに対し、角田作品ではその道具が初の剃刀に変更されている。初はその黙契によって照らし出される来世への回向のため、自らの剃刀に自らの手を添えて命を絶つ。これは心中死であると同時に、変形された自殺でもある。初はこの死に様によって、今世（物語自体）に大きな聖痕《スティグマ》を刻みつける。二人が幸せに結ばれる、来世へつながる聖痕《スティグマ》を、克明に刻みつけるのである。

（近畿大学大学院生）

『紙の月』――構成が支える「基準」――竹内清己

人がひとり、世界から姿を消すことなんてかんたんなのではないか。（傍点竹内、以下同じ）

タイのチェンマイに着いて数日後、梅澤梨花は漠然と考えるようになった。

プロローグは、改行された二行から書き出される。その鮮烈な印象の中心「姿を消す」を、「姿を消す、といっても死ぬのではない、完璧に行方をくらます、ということだ。」と引き取って、「そんなことは無理だろうとずっと思っていた。思いながらこの町までやってきた。」と続ける。「思っていた→思いながら」の引き取りを構成して。こうした文章構成が支えたものは何か。まずその問いが問われる。私には江藤淳がかつてこの作家に与えた、「社会現象の注釈として読むことはできるけれども、独立した文学作品という基準を当てはめていくと、もうちょっとプロになっていただきたいといいたくなる」という注文（評言）が想起される。一九九六年「群像」の創作合評で『真昼の花』について富岡多恵子が「主人公の女性が、日本を出て海外を放浪しています。これは、具体的な地名とか都市名が全く出てこないのですが、東南アジア、あるいはインドでしょうか、（中略）旅立ちの理由づけの一つが、この兄の失踪にかかわっているようです」と口火を切って、江藤がリアリティを支える「距離感」や「自己嫌悪」の所在を認めながらも、「表現しているんじゃないですよ。出ちゃっている。そこが問題なんですよ。だから、」と先の注文を行った。それが、二〇一二年三月角川春樹事務所刊行の『紙の月』で、帯書きに「あまりにもスリリングで狂おしいまでに切実な、角田光代、待望の長編小説」と銘打たれた、「タイのチェンマイ」と地名・都市名を明示し、「わかば銀行から契約社員・梅沢梨花（41歳）が1億円を横領した。梨花は海外へ逃亡する。」（帯書き）という旅立ちの理由づけがある本作で、江藤の言う「表現」していること、独立した文学作品という「基準」を当てはめて「プロ」になっているかどうかということが問われる。

その「表現」は構成を伴う。続いて、「若い欧米人カップルが露天の店先でTシャツを物色している」とあって、「が↓いる」が、日本人らしき女の子たちが↓選んでいる、中国人らしき団体客が↓飛ばしている、巻きスカートをはいた中年女が↓詰めてもらっている、渋谷あたりにいても不思議はないような格好の地元の女の子が↓歩いている、と「が↓いる」の連鎖は、スパイスと油とタイ米のにおいが↓漂っている、と続いて、「あの都市で、姿を消すことは不可能なように梨花には思えた」が「バンコクよりももっと猥雑で、陰影が濃いように梨花には思える」「その陰影に、観光客でも地元住民でもない人々が、息を潜め佇んでいるように、梨花には思える」と、「思えた↓思える」の引き取りがなされ、「人々」を、「あまりにも長く旅をしすぎて、帰れなくなった人々」「安価なドラッグを摂取しすぎて、現実と幻の区別がつかなくなった人々」「帰る場所を失った人々」「事情があって逃げてきた人々」と羅列して、バザールを歩きまわる方が「だれにも見つからない確信」が「だれにも見つからないという確信を持って歩いている」と反復されて、「なんでもできる」「どこへもいける」「ほしいものはみな手に入る」、いや、「ほしいものはすべて、すでにこの手のなかにある」という無限可能が劈頭のイデーを保証する。「以前とは比べものにならないほど馬鹿でかかった」という「今の気分」を引き出す。

しかし末尾は、「それで梨花は不思議に思う。私は何かを得て、こんな気分になっているのか。それとも、何かを失って、こんな気分になれたのか。」という問いで閉じられる。「思う」梨花の「不思議」は、「何か」の「得」と「失」の反対概念の闇を引き出す。「スリリング」な「狂」の「切実」が、プロットの展開を用意する。

六章より成る本作は主人公と主人公を照らす三人の男女を掲げて展開する。第一章は、岡崎木綿子・梅澤梨花・山田和貴・梅澤梨花・中條亜紀の順。「朝刊から抜き取ったチラシ類をテーブルに広げ、異なるスーパーマーケットのチラシをつき合わせ、岡崎木綿子は赤ペンを手に、特売品の値を比較していく。」と始まる「中学・高校時代のクラスメイト」の木綿子から、「バンコクに着いて数日、梨花は、飛行場の案内所で紹介された、サイアム・スクエアにほど近いホテルに泊まっていた。」の梨花、「東京近郊の銀行から大金を横領した女の素性が一般公開されたとき、梅澤梨花というその指名手配犯が、自分の知っている垣本梨花だとは、最初山田和貴は思わなかった。」と始まる大学時代に恋愛、結婚にすすむこともありえた和貴、「デパートの上階にある書店で買ったガイドブックで、タイはもうすぐ雨期なのだと梨花は知る。」の梨花、「待ち合わせまで三十分あった。先に喫茶店にいっていようかと思いながら、中條亜紀はデパートに向けて歩きだしている。」と始まる短大卒の梨花と同じ大学の四年制を出て料理教室で知り合った亜紀から、事件の波紋がえぐられる。以下子細は追わない。

多彩なモチーフの二、三に触れる。世紀末。第二章「垣本梨花は一八九六年、二十五歳のときに、二歳年上の梅澤正文と結婚した。」と始まる年代、年齢から新世紀の最初の二〇〇一年が事件発覚の年。犯行が営まれたのが世紀末であることの意味。第五章使い込みの主因たる平林光太の言った「花火の向こうに月がある」と梨花の「たしかに切った爪のように細い月がかかっていた。花火があがるとそれは隠され、花火の光が吸いこまれるように消えるとそろそろと姿をあらわした。」という受け止めの象徴性。花火は燃える紙（証書とも偽証書ともなる）、その向こうのに金色銀色の細い月がある。また、光太の言う「一九九九年の七月に、世界が終わっちゃうて」のノストラダムスの予言が世紀末を彩る。

日々の生活の危さ。光太の最後の言葉、「梨花さん、ごめん、おれ、ここから出て行きたい」。その「道に迷って不安に押しつぶされそうな、ちいさな子どものような声」、これに応じた梨花の「ここ、ってどこ」のつぶやき。それは第六章の結末の梨花と亜紀の言葉で受け取られる。ラストの梨花は、プロローグのほとんどワープロ原稿のコピーかそのわずかなアレンジかと思われる文章構成に守られながらも、しかし世界から「姿を消す」イデーが「見つけて。だれか私のしていることを暴いて。」の心の叫びとなって、進むことも戻ることもできず、男のパスポートの提示に応じて、聞く自分のつぶやきは、「かつて愛した男が言ったのと同じ言葉」「私をここから連れ出してください」だった。しかしここで終わらず、なぜ中條亜紀をラストに置いたか。その理由の一つ。七年前離婚して父方に引き取られた十二歳の娘沙織に見た「別れた夫に対する優越感」を打ち砕くような態度。窓ガラスに薄く映る自分自身。マンションまでの五分に感じる「親とはぐれ、知らない町で迷子になったような気分」は、梨花の最後の「ここから連れ出して」に重なる。「なんで涙なんか、と思いながら亜紀は、頬を伝い顎に滴る涙を拭くこともせず、帰ろう、帰ろうとくり返しながら必死に歩いた。」で全編は閉じられる。

ここでなぜ女の敗北なのだろうか。ここで私には二〇〇四年『対岸の彼女』の直木賞選後評が浮かぶ。林真理子の「女たちは非常に生きにくいという現実を踏えながらもこの小説には救いがある」の女の生きにくさ、五木寛之の「生きるためには、誰しも生きる意味を必要とする」の生きる意味、田辺聖子の「読者も生きる力を与えられ、読後感は爽やか」の生きる力が問われる。逆に男たちはどうか。一九九〇年文壇デビュー作『幸福な遊戯』の「海燕」新人文学賞選評での小久保英夫の「そういう女主人公の性や恋愛への態度に、男二人が揃って希薄に対応している」「そのため作品の運びが「私」に都合よく、男たちの像が淡くなってしまう」といった男の描き方の「希薄」を払拭できているかどうかも、「基準」に関わるところだろう。

（東洋大学名誉教授）

角田光代　主要参考文献

岡崎晃帆

雑誌特集

「特集　角田光代」（「文芸」05・2）
「特集　角田光代—明日に向かって歩くのだ」（「ユリイカ」11・5）

論文・評論

石川忠司「角田光代論—「共同体」と「小説」の間で」（「新潮」98・8→『文学再生計画』河出書房新社、00・3）
矢澤美佐紀「「労働」と女性文学—佐多稲子・角田光代・絲山秋子を手がかりに」（「社会文学」07・2）
有賀葉子「『八日目の蟬』—主題と構成」（「公評」08・4）
桑原隆行「読者という立場—ジョルジュ・サンドと角田光代を読む」（「福岡大学研究部論集」08・11）
江南亜美子「安っぽい「物語」を拒絶する身振り—『マザコン』を読む」（「ユリイカ」08・12）
飯田祐子「〈貧困〉におけるアイデンティティ—『エコノミカル・パレス』、佐藤友哉『灰色のダイエットコカコーラ』を通して考える」（「日本近代文学」09・1）
白石　梓「角田光代に関する書誌」（「文献探索」09・6）
石島亜由美「「空っぽのがらんどう」の発現—『八日目の蟬』」（「Rim」11・9）

書評・解説・その他

高橋英夫・三木卓・夫馬基彦「〈創作合評〉「無愁天使」」（「群像」91・10）
岩橋邦枝・リービ英雄・川村湊「〈創作合評〉「ゆうべの神様」」（「群像」92・12）
中野孝次・田久保英夫・富岡幸一郎「〈創作合評〉「ピンク・バス」」（「群像」93・7）
千石英世「〈今月の文芸書〉「ピンク・バス」」（「文学界」93・10）
高野庸一「〈すばるBook Garden〉『ピンク・バス』」（「すばる」93・11）
秋山駿・高橋英夫・吉目木晴彦「〈創作合評〉「もう1つの扉」」（「群像」93・12）
青野聡・津島佑子・島田雅彦「〈創作合評〉「まどろむ夜のUFO」」（「群像」94・4）
三枝和子・金井美恵子・高橋源一郎「〈創作合評〉「夜

かかる虹」」（「群像」94・12）
芳川泰久「〈すばる Book Garden〉『学校の青空』」（「すばる」96・1）
田久保英夫・江藤淳・富岡幸一郎「〈創作合評〉「真昼の花」」（「群像」96・1）
清水良典「〈すばる Book Garden〉『まどろむ夜のUFO』」（「すばる」96・4）
三木卓・井口時男・島田雅彦「〈創作合評〉「草の巣」」（「群像」97・7）
荒川洋治「『カップリング・ノー・チューニング』」（「朝日新聞」97・10・19）
切通理作「〈BOOK 書き出し批評〉『草の巣』」（「鳩よ！」98・5）
岡松和夫・坂上弘・井口時男「〈創作合評〉「かかとのしたの空」」（「群像」98・8）
石川忠司「〈すばる Book Garden〉『みどりの月』」（「すばる」98・12）
イッセー尾形「〈週刊図書館〉『みどりの月』」（「週刊朝日」99・1・15）
雨矢ふみえ「情欲を飼いならす『みどりの月』」（「図書新聞」99・2・06）
石川忠司「〈中公読書室〉『キッドナップ・ツアー』」（「中央公論」99・3）
高橋英夫・千石英世・藤沢周「〈創作合評〉「東京ゲスト・ハウス」」（「群像」99・9）
永江朗「〈書評〉ブックファイル'80s→'90s『みどりの月』」（『ブンガクだJ！―不良のための小説案内』イーハトーヴ、99・12）
芳川泰久「〈すばる Book Garden〉『東京ゲスト・ハウス』」（「すばる」00・1）
佐藤泉「帰還不可能の希薄な旅『東京ゲスト・ハウス』」（「週刊読書人」00・1・14）
池田雄一「リアリティーのつぼ『地上八階の海』」（「群像」00・3）
朝山実「〈週刊図書館〉『地上八階の海』」（「週刊朝日」00・3・10）
清水良典「『地上八階の海』漂泊する二人の「私」」（「朝日新聞」00・3・19）
陣野俊史「〈本〉『地上八階の海』」（「新潮」00・4）
榎本正樹「〝言葉を探す旅〟の継承『菊葉荘の幽霊たち』」（「週刊読書人」00・5・12）
永江朗「『あしたはうんと遠くへいこう』」（「朝日新聞」01・11・11）
細貝さやか「〈Books〉『あしたはうんと遠くへいこ

う』」（「COSMOPOLITAN」02・1）
高井有一・青野聰・富岡幸一郎「〈創作合評〉「エコノミカル・パレス」」（「群像」02・7）
神山修一「新しい共同体の創造に期待『エコノミカル・パレス』」（「週刊読書人」02・11・29）
榎本正樹「〈物語を探しに　新刊小説Review&Interview〉『エコノミカル・パレス』『空中庭園』」（「小説現代」02・12）
玉岡かおる「〈本〉『エコノミカル・パレス』」（「新潮」03・1）
鹿島田真希「都市に操られる共同体＝家族『空中庭園』」（「週刊読書人」03・1・17）
雨矢ふみえ「実用性から隔てられた空間『空中庭園』」（「図書新聞」03・1・25）
北嶋泰名「〈カルチャー大学批評学部　ブック&コミック〉『空中庭園』」（「SPA!」03・1・28）
石田衣良「〈中公読書室〉『空中庭園』」（「中央公論」03・3）
有吉玉青「〈文春図書館 今週の3冊〉『愛がなんだ』」（「週刊文春」03・4・24）
川本三郎「〈言葉のなかに風景が立ち上がる 2〉マンションとショッピング・モールの郊外―『空中庭園』」（「芸術新潮」04・2→『言葉のなかに風景が立ち上がる』新潮社、06・12）
藤田香織「〈Book　今週のこの1冊〉『トリップ』」（「Hanako」04・3・24）
伊藤氏貴「閉塞感に細い空気穴を通す『トリップ』」（「週刊読書人」04・4・02）
藤田香織「〈潮ライブラリー　今月の書評〉『トリップ』」（「潮」04・5）
長嶋　有「〈文春図書館　今週の3冊〉『太陽と毒ぐも』」（「週刊文春」04・6・24）
鴻巣友季子「『太陽と毒ぐも』」（「朝日新聞」04・7・06→『本の寄り道』河出書房新社、11・10）
池上冬樹「『太陽と毒ぐも』」（「朝日新聞」04・8・08）
滝井朝世「〈Books　CREA　BOOK　HUNT〉『太陽と毒ぐも』」（「CREA」04・9）
堂垣園江「どうだっていいじゃん『庭の桜、隣の犬』」（「群像」04・11）
後藤聡子「曖昧なひりひり感を描く『庭の桜、隣の犬』」（「週刊読書人」04・11・12）
清水良典「〈Book　Review〉『庭の桜、隣の犬』」（「論座」04・12）
江南亜美子「〈すばる文学カフェ　本〉『庭の桜、隣の

犬』」(「すばる」04・12)
蜂飼　耳「〈季刊ブックレビュー〉『庭の桜、隣の犬』」(「小説TRIPPER」04・12)
藤田香織「〈旬の本　この本!〉『対岸の彼女』」(「ダカーポ」04・12・15)
香山リカ「〈POSTブック・ワンダーランド　この人に訊け〉『庭の桜、隣の犬』」(「週刊ポスト」04・12・17)
伊集院敬子「〈Book〉『庭の桜、隣の犬』」(「TOKIO STYLE」05・1)
山崎浩一「〈MEDIA WATCHING〉『対岸の彼女』」(「DIME」05・1・05)
藤田香織「〈今年最高!　の本　日本の小説〉『対岸の彼女』」(「ダカーポ」05・1・19)
蜂飼　耳「心を守り合う女たち『対岸の彼女』」(「群像」05・2)
斎藤美奈子「〈文芸予報〉『対岸の彼女』」(「週刊朝日」05・2・04→『文芸誤報』朝日新聞出版、08・11)
野崎　歓「〈Book Review〉『対岸の彼女』」(「論座」05・3)
猪野　辰「〈TURNING PAGES〉『対岸の彼女』」(「Switch」05・3)
阿古真理「〈中公読書室〉『対岸の彼女』」(「中央公論」05・4)
関口苑生「〈本のエッセンス〉『対岸の彼女』」(「現代」05・4)
生田紗代「〈本に恋する〉『この本が、世界に存在することに』」(「群像」05・8)
原　良枝「友だち幻想―『対岸の彼女』」(『彼女の場合―神奈川・文学のヒロイン紀行』かまくら春秋社、06・1)
内田真由美「ニートのための小説ガイド　2002『エコノミカル・パレス』」(「ユリイカ」06・2)
藤田香織「〈Books　藤田香織さんの今月の1冊〉『Presents』」(「Saita」06・2)
滝井朝世「〈からだにいいことカフェ　本・DVD〉『Presents』」(「からだにいいこと」06・3)
蜂飼　耳「〈現代ライブラリー〉『おやすみ、こわい夢を見ないように』」(「週刊現代」06・3・11)
野口亜希子「〈おもしろい本が読みたい〉『おやすみ、こわい夢を見ないように』」(「ウフ.」06・4)
穂村　弘「〈文春　BOOK　倶楽部〉『おやすみ、こわい夢を見ないように』」(「文芸春秋」06・5)
鴻巣友季子「『ドラママチ』」(「朝日新聞」06・7・19→『本の寄り道』河出書房新社、11・10)
川本三郎「〈ポスト・ブック・レビュー　この人に訊け〉

『ドラママチ』」（「週刊ポスト」06・8・25）
藤田香織「〈BOOK & ENTERTAINMENT 藤田香織さんの"今月のサプリ本"〉『ドラママチ』」（「Saita」06・9）
岡崎武志「〈サンデーらいぶらりぃ　1冊の本〉『夜をゆく飛行機』」（「サンデー毎日」06・9・03）
米山　啓「〈おもしろい本が読みたい〉『夜をゆく飛行機』」（「ウフ.」06・10）
永江　朗「〈中公読書室〉『夜をゆく飛行機』」（「中央公論」06・10）
藤谷　治「〈文春図書館　今週の3冊〉『薄闇シルエット』」（「週刊文春」07・1・25）
鴻巣友季子「『八日目の蟬』」（「文芸」07・5→『本の寄り道』河出書房新社、11・10）
香山リカ「〈現代ライブラリー〉『八日目の蟬』」（「週刊現代」07・5・12）
日比勝敏「「いま／ここ」の瞬間を生き抜くことで紡がれる「私」の物語『八日目の蟬』」（「図書新聞」07・5・19）
青柳いづみこ「〈サンデーらいぶらりぃ　1冊の本〉『八日目の蟬』」（「サンデー毎日」07・5・20）
滝井朝世「〈おもしろい本が読みたい〉『八日目の蟬』」（「ウフ.」07・6）
麻木久仁子「〈文春　BOOK　倶楽部〉『八日目の蟬』」（「文芸春秋」07・6）
中村文則「〈文学界図書室〉『八日目の蟬』」（「文学界」07・6）
日比勝敏「〈すばる文学カフェ　本〉『八日目の蟬』」（「すばる」07・6）
仲俣暁生「〈季刊ブックレビュー〉『八日目の蟬』」（「小説TRIPPER」07・6）
水牛健太郎「存在の黒、救済の緑『ロック母』」（「群像」07・8）
斎藤美奈子「〈本〉『ロック母』」（「新潮」07・9）
川上弘美「『草の巣』」（『大好きな本―川上弘美書評集』朝日新聞社、07・9）
北尾トロ「〈読んでおくべき／おすすめの短篇小説50　外国と日本〉「旅する本」」（「国文学」07・10）
鴻巣友季子「〈週刊図書館〉『予定日はジミー・ペイジ』」（「週刊朝日」07・10・05）
林あまり「〈現代ライブラリー〉『予定日はジミー・ペイジ』」（「週刊現代」07・10・06）
東　直子「妊婦が背負う孤独の匂い『予定日はジミー・ペイジ』」（「週刊読書人」07・10・19）
古屋美登里「〈サンデーらいぶらりぃ　1冊の本〉『予定日

はジミー・ペイジ』」（「サンデー毎日」07・10・21）
永江　朗　「〈本バカにつける薬　ベストセラーの正体〉『三面記事小説』」（「週刊アサヒ芸能」07・11・15）
江南亜美子　「〈すばる文学カフェ　本〉『マザコン』」（「すばる」07・12）
山岡頼弘　「罪と愛へのレクイエム『三面記事小説』」（「群像」07・12）
与那覇恵子　「人間の心の闇を捉える『三面記事小説』」（「週刊読書人」07・12・07）
山﨑眞紀子　「繊細で複雑な母への感情『マザコン』」（「週刊読書人」07・12・21）
米田郷之　「〈おもしろい本が読みたい〉『三面記事小説』」（「ウフ.」08・1）
高橋源一郎　「〈旬の文学　噂の1冊を読む〉『三面記事小説』」（「BRIO」08・2）
豊﨑由美　「〈帝王切開金の斧〉『八日目の蝉』」（「TVBros.」08・3・15）
田中弥生　「〈文学界図書室〉『福袋』」（「文学界」08・5）
朝比奈あすか　「唐突に出会う、唐突に気づく『福袋』」（「群像」08・5）
清原康正　「〈新世紀文学館〉『福袋』『マザコン』」（「新刊展望」08・5）
清水ミチコ　「〈Show Biz 24h　とっておきBOOK〉『八日目の蝉』」（「GOETHE」08・8）
井上荒野　「〈本を読む〉『三月の招待状』」（「青春と読書」08・9）
香山リカ　「〈現代ライブラリー〉『三月の招待状』」（「週刊現代」08・10・04）
八木寧子　「十全には届かない友情と、未遂に終わる恋愛『三月の招待状』」（「図書新聞」08・10・18）
阿刀田高　「『三月の招待状』辛いこともあるが最後はノホホンと」（「朝日新聞」08・10・26）
田中弥生　「〈季刊ブックレビュー〉『三月の招待状』」（「小説TRIPPER」08・12）
榎本正樹　「〈現代ライブラリー〉『森に眠る魚』」（「週刊現代」09・1・17）
高橋源一郎　「〈旬の文学　噂の1冊を読む〉『三月の招待状』」（「BRIO」09・2）
豊﨑由美　「〈トヨザキ社長の読む？　読めば!?　読んどけや！〉『森に眠る魚』」（「DIME」09・2・17）
富岡幸一郎　「〈潮ライブラリー　今月の書評〉『森に眠る魚』」（「潮」09・3）
山崎まどか　「時代の終わりと恋の終焉が交錯する物語『くまちゃん』」（「波」09・4）

大崎善生・児玉清「小説のウソを上手に楽しんでほしい」（『児玉清の「あの作家に会いたい」―人と作品をめぐる25の対話』PHP研究所、09・7）
豊崎由美「〈感動したい！　フィガロの読書案内202冊〉『森に眠る魚』」（「FIGARO japon」09・12・20）
青柳いづみこ「〈サンデーらいぶらりぃ　1冊の本〉『ひそやかな花園』」（「サンデー毎日」10・8・08）
鴻巣友季子「〈ポスト・ブック・レビュー　この人に訊け〉『ひそやかな花園』」（「週刊ポスト」10・8・13↓『本の寄り道』河出書房新社、11・10）
大寺　明「〈復活しました！　百人書評〉『八日目の蟬』」（「ダ・ヴィンチ」10・9）
榎本正樹「〈物語を探しに　新刊小説Review&Interview〉『ひそやかな花園』」（「小説現代」10・9）
平松洋子「『ひそやかな花園』　生の全肯定、あまねく降り注いで」（「朝日新聞」10・9・05）
井上荒野「〈現代ライブラリー　日本一の書評〉『ひそやかな花園』」（「週刊現代」10・9・11）
東えりか「〈新刊を読む〉『ツリーハウス』を読んで」（「本の話」10・10）
島本理生「〈文学界図書室〉『ひそやかな花園』」（「文学界」10・10）
榎本正樹「〈プレイヤード・本〉『ひそやかな花園』」（「すばる」10・10）
栗田有起「孤独の先にあるもの『ひそやかな花園』」（「群像」10・10）
石飛伽能「〈AERIAL BOOK〉『なくしたものたちの国』」（「AERA」10・10・25）
鴻巣友季子「〈文春図書館　今週の必読〉『ツリーハウス』」（「週刊文春」10・11・04↓『本の寄り道』河出書房新社、11・10）
中村文則「〈現代ライブラリー　日本一の書評〉『ツリーハウス』」（「週刊現代」10・11・20）
市川真人・江南亜美子「〈ひと足早いこれだけは読んでおきたいブックガイド2010　日本文学篇〉『ひそやかな花園』」（「文芸」10・11）
川本三郎「〈季刊ブッククレビュー〉『ツリーハウス』」（「小説TRIPPER」10・12）
重松　清「〈文春BOOK倶楽部〉『ツリーハウス』」（「文芸春秋」10・12）
榎本正樹「〈文学界図書室〉『ツリーハウス』」（「文学界」10・12）
岩宮恵子「生きる熱源としての「記憶」と「秘密」『ひそやかな花園』」（「新潮」10・12）

与那覇恵子「昭和と平成の「記憶」の再構築『ツリーハウス』」(「週刊読書人」10・12・10)
野崎　歓「〈本〉「暮らし」をつなぎとめる小説『ツリーハウス』」(「新潮」11・1)
八木寧子「不鮮明で古びた写真のような記憶から、現在が鮮やかに照射される『ツリーハウス』」(「図書新聞」11・2・05)
榎本正樹「〈新刊小説 Review「物語を探しに」特別版〉『ツリーハウス』」(「小説現代」11・3)
鴻巣友季子「〈季刊クロスレビュー〉『ツリーハウス』」(「小説 TRIPPER」11・3)
小川洋子「『対岸の彼女』―対照的な二人の労働を通した成長」(『みんなの図書室』PHP 研究所、11・12)
榎本正樹「〈文春図書館　今週の必読〉『かなたの子』」(「週刊文春」11・12・29)
鴻巣友季子「〈ポスト・ブック・レビュー　この人に訊け〉『かなたの子』」(「週刊ポスト」12・1・27)
香山リカ「〈現代ライブラリー　日本一の書評〉『曾根崎心中』」(「週刊現代」12・1・28)
石川直樹「『曾根崎心中』恋によって瞬く生の凄まじさ」(「朝日新聞」12・2・05)
池内　紀「〈サンデーらいぶらりぃ　読書の部屋〉『曾根崎心中』」(「サンデー毎日」12・2・26)
春日武彦「〈文学界図書室〉『かなたの子』」(「文学界」12・3)
安藤礼二「子供たちの死霊の岩屋で『かなたの子』」(「群像」12・3)
伊藤氏貴「〈きんようぶんか　本〉『曽根崎心中』」(「週刊金曜日」12・3・16)
加藤　泉「〈TEMPO　ブックス〉『紙の月』」(「週刊新潮」12・5・17)

対談

島田雅彦・町田康「われらの小説」(「群像」98・2)
森　絵都「私たちが書く十代の物語」(「新刊展望」98・10)
石川忠司「心のリアリズム」(「早稲田文学」98・11)
鈴木清剛「J文学・作家的生活　すべての河を下れ」(「文芸」99・8)
星野智幸「新世代小説家に注目せよ！ Dialogue」(「STAGE」01・7)
唯川　恵「ふたりで暮らす。一人で生きる」(「青春と読書」03・1)
川上弘美「必ずフラれるモテ男の物語」(「波」03・12)

岡崎武志「「新しい」古本の楽しみ方、「新しい」古本の買い方」（「I feel」04・2→『雑談王—岡崎武志バラエティ・ブック』晶文社、08・9）
恩田　陸「みんな、子どもの頃から書いていた」（「本とコンピュータ」04・6）
長嶋　有「本好きの皆さん、「ブックハンティング」の季節です！」（「BRUTUS」04・7・01）
森　絵都「「30代女性作家」が描く〝私たちの気持ち〟」（「Grazia」05・3）
井上荒野「〈祝直木賞受賞対談〉小説家が道徳にたちむかうとき」（「小説現代」05・3）
長嶋　有「〈受賞記念対談〉通じない言葉のいとおしさ」（「オール読物」05・3）
林真理子「マリコのここまで聞いていいのかな」（「週刊朝日」05・3・18）
藤野千夜「私たちのデビューから現在まで」（「新刊展望」05・4）
桐野夏生「〈文春図書館特別篇〉作家の中央線的日常」（「週刊文春」05・5・12）
酒井順子「初顔合わせ「同学年女子」対談」（「小説宝石」05・6）
石田衣良「出会い、そして」（「小説宝石」05・7）
阿部和重「受賞記念対談」（『阿部和重対談集』講談社、05・7）
穂村　弘「幸福の在処」（「小説宝石」05・8）
いしいしんじ・島本理生「読んでいる時間の特別さ」（「波」05・9）
Patrick Harlan・品川裕香訳「パックン対談」（「AERA」05・10・01）
小泉今日子「娘が母を受け入れるとき　映画『空中庭園』」（「婦人公論」05・10・07）
重松　清「〈重松清の部屋〉角田光代の開国前夜」（「WB」05・11）
吉田修一「小説の神様は全然降りてこない」（「文芸」05・11）
江原啓之「人生には必要なことしかやってこない」（「青春と読書」05・12）
青山七恵「〈文芸賞受賞特別対談〉触れること、触れえないことのもどかしさ」（「文芸」06・2）
桐野夏生「〈『おやすみ、こわい夢を見ないように』刊行記念対談〉日常から非日常への扉とは？」（「波」06・2）
伊集院静「新人だった頃」（「小説現代」06・8）
三浦しをん・森絵都「〈受賞記念鼎談〉創作動機は薄っぺらな価値観への怒り、です！」（「オール読物」06・9）

島本理生　「「小説家」という毎日」（「IN・POCKET」07・1）
高野秀行　「〈『庭の桜、隣の犬』『あしたはアルプスを歩こう』刊行〉旅好き作家のユニーク・トーク」（「IN・POCKET」07・9→『辺境の旅はゾウにかぎる』本の雑誌社、08・6）
桜庭一樹　「読書、あるいは優雅なる孤独」（「別冊文芸春秋」08・1・01）
中島京子　「平成家族はどこ行く」（「青春と読書」08・3）
阿川佐和子　「阿川佐和子のこの人に会いたい」（「週刊文春」08・11・20→『阿川佐和子の会えばドキドキ』文芸春秋、09・11）
天埜裕文　「〈第32回すばる文学賞受賞記念対談〉「携帯」によって生み出された重厚な文学」（「青春と読書」09・1）
山本文緒・唯川恵　「〈女性作家今昔〉女性作家の頭の中」（「小説新潮」09・3）
村上もとか　「物語の学校」（「小説現代」09・3）
穂村　弘　「恋することと、恋について語ることと、恋が終わってから語ること」（「文芸」09・5）
いしいしんじ「物語の、生まれるところ」（「PHPスペシャル」10・8）
松尾たいこ　「〈『なくしたものたちの国』刊行記念スペシャル対談〉絵と小説、ふたつがつくる世界のこと」（「小説すばる」10・11）
松田哲夫　「〈松田哲夫の著者の魅力にズームアップ！〉『ツリーハウス』」（「新刊ニュース」11・2）
江国香織　「〈新刊小説Review「物語を探しに」特別版〉『ツリーハウス』」（「小説現代」11・3）
永作博美　「40代からが女の人生の本番です　映画『八日目の蝉』」（「婦人公論」11・4・22）
小島慶子　「角田さんの小説、夢中で読んで泣いちゃいましたよ」（「オール読物」12・1）

インタビュー

松浦　泉　「今月のひと」（「すばる」94・1）
芳川泰久　「物語に潜む異和をめぐって」（「すばる」97・2）
朝山　実　「〈旬の作家にインタビュー〉創作のおしゃべり」（「小説宝石」99・4）
――「これしかないという言葉で自分を満たしたい。『東京ゲスト・ハウス』」（「ダ・ヴィンチ」99・12）
――「コレを読まなきゃ！　『菊葉荘の幽霊たち』」（「女性自身」00・6・13）

――「〈クローズアップ〉『だれかのいとしいひと』白泉社刊出版記念」（「MOE」02・5）
――「人生って組み立てるものだと思ってた。『だれかのいとしい人』」（「ダ・ヴィンチ」02・6）
――「〈著者に聞く〉『空中庭園』」（「本の話」02・12）
榎本正樹「〈物語を探しに　新刊小説 Review&Interview〉『エコノミカル・パレス』『空中庭園』」（「小説現代」02・12）
――「〈Book〉『エコノミカル・パレス』」（「OZmagazine」02・12・09）
――「〈潮ライブラリー　著者インタビュー〉『空中庭園』」（「潮」03・1）
――「WEBダ・ヴィンチ連載長編小説がいよいよ発売！　『愛がなんだ』」（「ダ・ヴィンチ」03・4）
――「〈現代ライブラリー　書いたのは私です〉『愛がなんだ』」（「週刊現代」03・5・03）
――「〈POSTブック・ワンダーランド　著者に訊け〉『愛がなんだ』」（「週刊ポスト」03・5・16）
渡辺淳一・鹿島茂・他「第3回婦人公論文芸賞　受賞のことば」（「婦人公論」03・10・22）
――「〈ヒットの予感〉『トリップ』」（「ダ・ヴィンチ」04・3）
――「〈BOOKS〉『トリップ』『All Small Things』」（「FRaU」04・3・23）
亀和田武「〈新刊ブックガイド〉『トリップ』」（「小説宝石」04・5）
――「〈Book trek　著者インタビュー〉『トリップ』」（「別冊文芸春秋」04・5・01）
――「〈Book Salon〉『トリップ』」（「MINE」04・6）
永江朗「いま、角田光代がおもしろい」（「IN·POCKET」04・6）
――「〈BOOKS　著者インタビュー〉『太陽と毒ぐも』」（「an·an」04・6・16）
――「〈BOOK〉『太陽と毒ぐも』」（「Tarzan」04・9・22）
――「〈話題のエンタ　BOOK　著者に直撃！〉『庭の桜、隣の犬』」（「週刊女性」04・10・26）
――「〈BOOK INTERVIEW　書き手に会いたい！〉『庭の桜、隣の犬』」（「pumpkin」04・11）
――「この人に会いたくて」（「清流」04・12）
――「〈著者からのメッセージ〉『対岸の彼女』」（「週刊読売」05・2・27）
――「大人の女のひとり暮らし、ひとり時間」（「日経WOMAN」05・3）

――「〈TOKYO ENTERTAINMENT BOOKS〉『対岸の彼女』」（「Hanako」05・3・09）

――「夫と子供がいれば女友だちはいらない？『対岸の彼女』」（「女性セブン」05・3・17）

――「〈エンタメ SCOOP BOOK〉『対岸の彼女』」（「non·no」05・3・20）

――「〈ヒットの予感〉『人生ベストテン』」（「ダ・ヴィンチ」05・4）

――「ヒットメーカーの素顔に迫る！」（「JUNON」05・4）

――「〈現代ライブラリー　書いたのは私です〉『人生ベストテン』」（「週刊現代」05・4・09）

――「わたし　きのう　きょう　あした」（「クロワッサン」05・4・10）

――「〈早耳 ON STAGE〉『人生ベストテン』」（「女性自身」05・4・19）

永江　朗「〈東京人インタビュー〉祝！　直木賞受賞」（「東京人」05・5）

――「〈おんな同士のつきあい方、距離のとり方〉『対岸の彼女』」（「PHPカラット」05・6）

ばばかよ「角田光代に恋する３つの魔法『この本が、世界に存在することに』」（「ダ・ヴィンチ」05・6）

――「「女友達」との距離は埋められる『対岸の彼女』」（「LEE」05・6）

――「〈ブック　インタビュー〉『この本が、世界に存在することに』」（「Tokyo walker」05・6・07）

――「〈BOOK〉『この本が、世界に存在することに』」（「OZmagazine」05・6・27）

――「〈Book　著者インタビュー〉『この本が、世界に存在することに』」（「ESSE」05・7）

――「〈ef culture Book〉『この本が、世界に存在することに』」（「ef」05・8）

――「〈読書ナビ　著者インタビュー〉『この本が、世界に存在することに』」（「レタスクラブ」05・8・25）

我孫子三和「〈MOE GARDEN〉第132回直木賞受賞『対岸の彼女』が漫画に」（「MOE」05・10）

佐藤淳子「一語一会」（「月刊日本語」05・10）

――「〈新作ガイド〉『空中庭園』」（「日経エンタテインメント！臨時増刊」05・10・20）

――「〈People〉都会に生きる人の生の声、本質を書いていきたい。」（「TOKIO STYLE」05・11）

――「『空中庭園』映画化記念！」（「ウフ．」05・11）

小松成美「〈psiko interview〉「家族」という集団への疑いが、自分の中にずっとあった。」（「psiko」06・1）

――「〈ヒットの予感〉『Presents』」（「ダ・ヴィンチ」06・2）
――「決定！　コスモ読者が選んだブック・アワード2005『対岸の彼女』」（「COSMOPOLITAN」06・2）
――「〈BOOKS　著者インタビュー〉『おやすみ、こわい夢を見ないように』」（「an・an」06・2・01）
――「〈書いた本、読んだ本〉『おやすみ、こわい夢を見ないように』」（「日経WOMAN」06・3）
重松　清「角田光代はどこへ…」（「小説新潮」06・3）
――「〈BOOKS〉『おやすみ、こわい夢を見ないように』」（「日経ビジネスassocie」06・4・04）
――「〈Book　私の書いた本〉『夜をゆく飛行機』」（「婦人公論」06・8・22）
――「〈BOOKS AUTHOR'S TALK〉『ドラママチ』」（「CREA」06・9）
――「〈Book Store Explorer〉『彼女のこんだて帖』」（「Switch」06・11）
――「〈インタビュー〉『薄闇シルエット』」（「本の旅人」06・12）
――「〈現代ライブラリー　書いたのは私です〉『薄闇シルエット』」（「週刊現代」06・12・23）
――「〈サプリな本屋さん〉『薄闇シルエット』」（「女性自身」06・12・26）
――「〈大人のカルチャー　本　著者が語る〉『薄闇シルエット』」（「東京大人のウォーカー」07・1）
――「〈BOOK〉『薄闇シルエット』」（「OZmagazine」07・1・22）
――「〈話題のエンタ　BOOK　著者に直撃！〉『薄闇シルエット』」（「週刊女性」07・1・23）
――「〈BOOK　著者インタビュー　novels〉『薄闇シルエット』」（「STORY」07・2）
尾崎真理子「〈BOOK STREET　この著者に会いたい〉『八日目の蝉』」（「Voice」07・5）
――「〈ヒットの予感〉『八日目の蝉』」（「ダ・ヴィンチ」07・6）
――「〈最近、面白い本読みましたか〉『八日目の蝉』」（「クロワッサン」07・7・10）
――「〈Book trek　著者インタビュー〉『ロック母』」（「別冊文芸春秋」07・9・01）
渡辺淳一・鹿島茂・他「第二回中央公論文芸賞受賞『八日目の蝉』」（「婦人公論」07・10・22）
――「〈文春図書館　著者は語る〉『三面記事小説』」（「週刊文春」07・11・01）
――「〈BOOK's HOTEL〉『予定日はジミー・ペイジ』『三面記事小説』」（「女性自身」07・11・20）

――「〈BOOKS　耽溺ガイドブック〉『三面記事小説』」（「CREA」07・12）
――「〈BOOKS　著者インタビュー〉『予定日はジミー・ペイジ』」（「an·an」07・12・19）
――「〈エンタメ Pod〉『マザコン』」（「MORE」08・2）
阿部和重「〈和子の部屋　小説家のための人生相談〉幸福と小説は両立するの？」（「小説 TRIPPER」09・3）
――「〈Book trek　著者インタビュー〉『森に眠る魚』」（「別冊文芸春秋」09・3・01）
――「〈新・家の履歴書〉周りは田んぼだらけの横浜の実家から早く出たいと思っていた。」（「週刊文春」09・3・19）
――「〈BOOKS　著者インタビュー〉『くまちゃん』」（「an·an」09・5・20）
――「最近の講演会から　角田光代氏トークセッション「旅と小説」」（「交流文化」10・3）
榎本正樹「〈物語を探しに　新刊小説 Review&Interview〉『ひそやかな花園』」（「小説現代」10・9）
――「〈BOOKS　耽溺ブックガイド〉『ツリーハウス』」（「CREA」11・1）
――「〈TORICO CULTURE INTERVIEW〉『八日目の蟬』」（「オレンジページ」11・4・17）
――「〈本の話　著者インタビュー〉『かなたの子』」（「文芸春秋」12・1）」

（明治大学大学院生）

角田光代　年譜

恒川茂樹

一九六七（昭和四十二）**年**
三月八日、神奈川県横浜市に生まれる。

一九七三（昭和四十八）**年**　**六歳**
四月、捜真小学校に入学。

一九七九（昭和五十四）**年**　**十二歳**
四月、捜真女学校中学部に進学。

一九八二（昭和五十七）**年**　**十五歳**
四月、捜真女学校高等学部に進学。

一九八五（昭和六十）**年**　**十八歳**
四月、早稲田大学第一文学部文芸専修に進学。在学中は学生劇団「てあとろ50'」に所属していた。

一九八八（昭和六三）**年**　**二十一歳**
『お子様ランチ・ロックソース』で第十一回コバルト・ノベル大賞を受賞し、彩河杏のペンネームで執筆活動に入る。十月、『胸にほおばる、蛍草』（集英社コバルト文庫）刊行。

一九八九（平成元）**年**　**二十二歳**
一月、『彼の地図　四年遅れのティーンエイジ・ブルース』（集英社コバルト文庫）刊行。四月、『憂鬱の、おいしいいただき方』（同）刊行。七月、『あなたの名をいく度も』（同）刊行。十月、『三日月背にして眠りたい』（同）刊行。

一九九〇（平成二）**年**　**二十三歳**
一月、『満月のうえで踊ろう』（集英社コバルト文庫）刊行。四月、『メランコリー・ベイビー』（同）刊行。十一月、「幸福な遊戯」で第九回海燕新人文学賞を受賞。

一九九一（平成三）**年**　**二十四歳**
九月、『幸福な遊戯』（福武書店）刊行。一二月、『愛してるなんていうわけないだろ』（大和書房）刊行。

一九九三（平成五）**年**　**二十六歳**
八月、『ピンク・バス』（福武書店）刊行。

一九九五（平成七）**年**　**二十八歳**
十月、『学校の青空』（河出書房新社）刊行。

一九九六（平成八）**年**　**二十九歳**
一月、『まどろむ夜のUFO』（ベネッセコーポレーション）刊行。十月、『ぼくはきみのおにいさん』（河出書房新社）刊行。十一月、『まどろむ夜のUFO』で第十八回野間文芸新人賞を受賞。

一九九七（平成九）**年**　**三十歳**

一月、『ぼくはきみのおにいさん』で第十三回坪田譲治文学賞を受賞。九月、『カップリング・ノー・チューニング』（河出書房新社）刊行。

一九九八（平成十）**年**　**三十一歳**

一月、『草の巣』（講談社）刊行。十一月、『キッドナップ・ツアー』（理論社）、『みどりの月』（集英社）刊行。

一九九九（平成十一）**年**　**三十二歳**

五月、『キッドナップ・ツアー』で第四十六回産経児童出版文化賞フジテレビ賞を受賞。十月、『東京ゲスト・ハウス』（河出書房新社）刊行。

二〇〇〇（平成十二）**年**　**三十三歳**

一月、『地上八階の海』（新潮社）刊行。四月、『菊葉荘の幽霊たち』（角川春樹事務所）刊行。九月、『これからはあるくのだ』（理論社）刊行。十一月、『キッドナップ・ツアー』で第二十二回路傍の石文学賞を受賞。

二〇〇一（平成十三）**年**　**三十四歳**

四月、『恋愛旅人』（求竜堂）刊行。九月、『あしたはうんと遠くへいこう』（マガジンハウス）刊行。

二〇〇二（平成十四）**年**　**三十五歳**

一月、「カノジョ」（「新潮」）発表。四月、『だれかのいとしいひと』（白泉社）刊行。十月、『エコノミカル・パレス』（講談社）刊行。十一月、『空中庭園』（文芸春秋）、『だれかのことを強く思ってみたかった』（佐内正史共著、実業之日本社）刊行。

二〇〇三（平成十五）**年**　**三十六歳**

三月、『銀の鍵』（平凡社）、『愛がなんだ』（メディアファクトリー）刊行。五月、『いとしさの王国へ、文学的少女漫画読本』（三浦しをん他著、マーブルトロン）に「拝啓、A子さま」を収録、『今、何してる?』（朝日新聞出版）刊行。六月、『西荻窪キネマ銀光座』（三好銀共著、実業之日本社）刊行。九月、『あの日、「ライ麦畑」に出会った』（中村航他著、広済堂出版）に「ホールデンと私」を収録。十月、『死ぬまでにしたい10のこと』（齋藤薫他著、ヴィレッジブックス）に「角田光代さんの死ぬまでにしたい10のこと」を収録、『空中庭園』で第三回婦人公論文芸賞を受賞。

二〇〇四（平成十六年）**年**　**三十七歳**

一月、「やっぱり別れるなんてできない」（「新潮」）発表。二月、『All small things』（講談社）、『トリップ』（光文社）刊行。五月、『太陽と毒ぐも』（マガジンハウス）刊行。七月、『あしたはドロミテを歩こう　イタリア・アルプス・トレッキング』（岩波書店）刊行。八月、翻訳『ぼく見ちゃったんだ!』（エリック・サンヴ

ォワザン文　マルタン・マッジェ絵、ソニー・マガジンズ）刊行。九月、翻訳『ひとりぼっちはつまらない』（エリック・サンヴォワザン文　マルタン・マッジェ絵、ソニー・マガジンズ）、『庭の桜、隣の犬』（講談社）刊行。十月、翻訳『ヤコブと七人の悪党』（マドンナ文　ガナディ・スピリン絵、ホーム社）、翻訳『ぼくらの住みかがなくなっちゃう』（エリック・サンヴォワザン文　マルタン・マッジェ絵、ソニー・マガジンズ）刊行、「雨をわたる」（「すばる」）発表。十一月、『対岸の彼女』（文芸春秋）、翻訳『ぼく、飲みこまれちゃった！』（エリック・サンヴォワザン文　マルタン・マッジェ絵、ソニー・マガジンズ）、『Teen age』（川上弘美他著、双葉社）に「神さまのタクシー」を収録。十二月、翻訳『にごりえ』（伊藤比呂美他訳、河出書房新社）刊行、『コイノカオリ』（島本理生他著、角川書店）に「水曜日の恋人」を収録。

二〇〇五（平成十七）年　三十八歳

一月、『対岸の彼女』で第百三十二回直木三十五賞受賞。三月、『人生ベストテン』（講談社）刊行。四月、『いつも旅のなか』（アクセス・パブリッシング）、『いじめの時間』（江國香織他著、新潮文庫）に「空のクロール」を収録、『古本道場』（岡崎武志共著、ポプラ社）刊行。五月、『この本が、世界に存在することに』（メディアファクトリー）、『あなたと、どこかへ。Eight short stories』（吉田修一他著、文芸春秋）に「時速四十キロで未来へ向かう」を収録、『しあわせのねだん』（晶文社）刊行。八月、コミック版『対岸の彼女』（安孫子三和絵、白泉社）刊行。九月、『酔って言いたい夜もある』（太田出版）刊行。十一月、『Presents』（双葉社）、『クリスマス・ストーリーズ』（奥田英朗他著、角川書店）に「クラスメイト」を収録。十二月、翻訳『ここってインドかな？』（アヌシュカ・ラビシャンカール文　アニータ・ロイトヴィラー絵、アートン）刊行、『最後の恋』（阿川佐和子他著、新潮社）に「おかえりなさい」を収録。

二〇〇六（平成十八）年　三十九歳

一月、『おやすみ、こわい夢を見ないように』（新潮社）刊行。二月、『Sweet Blue Age』（有川浩他著、角川書店）に「あの八月の」を収録、『恋をしよう。夢をみよう。旅にでよう。』（ソニー・マガジンズ）刊行。三月、『私らしくあの場所へ』（島本理生他著、講談社）に「ふたり」を収録。四月、『さがしもの』（全国学校図書館協議会）刊行、『ロック母』で第三十二回川端康成文学賞を受賞。五月、『ナナイロノコイ』（江國香織他著、角川春樹事務所）に「私たちのこと」を収録。六月、『ドラママチ』（文芸春秋）刊行、『ヴィンテージ・シックス』（石田衣良他著、講談社）に「トカイ行き」を収録。七月、『夜をゆく飛行船』（中央公論新社）刊行。九月、『彼女のこんだて帖』（ベターホーム協会編、ベターホーム出版局）刊行。十月、『12星座の恋物語』（鏡リュウジ共著、新潮社）刊行。十一月、翻訳『もしも暗闇がこわかったら夜空に星をくわえましょう』（クーパー・エデンズ文・絵、ほるぷ出版）、翻訳『もしも空が落ちてきたら朝食に雲をいただきましょう』（クーパー・エデンズ文・絵、ほるぷ出版）、『薄闇シルエット』（角川書店）刊行。

二〇〇七（平成十九）年　四十歳

二月、翻訳『だいすき。』（アンドレ・ダーハン文・絵、学研マーケティング）刊行。三月、『八日目の蝉』（中央公論新社）、『14歳の本棚　部活学園編』（中沢けい他著、新潮文庫）に「空のクロール」を収録。六月、『ロック母』（講談社）刊行。八月、『オトナの片思い』（石田衣良他著、角川春樹事務所）に「わか葉の恋」を収録、『八日目の蝉』で第二回中央公論文芸賞を受賞。九月、『三面記事小説』（文芸春秋）、『予定日はジミー・ペイジ』（白水社）刊行。十一月、『マザコン』（集英社）刊行。

二〇〇八年（平成二十）年　四十一歳

一月、翻訳『ぼくはこころ』（アンドレ・ダーハン文・絵、学研マーケティング）刊行。二月、『福袋』（河出書房新社）、『恋のかたち、愛のいろ』（唯川恵他著、徳間書房）に「地上発、宇宙経由」を収録。四月、『JOY!』（江國香織他著、講談社）に「楽園」を収録、翻訳『ちいさなたからもの』（アンドレ・ダーハン文・絵、学研マーケティング）刊行。五月、『恋のトビラ』（石田衣良他著、集英社）に「卒業旅行」を収録。六月、『こどものころにみた夢』（石田衣良他著、講談社）に「男」を収録、『何も持たず存在するということ』（幻戯書房）刊行。七月、『きみが見つける物語　休日編』（恒川光太郎他著、角川文庫）に「夏の出口」を収録。九月、『脳あるヒト心ある人』（養老孟司共著、扶桑社新書）、『三月の招待状』（集英社）刊行。十月、『ナイン・ストーリーズ・オブ・ゲンジ』（松浦理英子他著、新潮社）に「末摘花」、『あなたに、大切な香りの記憶はありますか？』（阿川佐和子他著、文芸春秋）に「父とガムと彼女」を収録。十一月、『みじかい眠りにつく前に　金原瑞人YAセレクション　1』（恩田陸他著、ピュアフル文庫）に「「共栄ハイツ305」杉並区久我山2-9-××」を収録。十二月、『森に眠る魚』（双葉社）刊行。

二〇〇九（平成二十一）年　四十二歳

一月、翻訳『しあわせ』（アンドレ・ダーハン文・絵、学研マーケティング）刊行。三月、『くまちゃん』（新潮社）刊行。七月、『水曜日の神さま』（幻戯書房）刊行。十月、『赤いくつ』（フェリシモ）刊行。十一月、翻訳『なんてすてきな日』（アンドレ・ダーハン文・絵、学研教育出版）刊行。

二〇一〇（平成二十二）**年　四十三歳**

三月、『女ともだち』（井上荒野他著、小学館）に「海まであとどのくらい？」を収録。四月、『きみが見つける物語　ティーンエイジ・レボリューション』（あさのあつこ他著、角川書店）に「世界の果ての光」を収録。五月、『私たちには物語がある』（小学館）刊行。七月、『ひそやかな花園』（毎日新聞社）刊行。八月、翻訳『まいごのしろくま』（アンドレ・ダーハン文・絵、学研教育出版）刊行。九月、『なくしたものたちの国』（松尾たいこ共著、ホーム社）刊行。十月、『ツリーハウス』（文芸春秋）刊行、『チーズと塩と豆と』（森絵都他著、ホーム社）に「神さまの庭」を収録。十一月、『林芙美子　女のひとり旅』（橋本由起子共著、新潮社）刊行。

二〇一一（平成二十三）**年　四十四歳**

四月、『よなかの散歩』（オレンジページ）刊行。五月、『ツリーハウス』で第二十二回伊藤整文学賞を受賞。六月、『ベスト・エッセイ　２０１１』（日本文藝家協会編、光村図書出版）に「闇がなければ」を収録。九月、『今日もごちそうさまでした』（アスペクト）刊行。十二月、『かなたの子』（文芸春秋）、『幾千の夜、昨日の月』（角川書店）刊行。

二〇一二（平成二十四）**年　四十五歳**

一月、『口紅のとき』（求龍堂）、『曾根崎心中』（リトルモア）刊行。二月、『それでも三月は、また』（谷川俊太郎他著、講談社）に「ピース」を収録。三月、『紙の月』（角川春樹事務所）刊行。四月、『きみが見つける物語　運命の出会い編』（あさのあつこ他著、角川文庫）に「世界の果ての先」を収録、『異性』（穂村弘共著、河出書房新社）刊行。五月、『まひるの散歩』（オレンジページ）を刊行。

（現代文学研究者）

現代女性作家読本 ⑮
角田光代

発　行――二〇一二年九月一〇日
編　者――現代女性作家読本刊行会
発行者――加曽利達孝
発行所――鼎　書　房　http://www.kanae-shobo.com
〒132-0031　東京都江戸川区松島二-一七-二
TEL・FAX　〇三-三六五四-一〇六四
印刷所――イイジマ・互恵
製本所――エイワ

表紙装幀――しまうまデザイン

ISBN978-4-907846-95-4　C0095